공동체의 잔해 위에서
나는 누구와 나의 삶을
이야기할 것인가

**공동체의 잔해 위에서
나는 누구와 나의 삶을
이야기할 것인가**

초판 1쇄 인쇄   2020년 11월 25일
초판 1쇄 발행   2020년 11월 30일

지은이   김옥선
펴낸이   박미옥
디자인   이원재
펴낸곳   도서출판 당대
등록   1995년 4월 21일 제10-1149호
주소   04047 서울시 마포구 독막로3길 28-13 (서교동) 204호
전화   02-323-1315~6
팩스   02-323-1317
전자우편   dangbi@chol.com
ISBN   978-89-8163-174-1 (93800)

나는 누구와 나의 삶을

이야기할 것인가

공동체의 전해 아래서

당대

이 책은 개인의 저작이 아니다. 이 책에는 오랜 기간 지역에서 문학을 공부하고 공동체를 생각하며 문화적 대안을 찾고 있는 연구자들의 고민이 함께 녹아 있다. 내가 '이곳'에서 무엇을 생각하고 어떻게 살 것인가를 고민할 수 있었던 것은 이 공부공동체 덕분이다. 박훈하 선생님은 문학의 죽음, 종말을 고하는 순간 많은 사람들이 문학이 무엇인가에서 답을 찾고 있을 때 우리로 하여금 문학이 무엇이어야 하는가, 문학이 무엇을 할 수 있을까라는 질문 앞에 서게 해주셨다. 이 질문 앞에서 나의 관심은 문학이 우리 사회에 기능해 온, 즉 사람과 사람 사이를 연결하는 것, 오늘날 갈기갈기 찢어진 개인을 잇는 약하지만 질긴 힘들로 이어졌다.

실로 문학은 폭압적인 방식으로 일상의 변화를 강제당해 온 작고 가난한 사람들이 서로의 삶을 연결하고 고민을 나눌 수 있었던 마당[場]이었다. 마당으로서 문학의 기능이 쇠락하고, 사람들을 연결해 왔던 공동의 것들은 절멸되거나 이데올로기화된 지금에도 여전히 사람들은 살아가고 있다. 이 절망적인 현실을 함께 고민해 온 우리는 '폐허' 위에 서 있는 사람들을 생각했다. 때문에 이 책의 주인공은 폐허 위에서 살아가고 있는 이 땅의 많은 '보통'사람들이다.

나의 부모님은 1973년 경남 산청에서 당시 도시로 급성장하고 있던 부산으로 이주했다. 고향을 떠나와 생면부지 도시에서 그들은 어떻게 살았을까. 새로운 세상에 대한 기대와 설렘도 있었겠지만 한편으로 낯선 곳에서의 불안과 공포를 어떻게 견딜 수 있었을까. 새로운 정착지에서 친인척·동료·이웃과의 관계는 가난한 사람들이 생존을 의지할 수 있는 최소한의 토대였다. 물론 그들의 관계가 쉽게 상상하는 것처럼 마냥 온정적이거나 낭만적인 것만은 아니었을 것이다. 그럼에도 그들은 일상에서 서로의 자리를 마련하고 있었고 그 속에서 자신의 삶을 함께 이야기할 수 있었다.

폐허에서 살아낸 사람들의 이야기에 귀 기울이는 것은 현재를 살아가고 있는 사람들을 위해서이다. 오늘날 신자유주의 체제는 사람들이 먹고, 일하고, 살아내는 일상의 총체적인 전환을 강제하고 있다. 이 전환은 유례없이 빠른 속도로 이루어지고 있고, 생명을 담보하여 누구도 비켜날 수 없이 진행되는 사이 오래되고 낡은 것은 쉽게 폐기되고 있다. 단지 살아남기 위해 오랜 시간 속에서 축적되어 온 지혜 혹은 관계를 절단하고 마치 홀로 있는 것만 같은 우리 모두가 이 책의 주인공들이다.

가난하고 작고 약한 것들이 모두 무너지고 잔해로 남았다고 생각되는 지금, 고맙게도 나의 주변에는 우리의 삶을 지속할 수 있는 문화적 지평을 고민하는 연구자들이 있다. '잔해 위에서'라는 세기말적 감성은 판타지적 상상력이 풍부한 후배로부터 구체화된 것이다. 후배들은 나의 두서없는 생각이 활자화되기까지 많은 시간을 함께해 주었다. 또한 나는 마을 만들기 현장에서 지역공동체의 가능성을 실천하고 있는 선배의 행동력을 주의 깊게 살피면서 공동체·지역에 대한 나의 이해가 공허한 이론에만 매몰되지 않으려 애쓰고 있다. 페미니즘의 이론과 실천 연구, 문학·영화의 창작과 비평, 음악·무용 공연과 함께 문화이론을 연구하는 등 자신이 발 딛고 있는 현장에서 고군분투하고 있는 동료·선후배 들의 치열함은 이루 다 헤아릴 수 없다. 우리는 절망적인 현실 위에 서서, 우리의 삶을 나눌 수 있는 공동의 것들이 무너져버린 잔해 위에서 다시 시작하고 있는 중이다.

나는 이 책을 통해 더 많은 사람들에게 나와 우리의 삶을 이야기할 수 있게 되리라 믿는다. 이 믿음은 우리의 이야기를 경청해 준 심영관 기획실장님이 없었다면 불가능했을 것이다. 다시 한번 이 책이 나올 수 있도록 함께해 준 선생님, 공부공동체의 구성원들과 당대출판사에 깊은 감사를 드리고 싶다. 나는 이들과 함께, 이 책으로 더 많은 사람들의 삶의 이야기를 들을 수 있기를 기대한다.

차례

나는 누구와 나의 삶을 이야기할 것인가

신자유주의적 질서가 개인의 일상을 장악하고 그 폭력적인 지배력으로부터 누구도 자유로울 수 없는 오늘날, 많은 논자들은 대안적 삶의 형태로서 공동체를 이야기한다. 그런데 우리가 공동체를 고민하는 것은 더 나은 삶을 위한 대안일 수만은 없다. 무엇보다 지역에서 공동체는 곧 생존의 문제이기 때문이다. 혹자는 이 시대 공동체에 대한 고민이 어디 지역만의 일인가고 생각할지도 모르겠다. 하지만 지역의 사람들, 특히 젊은 학생들 상당수는 자신의 삶, 미래, 희망을 실현하기 위해 제가 나고 자란 곳을 떠나 '서울'로 가야 한다고 믿고 있는 것이 오늘날 지역의 현실이다. 나의 삶을, 나의 미래를 함께 나누고 이야기하는 이 일상적 행위를 내가 살아가고 있는 지금의 공간에서, 내 주변에 있는 사람과 함께할 수 없다는 것이 지역에서는 너무도 자연스러운 일이 되어버렸다.

　생존으로서의 공동체는 이 시대에 파편화되어 부유하는 개인들의 문제이기도 하다. 일전에 TV프로그램에 출연한 한 연예인의 소망은 이 문제를 잘 반영하고 있다. 한 연예인이, 이 사람은 얼마 전 트로트 가수로 데뷔했는데 사회자가 지금 제일 바라는 것을 말해 보라 하니 "대통령님, 트로트 무대를 많이 만들어주세요"라고 했다. 주변사람들이 박장대소를 하며 그걸 왜 대통령에게 말해라고 하자 이 사람은 "그럼 누구한테 말해"라고 받아쳤다. 사람들은 또 한번 웃고 넘겼지만 우리는 사실 살기 위해 필요한 것, 요구할 것을 어디에도 말할 곳이 없고 그곳을 알지도 못한다.

이 책에서 다룰 주요 개념인 '홀로 선 개인'이란 오늘날 주변에서 일어나는 먼지처럼 작은 일조차 대통령과 공권력을 찾을 수밖에 없는, 비주체적이고 비자율적인 개인들을 말한다. 예를 들자면 층간소음 문제, 내 집 앞 주차시비, 아파트 관리비 부정사용 등 일상 곳곳에서 갈등은 발생하고 있고 참을 수 없는 분노는 폭행에, 고소·고발로 이어지기도 한다. 급기야 더 큰 문제가 발생하는 것을 막기 위해 이웃 간에 직접 만나는 것을 금지해야 한다는데, 어느 누구도 금지를 통해 문제를 해결할 수 있을 것이라고는 믿지 않는다. 더구나 이 문제들은 주택정책, 과밀한 인구 그리고 주택시공사의 원가절감, 규제를 완화한 건축법 등 경제성과 효율성에 집중된 정부의 정책과 사회적 제도가 얽혀 있기도 해서 이웃 간의 배려와 양보, 개인의 선행·노력만으로 해결할 수 없다.

그럼에도 현재 우리의 삶 속에서는 이 땅의 사람들이 생존을 위해 기대어 온 다양한 공동체의 흔적들이 남아 있다. 타인의 고통을 개인화하여 외면하지 않고 해결방안을 찾으려는 공동의 노력들 말이다. 과거 성장과 발전 담론이 우리의 삶을 오직 경제적 생존만을 척도로 삼았다면 이제 우리는 삶을 문화적 차원, 즉 공존하는 삶으로 전환해야 할 지점에 이르렀다. 최근 공동체와 관련해 이론적 성과뿐만 아니라 관과 민간에서 다양한 형태로 시도, 실천의 결과가 축적되고 있다. 새로운 공동체의 그 알맹이를 채우는 것은 기왕의 사람들이 일상 속에서 유지해 온 자율적인 건강함 속에서 찾아야 할 것이다. 이 책은 지금은 폐허가 되어버렸지만, 사람들이 살아가기 위해 자율적이고 능동적으로 관계를 맺어온 흔적들을 찾은 것이다. 오랜 시간 사람들의 삶의 기반으로 존재해 온 공동체가 절멸되어 온 역사적 과정을, 새로운 공동체의 가능성은 그 잔해로부터 출발하기 때문이다.

1장은 오랫동안 사람들이 일상 속에서 유지해 온 공동체가 국가적 폭력에 의해 절멸되는 과정을 고찰한 것이다. 일제강점, 전쟁, 산업화 등 급격히 변화하는 현실에 대응하는 방식은 다양한 구성원과 형태의 공동체였다. 국가권력은 공동체를 통해 국가의 명령을 효율적으로 전달하고 개인의 일상에 개입해 왔다. 오늘날 '홀로 선 개인'은 공동체를 국가화하는 일련의 과정을 거쳐 개인의 생존을 이웃과 함께 공론화하여 문제를 해결할 수 있는 장을 국가가 모두 탈취한 이후, 남은 우리의 모습이다. 그러나 '홀로 선 개인들'은 과거 절체절명의 순간에도 자신과 이웃의 삶이 파탄에 이르지 않도록 현명히 대처해 왔던 것처럼 촛불혁명이라는 새로운 변화를 이끌어내었다. 오늘 우리가 공동체를 상상할 수 있다면 이들을 통해서 가능할 것이다.

2장에서는 '피란수도'라는 부산의 특별했던 과거를 돌아보아 공동체를 위한 공간의 방향성을 살폈다. 한국전쟁 당시 많은 문인들이 부산으로 피란해서 각자의 경험을 토대로 부산을 그렸다. 결코 긍정적일 수 없는 피란이기에 작가들은 대체로 절망과 불안, 공포 등 부정적인 감정으로 재현했다. 문제는 그들이 재현한 결과를 사실로, 그리하여 부산의 실제로 오인하는 것이다. 그러나 부산은 그 모든 부정적인 감정을 수용할 수 있었던 유일한 공간이었다. 피란수도 부산은 한 국가의 중심이 해야 할 기능, 즉 중심은 사람과 타지역을 지배하고 억압하는 것이 아니라 모든 이들에게 개방적이고, 특히 약하고 상처받은 사람들을 끌어안아 그들이 '살아가도록' 하는 공간이었던 것이다. 이질적인 것들에 개방적이고 그들을 무한히 수용했던 피란수도 부산의 경험은 우리 시대에 필요한 공공성, 공동성의 공간적 가치를 재고하는 데 근간이 될 것이다.

전쟁이라는, 삶의 근간이 뒤흔들린 절망적 상황에서도 결코 놓치지 않았던 공동성은 국가 주도의 근대화·산업화 과정에서 여지없이 무너져내렸다. 3장에서는 경제성을 삶의 총화로서만 다루면서 전국민을 생존기계로 전화한 빈곤통치의 양상을 살폈다. 빈곤에 분노하고 빈곤을 적대, 수치심으로 전환한 빈곤통치의 가장 큰 폐해는 가난한 사람들의 자치공동체를 훼손·파괴하는 일이다. 그 결과 우리에게는 그 어떤 공동체도 남지 않게 되었지만 문학은 빈민이 자신의 자유를 실현할 수 있는 공동의 장소가 우리 내부에 존재해 있음을, 국가의 지배력을 비켜서는 자치공동체의 영역이 있음을 정직하게 기록하고 있다. 1960~70년대 국가의 기획과 목표에 따라 모든 존재의 근원이 뿌리째 흔들리는 순간에도 자신들을 보호할 관계들을 포기하지 않았던 빈민의 의의를 살피는 것은 오늘날까지도 여전히 경제성만으로 우리의 삶을 결정하려는 시도로부터 인간의 존엄을 지키고 자유를 확보하기 위함이다.

1980년대는 국가권력의 폭력성에 저항해 작은 사람들이 연대함으로써 현실을 개혁하겠다는 열정이 폭발했던 때이다. 4장은 노동소설을 재독(再讀)하여 노동자들을 결집시키고 함께 싸우게 했던 힘을 고찰해 본 것이다. 노동소설에 나타난 현실개혁 의지에는 오늘날 노동자가 연대할 수 없는 한계도 동시에 존재하고 있었다. 노동자가 꿈꾸는 '더 나은 삶'에 대한 방향성 부재, 노동자문화를 그들의 현재적 삶, 일상과 연결하지 못한 것이다. 이제 우리는 과거 노동자의 기대와 희망이었던 '더 나은 삶'이 과연 무엇인가라는 질문을 다시 가져와 "무엇이 우선되어야 하는가"라는 질문으로 전환해야 한다.

5장은 2000년대 이후 한국이 당면한 공동체의 현안으로서 다문화사회에 관한 것이다. 특히 외국인노동자와의 공존과 연대의 노력이 방대하게 이루어지고 있는 현재에도 그들에 대한 배타적인 시선은 좀처럼 사라지지 않고 있다. 대부분의 연구는 한국인의 배타적 시선의 근원으로 뿌리 깊은 단일민족주의를 꼽는다. 그런데 외국인노동자의 문제는 지역민의 중요 현안이다. 외국인노동자는 지역에서 살아가는 사람인 것이다. 그럼에도 불구하고 외국인노동자와의 관계에서 지역민은 전혀 나타나지 않는다. 외국인노동자, 타자에 관한 한 그 주체는 언제나 '한국인-한민족-서울'이었기 때문이다.

외국인노동자와의 관계를 지역적 현안으로 전환하는 일, 즉 그들과 어떻게 함께 살아갈 것인가를 고민할 때 우리는 타자와 더불어 자신이 함께 존재할 수 있는 공동의 기반을 마련할 수 있다.

6장은 김주영 소설 읽기를 통해 한국의 근대성을 비판적으로 성찰한 글이다. '근대' '근대성'은 나의 연구의 시작점이었다. 한국의 근대화과정은 마을·지역·생활 공동체의 의사결정력, 자치역량을 분쇄하고 국가의 명령체계가 개인의 일상에 효율적으로 침투할 수 있는 조직으로 전환하는 과정이기 때문이다. 김주영의 문학적 실천의 변모양상을 살피는 것은 그의 소설에서 우리의 삶이 어떻게 변화했는지를 되돌아볼 근거를 제공받기 위함이었다.

김주영은 한국의 1970~80년대 자본주의적 가치체계가 확산되는 과정에서 발생하는 모순과 심각한 계급적 갈등에 천착했다. 그 반성지점은 모든 가치가 동일성으로 획책되는 가운데 상대적 자율성을 갖고 있었던 변두리 공간, 도둑이나 넝마주이, 거지 등 외부로 밀려난 사람들에게서 찾았다.

1990년대 후반 이후 그의 소설은 크게 변화하는데 이 지점이 한국사회의 축적체제의 전환과 맥을 함께한다. 사회적 총체성 구현을 위한 일련의 작업들이 새로운 국면을 맞이하게 된 것이다. 김주영은 중심을 향한 총체적 인식과는 무관해 보이는 산골마을을 배경으로 아버지가 아닌 어머니 그리고 아이의 시선에 의지한다. 이러한 서사는 우리 사회가 일구어낸 왜곡된 근대성의 부박함을 전통적 질서로 반추함과 동시에 악성화된 남성중심주의로부터 벗어날 심미적 거리를 제공한다.

한국사회의 급격한 근대화가 야기한 문제는 정치, 경제 등 거시적 차원만이 아니라 가장 일상적인 변화였다. 그것은 나의 삶을 함께 이야기할 이웃과 동료를 적대화하는 과정이었고, 개인은 전환에 따른 모순을 '홀로' 감당하도록 내팽개쳐진 것이었다. 나의 것을 함께 나눌 수 있는 공동의 장소를 박탈당하고 타인과의 관계가 무너져내린 잔해 위에서 우리는 누구와 나의 삶을 이야기할 수 있을까.

공동체 부재의 시대,

파편화된 개인의 역사

1 　공동체 부재의 시대, '나 홀로 선' 사람들

2016년 겨울. 전국의 광장에 모인 사람들은 몇몇 개인의 사리사욕에 의해 국가기구가 동원된 어처구니없는 상황에서 "이것이 나라냐"고 외쳤다. 여기에는 세월호를 비롯해 국민의 안전과 생명을 책임지는 국가는 도대체 어디에 있는가, 국민을 위험으로부터 보호해야 할 국가가 왜 국민의 죽음을 방치하는가라는 '국가실종'에 대한 문제의식이 있다. '제대로 된 국가'에 대한 열망은 무능한 정권에 대한 국민의 심판으로 이어졌고, 이를 가능하게 만든 '촛불의 힘'을 두고 사람들은 시민혁명으로, 가까이는 87년 6월항쟁, 4·19혁명, 멀리는 동학혁명에서 그 힘의 뿌리를 찾는다.

　정치적 사안을 둘러싸고 의사를 표명하기 위해 같은 공간을 점유한 '개인들'을 우리는 '민중' '시민'으로 불러 그 공동의 정체성을 강조해 왔다. 그런데 촛불을 들고 나선 이들을 과거 혁명을 주도한 집단적 주체세력으로 보기는 어렵다. 이번 시위에 등장한 주체는 '개인'으로서 '주권자'이다. 대의민주주의에 대한 신뢰가 땅에 떨어진 시점에 이를 회복할 수 있는 것은 기본권의 주체이자 의무의 주체인 '개개인의 권리 실천'인 것이다. 이들을 통해 우리 사회는 이제 민주주의를 위한 새로운 주체를 기대하고 있다.

　'새로운 주체'라는 의미는 전국의 광장을 채운 깃발의 성격 때문이다. 광장은 정치적 상황을 희화화한 깃발은 물론 장수풍뎅이연구회, 트잉여운동연합, 민주묘총, 혼자온사람들, 일못하는사람, 전견련 등과 같은 깃발로 채

워져 시위의 축제적 성격이 더욱 두드러졌다. 그러나 광장을 채운 화려한 깃발 뒤에는 그간 삼포·오포·n포 세대라 불린 '소외된 대중' '을'들의 비애감과 비장미가 담겨 있다.[1] 순전히 '나 홀로' 존재했던 개인들이 광장으로 쏟아져 나온 것이다. 그런데 촛불의 힘이 국민의 승리라는 한국 민주주의 사상 큰 성과에도 불구하고 이 새로운 주체는 한국사회가 신자유주의적 체제로 전환된 이후 관계가 절단당한, 파편화되어 존재하는 개인들이다. 그들은 생존과 관련한 기본권을 요구하고, 이를 해결하기 위해 연대하기보다 자신의 생존을 위해 필요한 모든 고민과 문제를 '홀로' 감당해야 했고, 문제해결을 위해서는 국가를 상대로 1인시위를 벌일 수밖에 없는 사람들이었다.

문제해결의 최종 종착점이 국가인 것은 지역현안에서도 예외가 아니다. 강원도 춘천시 중도 레고랜드 코리아 건립 반대(2014. 12. 23), 경기도의회의 안양교도소 이전 촉구(2015. 12. 14), 시도교육감 누리과정공약 국고지원(2016. 2. 5), 강원도 골프장 피해철거민(2017. 6. 7) 등 현안의 경중을 떠나 우리는 왜 이토록 국가의 해결력만을 기대하는가. 한국의 근대적 자본주의화가 국가의 강력한 통제 아래서 지역을 재편성해 온 것을 상기하면 이런 상황은 그리 낯설지 않다. 하지만 공동체는 개인의 생존을 위협하는 국가적 폭력을 방어하고 개인을 보호하는 보루로서 혹은 개인의 일상이 순식간에 전환되는 시점에서조차 삶의 근거, 가치로서 작용한다. 오직 개인으로서만 국가에 요구하고 있는 현재의 상황은 개인의 삶의 버팀목이 되어온 공동체가 흔적도 없이 사라졌다는 것을 의미한다.

'나는 누구와 나의 삶을' '어디에서 문제를 이야기할 것인가.' 즉 개인의 입장'들'을 정치적으로 공론화할 수 있는 장을 회복해야 할 필요성은 우리가 촛불을 통해 새로운 삶의 형식으로서 공동체를 기대하고 열망하는 지금 더욱 요구되고 있다. 과거 문학은 한국사회가 농본위체제에서 벗어나 국가 중심의 산업사회로의 전환과정에서 발생한 위기에 대응해 왔다. 그 위기란 사람들에게 최소한의 안전지대로 기능해 왔던 다양한 형태의 공동체가 쇠락함으로써 자신의 존재가 절멸해 버리는 것이다.

알다시피 한국의 근대화는 마을·지역·생활 공동체의 의사결정력, 자치역량을 분쇄하고 국가의 명령체계가 개인의 일상에 효율적으로 침투할 수 있는 조직으로 전환하는 과정이었다. 한국의 근대화과정에 따른 정치·경제·사회적 차원의 영향력에 대해서는 많은 연구가 축적되어 있지만 이 글의 관심은 국가 주도의 근대화로 야기된 개인·일상 차원의 변화에 있다. 이는 현재에 이르기까지 우리의 삶에 지대한 영향을 끼치고 있다. 즉 국가권력에 의한 통치·지배는 물론 일상의 크고 작은 문제를 해결하기 위한 주체적 노력을 분쇄하고 오로지 국가의 해결력에 의존할 수밖에 없는 현실 말이다.

국가 주도의 근대화의 성취, 그로 인하여 사람들의 일상에 끼친 심각한 폐해는 개인들 사이의 관계를 절연하는 일, 서로 연대할 수 있는 주체적 역량을 말살하여 홀로 선 개인을 양산하는 일이다. 그 과정을 살피기 위해서는 우리의 관점을 좀더 역사적으로 돌릴 필요가 있다. 전통사회의 마을공동체는 신분으로 위계화된 관계만이 아니라 토지를 중심으로 상호필요에 의한 생활공동체였다. 일제는 이 자율적인 조직을 국가제도로 전환하며 권력 내부로 포섭해 효율적으로 통치했다. 사람들 사이를 연결해 온 공동체적 생활력은 기왕의 삶의 규범을 삭제하고 근대적 행정·교육·매체를 통해 '개인'을 호출하며 '국민공동체'를 강요받았던 근대화시기에도 도시외곽 변두리공동체에서 마을 공동조직의 윤리, 가치규범으로 그 명맥을 유지하고 있었다. 그리고 사람들은 획일화된 국민공동체를 생산해 낸 바로 그 국가제도로부터 '시민공동체'를 이루어냈다. 국가의 이익이 개인이나 공동의 이익에 기능하지 못할 때 시민공동체는 국가와 불화한 것이다. 그러나 곧 이어진 경제위기, 신자유주의적 축적체제 전환에 따라 공동의 해결력을 잃고 흩어진 개인들, 그들의 최소한의 안전망은 이제 가족밖에 남지 않게 되었고 그 사이 공동체는 흔적도 없이 사라져버렸다.

이처럼 한국의 정치적·경제적 토대의 변화에 따라 지배권력은 다양한 방식으로 개인의 일상에 개입해 통제·통치해 왔다. 그럼에도 우리가 주목해야 할 것은 그사이 개인 간의 관계망으로서 마을, 지역공동체 역시 변화해 왔다는 사실이다. 국가권력에 대응하여 개인들 역시 자신의 삶을 변화시키며 결속해 온 것이다. '민중' '시민'은 공동체를 국가가 일방적으로 독점하는 데 저항한 공동체였다.[2] 그러나 그들의 결속은 또다시 국가권력에 의해 포섭되는 과정을 반복해 왔다. 오늘날에 이르러 광장에 선 '홀로 된 개인'은 개인의 생존을 주변 이웃과 함께 공론화, 해결할 수 있는 장을 국가화하는 과정에서 만들어졌다. 그러나 돌이켜보건대 개인의 일상에 대한 국가의 지배는 일방적으로만 이루어지지 않았다. 권력에 대응해 개인들 역시 자신의 삶을 변화시키며 결속해 온 것이다.

다시 말해 오늘날 생존의 경쟁에 내몰린 '개인'은 자신의 문제를 주변 이웃과 함께 공론화, 해결할 수 있는 장을 국가가 '국민공동체'로 포섭, 국가화하는 과정에서 만들어진 것이다. 그런 점에서 광장에 '홀로 선 개인', 촛불의 주체는 과거 혁명을 주도했던 소수 지식인그룹과는 다른 사람이다. 또한 이번 광장에는 가족 단위의 시위자가 대거 참여했다는 점도 특기할 만하다. 이는 촛불시위가 일상과 괴리된 채 이념적 정당성을 위해 투쟁했던 과거의 것과는 전혀 다른 성격임을 드러내었기 때문이다. 이제 우리는 혼자 광장에 나와도 전혀 어색하지 않은, 일상에서 그 변화를 감지하려는 이 개인들로부터 새로운 공동체를 상상해야 할 지점에 서 있다.

2 지배와 통치 단위로서 마을공동체

'개인'은 근대사회의 출현에 따라 탄생한 것이다. 다른 사람과 구별되는 독
립적 존재로서의 '나'는 자율성과 함께 개인이 수행하는 결과에 대해 책임
을 지는 존재이다.[3] 이전의 삶이 계급과 신분에 따라 자신의 정체성과 삶
의 가치가 '주어진' 데 비해 근대사회의 개인은 자신의 삶을 스스로 구성하
고 결정하면서 가치를 구현해야 할 의무가 있다. 조선의 선각 지식인들 역시
'개인' 관념을 강조한 바 있다. 국권상실기 새로운 세계에 대한 열망이 '개
인' '자유' '권리'에 집중된 것이다. 서구 자유주의 사상을 적극적으로 소개
했던 유길준과 서재필 등 개화지식인의 관점에서 '개인'의 '권리'는 "법률에
의해 보장되는 개인의 재산과 생각의 권리"였다.[4] 그러나 일본·미국 유학생
들에 의해 유입된 서구 정치학, 국가론은 쇠망하는 조선을 회생시킬 주체
로서 각성한 개인의 출현을 열망했지만 보통의 대다수 사람들도 이 같은 개
인·권리 개념을 이들과 같이 이해했다고 보기는 어렵다. 『무정』에서 보여준
'형식'의 근대적 개인의식이 '백성'을 계몽하는 주체로서 개인이지 보편적인
개념이 아니었던 것처럼 말이다.[5] 따라서 조선사회, 이어 일제강점기에 사회
를 조직하는 기본적이고 독립적인 단위는 개인이 아니라 '마을'이었다.

　전통적 사회에서 마을·동리 단위의 계, 동제, 오락행사, 두레 등은 공생
을 위해 마을주민들에 의해 만들어진 관습적 제도이다. 전통적 관습은 노
동, 경제, 여가 등 실용적 목적에 따라 마을을 생활공동체로 결속시키는 데
일정하게 작용했고, 마을 차원의 질서와 윤리·규범을 만들어 유지해 왔다.
흔히 전통적 사회의 신분질서를 권력관계로만 이해하는 측면이 강하다. 그
러나 농촌사회에서 '마을'은 계급·신분의 일방적인 권력관계가 아니라 양반
의 지배력과 농민의 생산 관계가 아주 밀접하게 관계를 맺고 있는 공동의

공간이었다.[6] 양반계급은 노동력으로서 농민이라는, 농민은 농사지을 땅이라는 공동의 필요에 의한, 보다 느슨하고 자율적인 성격으로 생활 공동조직은 국가와 대면하기 전 개인의 삶의 가치를 결정짓고 방향을 제시해 주는 것이었다. 일제에 의한 식민지배가 본격화되면서 중앙집권적 통치·지배 질서를 구축하기 위해 공을 들인 것도 개인이 아니라 이 마을 공동조직을 재편하는 일이었다.

1914년 일제는 전통적 지방행정인 군(郡)을 신속하게 그리고 폭력적으로 통폐합하여 1917년 면제(面制)를 전국적으로 시행했다. 토지조사사업을 원활하게 진행하기 위해서라도 지방 행정조직의 재편은 불가피했는데 그 진행 방식은 지역마다 차이는 있지만 면적 40방리(方里), 1만 명 인구라는 균일한 기준에 맞추어 단행되었다. 여기에 산, 강, 하천은 물론 지역민의 생활, 갈등, 이해관계 등은 고려되지 않았다.[7] 지역행정 개편을 통해 지배질서를 구축한 것은 일본 본국에서 일찍이 시도된 바이다.

메이지정부는 번을 모두 폐지하여 260년간 지속되었던 정치질서를 해체했다. 통합적 국가정책을 위해 신정부는 번주를 설득하여 영지를 천황에게 자발적으로 반납하도록 했다(판적봉환령). 다이묘는 영지를 반납하고 번지사가 되었지만 과거와 같은 상당한 자치를 유지할 수 있었다. 다이묘를 완전히 폐지하기 위해 메이지 개혁가들은 모든 번을 폐지하고 현(縣)으로 대체했으며 현지사는 중앙정부가 임명했다(폐번치현). 이러한 조치는 단순히 번을 현으로 고치는 것이 아니라 중앙정부가 번의 토지에서 세금을 징수하게 된 대개혁이다. 판적봉환령·폐번치현 변혁 결과 사무라이의 특권은 폐지되었고 나머지 주민에 대한 형식적 규제도 종결되었다. 경멸적인 뜻을 담고 있는 에타와 히닌 같은 용어는 부락쿠민(部落民, 마을사람)으로 대체되어 '평등한' 신민이 되었다. 토지개혁은 조세확보를 위한 신정부의 중요한 정책이었으며 이 과정에서 전통적 지배계급은 몰락, 도태되었다.

일제가 조선의 지도만 보고 토지를 구획하고 생활을 무시한 채 단기간에 강제적으로 행정조직을 재구획한 의도가 분명해진다. 사람들이 직접 대면하는 일제강점, 식민지배는 정치적·군사적 문제보다도 훨씬 일상적인 것이었다. 군 통합, 면제 실시로 인해 사람들은 그동안 자생적·자발적으로 유지해 오던 생활공동체 조직에 큰 변화를 겪게 되었고 그 성격 역시 변화할 수밖에 없었던 것이다. 다시 말해 조선사회에서 징세, 사법, 치안과 같은 실질적인 주민자치 단위를 재조정함으로써 향촌사회의 몰락, 향촌세력의 지배력을 소멸시켜 관 중심의 위계구조를 구축한 것이다. 이와 함께 1910년 8월부터 시행된 토지조사사업은 토지를 중심으로 한 조선의 봉건적 지배질서에 동요를 불러일으켰다.

> 작업의 진척에 영향을 끼칠 사항에 대해서는 깊이 주의를 기울여야 한다. 즉 본사업에 대한 각 지방 인민의 의향에 대해서는 전적으로 시행취지를 주지시키기 위해, (토지조사사업이) 종래 불확실한 토지소유권을 보장하고 각자의 복리를 증진시키기 위한 것임을 이해시켜서 스스로 본사업 시행규정의 수속을 따르게 해야 한다.[8](강조는 인용자)

개화지식인이 백성을 계몽하는, 관념적이고 추상적인 '개인'을 주지시킨 것에 비해 토지조사사업은 사람들이 '개인'을 인식하는 데 보다 현실적인 조치였다. 토지조사사업 홍보책자에서 보듯 사업의 목적은 '불확실한 토지소유권'을 보장하여 '각자'의 복리를 증진시키기 위함이라 밝히고 있다. 개인의 토지소유권을 확정·확인하여 토지를 개량·이용하는 데 원만하게 하려는 것이다. 이러한 토지소유권을 확정하는 문제는 지주, 농민 할 것 없이 모든 사람들에게 충격적인 조치였는데 조선사회에서 토지소유자는 그리 명확하게 구분되는 것이 아니었기 때문이다.

조선사회에서 토지는 개인의 소유일 수 없었다.[9] 토지를 둘러싸고 적어도 두 계층이 존재했는데, 농민들은 대대로 물려받은 토지를 경작하면서 조세를 납부했고, 지주는 이들에게서 소작료를 징수해 왔다. 토지의 소유자와 실제 경작하는 사람이 다른 것 외에도 토지는 국유지 혹은 씨족 및 문중·촌락공동 소유이기에 개인소유의 한계가 명확하지 않았던 것이다. 하지만 일제는 '결수연명부완제계획요항'을 공포(1910. 6)하여, 지주를 납세의무자로 확정해 면을 단위로 지주가 신고하도록 했고, 각 관청에 신고되지 않은 토지는 국유화, 총독부 소유로 편입시켰다.

> 논밭은 가진 사람들이 하나같이 그 지경이라서 땅뙈기 하나도 없는 소작인들이 오히려 속이 편한 판이었다. 사실 먼저 맞은 매가 낫다는 격으로 그 일을 덤덤한 마음으로 바라보고 있는 사람들도 없지 않았다. 그들은 바로 국유지 조사 때 이미 땅을 빼앗긴 사람들이었다.
> 그러나 양반 대지주들은 일반농민들과는 딴판이었다. 그들은 평소와 다름없이 태연하고 유유할 뿐이었다. 달라진 것이 있다면 사랑채가 분주해졌다는 것이었다. 동네별로 논을 맡아 관리하는 마름들이 뻔질나게 드나들었다. 대지주들은 동네별로 자기네 농토의 신고서를 작성하는 중이었다. 그들은 벌써 면사무소를 통해 자기네 재산에는 아무런 피해가 생기지 않을 것이라는 귀띔을 들었던 것이다.[10]

토지조사사업은 봉건적 지배질서를 붕괴시키고 지주세력의 몰락, 근대적 개인이라는 새로운 의식을 생산하는 한편으로 지주제를 강화시키고 신분질서가 더욱 공고해지는 결과를 가져왔다. 전통적 사회에서는 지주라 하더라도 소작권을 함부로 할 수 없었지만 토지조사사업 이후 소농마저 소작인으로 전락하고, 대지주를 양산한 것이다. 토지조사사업의 애초의 목적은 조선의 토지를 총독부 소유로 확보, 토지소유자에게 세금을 징수하는 것 외에도 지주의 재산을 보호함으로써 친일세력을 생산하는 것이었다. 이처럼 두 계급 이상이 토지를 매개로 상부상조해 온 농촌사회 질서의 변화는 극단적인 것이었다.

지주와 소작농의 권력관계는 주민들 간의 경쟁을 부추겼고 이 과정에서 기왕의 호혜적 관계는 유지될 수 없게 되었다. 메이지정부가 토지조사사업을 통해 봉건제 질서의 중심인 막부체제를 청산하고 '동등한' 신분의 국민으로서 '평등한' 조세를 실현했던 데[11] 비해 조선에서는 농민으로부터 토지를 분리시키고 신분의 갈등을 유발하는 결과를 초래한 것이다. 그러므로 선각자들의 민족독립을 위한 개인이든 일제에 의한 토지소유권 확보, 각자의 복리증진을 위한 개인의식은 농민에게 해당되는 것이 아니었다. 따라서 토지조사사업은 조세확보를 위한 행정적인 사적 소유권을 분명히 한 것이었고, 동시에 토지를 근간으로 유지되어 온 마을구성원의 관계를 절단한 것이었다. 토지의 소유권 확정을 위해서라도 군 이하 마을촌락의 경계를 명확하게 해야 할 필요가 있었고 일제의 통치가 가장 용이한 그리고 가장 직접적으로 통제가 가능한 지역단위로서 면제(面制)가 이루어졌다. 이로써 그간 국가행정이 제대로 닿지 않았던 벽촌의 작디작은 마을, 촌락까지도 동일성에 포섭, 통제의 대상이 되었다.

일제가 정책을 효율적으로 지시·전달하고 통치의 대상으로 삼은 것이 개인이 아니라 마을과 촌락이었던 것은 1930년대 말부터 일제가 총동원체제를 구축하면서 실시한 전쟁에 필요한 인적·물적 동원정책에서도 확인되는

공동체 부재의 시대, 파편화된 개인의 역사

바이다.

① 1937년 12월경 피해자는 마을할당을 채우기 위해 동장에 의해 일본 후쿠시마 어느 탄광으로 강제동원

② 1937년 3월 백형 대신에 동원

③ 1939년 3월경 창기면 면서기 조영출에 의해 강제동원

④ 피해자 동생이 동원대상자였지만 도피함. 일본경찰이 본인을 지서에 연행하여 고문과 폭행을 함. 결국 피해자가 동생 대신 징용을 감

⑤ 1944년 1월 아픈 부친을 대신하여 노무자로 강제동원

⑥ 남하1동에서 노무자 3명이 할당되었는데 구장은 같은 성씨 사람은 하나도 안 보내고 타성(他姓) 사람만 보냄

⑦ "남의 머슴 산다고, 그런 사람이 끌려가고, 만만한 사람만 끌려가는 거예요. 동네이장이 그런 사람들 만만하니까 잡아가는 거야."[12]

1938년 전국에 걸쳐 각 동·리에 한 명씩 조사원을 투입해 각 군·면·동·리까지 동원 가능한 인력을 남, 여, 연령별로 면밀히 실지조사를 했고 1939년부터 농촌에서 노동력을 '모집'한다. 그 모집의 방식이라는 것이 노동자가 필요한 기업이 노동사용계획서를 제출하면 총독부는 노무조정계획을 수립해 도별로 동원해야 할 인원수와 기간을 결정해 각 도에 하달했고 도에서는 각 부·군에 할당인원을 통지하는 것이었다. 동원은 각 지방유지의 도움으로 진행되었으며 마을주민들은 '공평하게 한 집에 한 명씩'이라는 의무감이 주입되면서 "우리 집에서도 누군가는 가야 된다"라는 분위기가 형성되었다고 한다.[13] '하달된 할당수'라는 동원방법은 징용영장을 받은 본인이 아니라도 가족이나 마을공동체 내에서 누구든지 그 수를 채우면 되

는 것이었다.

『대구광역시 일제강점하 강제동원 피해진상규명 실무위원회 접수자료』에서 강필구가 정리한 것을 참고하면 상부에서 하달된 할당수를 채우는 일은 동장, 구장, 면서기 등에 의해 이루어졌다. 각 지방에서는 징용영장이 본인에게 주어진 것이 아니라 가족이나 마을공동체 내에서 누구든지 그 할당수를 채우면 되는 것이었다. 형이나 동생 대신, 병든 아버지를 대신해 동원되는 것은 물론 할당수를 채우는 과정에서 불법과 편법이 이루어졌을 것임은 상상하기 어렵지 않다.

마을·촌락이 주민 개개인을 통제하는 말단조직이 된 데는 조선사회의 제도적·일상적 측면이 고려되어야 한다. 우선 조선의 마을조직은 행정의 용이함보다 사람들의 일상과 관계된 측면이 더 크다. 대다수의 농민들은 신분뿐만 아니라 다양한 관계망 속에서 생산, 의례·제례, 교육, 노동, 휴식과 여가생활을 했다. 주로 농업생산력과 관련해 물을 공동으로 대기 위해 보를 만드는 협업에서부터 두레, 품앗이조직, 이 조직을 통해 사람이 많이 필요한 혼례, 상례, 산신제에서도 공동노동을 수행했다. 그리고 개인의 사회적 안전망으로서 각종 계가 있다.

조선의 농촌조직인 향규(鄕規), 동계(洞契), 향약(鄕約), 촌계(村契) 등은 농민의 토지이탈을 막고 농민을 공동체에 결속시키는 사족지배가 안정적으로 구성된 체제이다. 토지조사사업 등으로 신분관계의 근간이 되는 땅의 소유관계가 변화하면서 많은 부분 신분이동이 이루어지기는 했지만 토지소유신고의 주체가 지주였다는 점을 고려하면 토지소유자는 크게 변화하지 않았다. 이 조직들은 신분질서를 유지함과 동시에 양반과 농민의 생활공동체로서 자생적 필요에 의해 유지되어 오고 있었다.[14]

그런 점에서 농촌사회의 관계망을 지주농민의 지배와 피지배 관계로 단일화하기 어렵다. 두레나 품앗이 같은 상호부조의 공동노동이 수행될 수 있었던 것은 지주와 경작자 사이의 갈등에 의해서인 측면이 있고, 인력이 많이 필요한 혼례나 상례에도 노동을 담당한 것은 주로 하인들이었다. 특히 산신제와 같은 행사에서 반상 간의 역할은 뚜렷한 것이어서 제물을 옮기는 것은 농민이, 축문은 양반이 담당하여 진행되었다.[15] 따라서 농촌사회에서 '마을'은 계급, 신분의 일방적인 권력관계가 아니라 양반의 지배력과 농민의 생산 관계가 밀접한 관련을 맺고 있는 공동의 공간이라고 보아야 할 것이다.

이러한 생활 공동조직은 보다 느슨하고 자율적인 성격이었을 것이나 국가 이전에 개인의 삶의 가치를 결정짓고 방향을 제시해 주는 것이었다. 신분을 중심으로 한 생활공동체가 굳건한 가운데 관(官)정책 수행, 일제의 토지조사사업, 강제동원과 같은 국책사업에서 면 단위의 '모집' '동원'은 '개인'이라는 주체를 각성시키는 데 비용을 일절 들이지 않고도 일상적인 '마을공동체' 조직을 통제함으로써 효율적으로 이루어진 것이다.

해방 후 미군정의 통치는 일제의 행정체제를 유지하였고 한국전쟁 시기에도 일제의 주민 통치·통제 방식은 크게 변하지 않았다. 마을·지역 중심의 통제체제는 한국전쟁으로 인한 피란민 대책과정에 효율적으로 대처했다. 개전 초기 정부와 경찰조직은 대거 이동해 오는 피란민에 대응하지 못했지만 지방에서는 지방 행정기관과 사회단체, 지역유지가 중심이 되어 대처했다. 피란민을 수용하고 이주시키는 과정이 출신지역을 단위로 이루어진 것까지 감안하면 국가의 행정망이 제대로 갖추어지지 못했을 때 마을의 공동생활 조직은 개인 삶의 경제적·도덕적 토대였다.

3 　권위적 국가의 국민공동체 생산

국가의 통치행정력이 미치지 못한 곳에서 개인의 일상을 조정하며 삶의 토대가 된 공동생활조직의 활력을 박태순은 '독가촌'에서 찾았다. 독가촌은 해방, 전쟁, 산업화과정에서 부유(浮遊)했던 사람들의 최종 종착지이다. 독가촌에 모여든 사람들은 "시골에서 견디지 못하여 서울로 올라갔지만 서울에서도 맨 몹쓸 변두리로만 굴러다닌 사람" "경제개발계획·국토건설계획에 따라 황무지 개간에 자원한 사람" "고향이 수몰지구가 되어 집단이주해 온 사람"으로 '허명두'와 '온씨' 역시 그들 중 한 사람이다. 거의 버려지다시피한 독가촌이 세상의 관심을 모으게 된 것은 개척자들에 의해 독가촌이 살만한 땅이 되자 투자할 가치가 있다고 생각한 재벌기업 때문이다. 재벌기업은 독가촌을 싼값에 사들이기 위해 이전시대 지주제와 같은 제도를 시행하려고 한다.

이에 두 인물, 허명두와 온씨는 각기 다른 방식으로 대응한다.

> 땀 흘려 가꾼 땅이 도시의 온갖 잡것들이 논다니를 치는 관광지로 되려는 것을 어찌 귀농개척자들이 가만 보고만 있을 것인가. 하지만 그런 사리만을 가지고는 모지라는 것이 현실인 것이고, 그 모자라는 부분을 채워놓고 있는 게 무엇이겠느냐를 따져보면서 허명두씨는 웃음을 짓는 것이었다. 대한청년단 시절의 일하며 화랑동지회의 체험들을 그가 요 근래 부쩍 회상해 보는 것도 그 때문이었다. 명분보다는 실리(實利)를 추구해 오는 측이 항상 이겨오고 있었던 게 아닌가. 온씨가 찾아와서 자신에게 하였던 말을 그가 곰곰 생각해 보는 것도 그 때문이었다. "이제 당신 같은 사람들이 날뛰던 시대는 서서히 지나

가고 있다"는 말을 그는 물론 실감으로 받아들이고는 있으되, 문제
는 그것이 아직까지는 완전히 지나간 게 아니라는 데 있었다. 그러니
그가 해야 할 일이 아직은 남아 있는 셈이었다.[16]

    허명두와 같이 재빠른 사람들은 나중에 불하받을 것을 생각해 무허가주
택을 사들이고, 마을사람들 역시 집을 팔지 말지를 고민하기 시작한다. 온
씨는 '독가촌개발자활단'이라는 단체 명의로 하여 소유를 함부로 변경시킬
수 없도록 만들고, 수확한 채소를 팔아 수입을 늘리면서 농촌공동체 운동
을 벌이며 유력자와 싸운다. 그러나 허명두가 보기에 개척민들이 주인이 되
기에 그들은 너무 약하고 요원한 일이다. 그에 비해 땅을 빼앗으려는 무리
는 현실이라면서 자신을 위로한다. 그러면서도 허명두는 풍작이 들어 활기
찬 마을에서 유일하게 폭음을 하고 초조, 불안해한다.

    이 시대는 개척민이 일구어놓은 땅을 기업과 국가가 '합법적'으로 탈취했
던 시대이다. 한편 땅을 뺏기 위해 '날뛰는' 허명두가 자기위로를 필요로 할
만큼 양심의 흔들림이 동시에 존재하는 시대이다. 매일 밤 모여든 마을주민
들에 의해 곤욕을 치르는 허명두가 있는 것은, 적어도 독가촌 공동체 내에
서 부당한 일을 주민들이 응징할 수 있는 자율성, 판단의 건강함이 유지되
고 있다는 뜻이다. 허명두는 사리사용을 추구하면서도 이들을 두려워하는
것이다. 이는 허명두를 비롯해 마을주민들 사이에 윤리규범을 공유하고 이
에 의해 자치되고 있다는 의미이다.

    독가촌의 활력은 공생을 위한 공동의 제도와 마을의 질서를 유지하기
위한 윤리·규범을 스스로 조직한 데 있다. 이는 그들이 도시적 삶의 양식이
아닌 여전히 전통적 삶의 습속을 따르고 있었기에 가능한 것이다. 그러나
그들의 도덕적 판단력과 자율성은 그들이 권위주의 국가권력의 언저리에 위

치해 있고 국민으로부터 밀려나 있기에 가능한 것이었다. 하지만 정권의 주도하에 이루어진 전국토의 근대화는 이들의 자치조직을 분쇄하는 과정이었다. 권위주의 국가제도는 토지로부터 이탈한 '개인'에게 '국민'으로서의 정체성을 부여했다.

박정희정권은 근대적 제도를 통해 국민을 구성하며 국민대중의 시대를 열었다. 이 시기에 구축된 제도들은 현재에 이르기까지 한국인의 일상에 감시와 통제의 그림자를 짙게 드리우고 있다. 1962년에는 주민등록법이 제정되었고, 경제개발에 따른 내자동원을 위한, 현재의 역진적 조세구조 역시 이때부터 체계화되었다. 또한 이승만정권부터 그 필요성을 인식하면서도 재정적 어려움으로 시행하지 못했던 의무교육을 위해 혁신적으로 교육시설을 확충했다. 1963년 국가재건최고회의에서 제정한 의료보험이 단계적으로 실시되었으며 국가안보를 위해 군사동원을 가능케 한 향토예비군과 민방위대가 창설된 것도 1968년, 1975년이다. 농촌 살리기 운동에서 전국민적 운동으로 확산된 새마을운동이 시작된 것은 1973년이다. 또한 이해에는 국민의 호화·사치·과소비 풍조를 단속하고 건전한 생활양식을 위해 처벌조항을 강화한 가정의례준칙 개정안이 발표되었다.

국민대중, 대중사회는 여러 측면에서 논의 가능하겠지만 우선 농본위사회의 신분세로부터 해방된 자유로운 개인을 전제하지 않을 수 없다. 박정희정권은 무엇보다 우선적으로 '자유롭고 평등한 개인'을 근대화의 대상으로 호명했다. 이를 위한 효율적인 행정제도가 주민등록증이다.

오치성 국회내무위원장은 9일 "방첩을 위해 각종 신분증을 주민등록증으로 일원화시키는 주민등록법 개정안을 이번 회기에서 다른 안건에 우선 처리하겠다"고 밝혔다. 신민당은 주민등록법 개정안이 주

공동체 부재의 시대, 파편화된 개인의 역사

거와 활동을 제한하는 기본인권의 침해라는 이유로 반대하기로 당론을 모으고 있다. ―『경향신문』 1968. 4. 9.

오는 17일에 실시될 국민투표에 있어 약 35만 명가량의 유권자가 주민등록 사무의 부진으로 주권행사를 하지 못하게 된다. 7일 내무부에 의하면 9월 30일 현재 주민등록 대상자 중 주민등록증 미발급자는 3.4%인 오십이만 사천구백오육십 명인데… 투표 전날인 16일까지 계속 주민등록증을 발급해도 35만 명가량이 결국 투표를 못하게 될 것 같다는 것이다. ―『동아일보』 1969. 10. 7.

주민등록증이 나오기 위해서는 '나'의 자발적 신고가 필요하다. 당사자가 직접 신고해야 하는 절차는 이전 전시동원체제에서 '형·동생 대신' '병든 아버지 대신'이 아니라 '나'라는 개인의 독립적인 인식이 없고서는 불가능한 일이다. 또한 박정희는 시정연설에서 미국의 민주주의, 그 절차로 '국민의 한 표'를 강조했는데 주민등록증이 없으면 선거를 할 수 없음을 주지시켰다. 주민등록증은 평등한 '한 표'로서 '타성(他姓)이라서' '머슴 출신이라 만만해서' 등 신분적 차별과 불평등을 불식시키는 것이었다.

이전에도 신분과 거주를 증명하는 제도가 있었지만[17] 박정희정권의 주민등록제도는 그것들과 차이가 있다. 이전의 신분·거주지 증명서는 사람들의 이동변화가 커짐에 따라 정부가 이를 통제하기 위해 실시한 것으로 시·도민증이 시·도 조례에 근거한 것이라면 주민등록제도는 애초에 법제화되어 위로부터 강행된 것이다.

주민등록제도의 애초 목적은 1968년 1·21 청와대 기습사건과 푸에블로호 사건을 계기로 주민의 동태를 파악하고 불온분자를 색출한다는 것이었다. 신고율 99.7%로, 이처럼 높게 나타난 것은 애초에 주민등록제도가 반공·방첩을 이유로 공시된 때문이다. 당시에도 지문날인과 개인에게 평생 따라다니는 일련번호가 인권침해 차원에서 논의되었지만 반공의 당위성 안에서 쉽게 묵살되었다.[18] 때문에 신고를 하지 않을 경우 받게 될 불이익으로 인해 자발적으로 감시의 대상으로 수용되었다.[19] 반공주의는 개인의 이익보다 국가의 위기를 강조했고, 개발주의는 가난을 탈출하기 위해 개인의 노력, 정신개조를 강조하며 독재적 지배를 가능케 했다.

전통적 신분질서를 토대로 한 공동체 내에서 자신의 정체성, 가치를 부여받았던 사람들은 그 질서를 가능케 한 토지를 떠나 도시로 나와 자유로운 개인이 되었을 때 이제 개인의 안전과 평안을 책임지는 것은 오직 국가밖에 남지 않게 되었다. 국가제도는 개인적 차이를 조절하면서 국민을 형성한다. 국가의 거대화, 공동의 국민적 정체성은 이전의 마을공동조직에서 행해지는 상호부조, 주민자치조직을 와해시키고 이를 국가제도로 편입시키는 방법으로 이루어졌다. 물론 박정희정권도 서로 돕는 미덕을 훌륭한 덕목으로 장려하고 불우이웃을 돕는 일에 국민들의 적극적인 동참을 요구했다. 그러나 이전 사회와 다른 점은 불우이웃을 돕는 방식이 국가기관을 경유함으로써만 가능하다는 것이다.

오늘부터 갹출지양 기탁방식으로 불우이웃돕기 범국민운동 전개
정부는 25일부터 전국 60만 9천2백28명의 불우이웃을 대상으로 한 연말불우이웃돕기운동을 범국민적으로 벌이기로 했다.
보사부가 마련, 24일 국무회의에 보고한 이웃돕기 전개방안에 따르면 연말을 기해 불우한 이웃을 돕는 흐뭇한 분위기가 조성되도록 행정기관, 언론기관, 국영기업체, 금융기관과 기타 사회단체가 이웃돕기

공동체 부재의 시대, 파편화된 개인의 역사

운동을 주도, 체계적이고 실효 있는 이웃돕기운동을 벌이도록 한다는 것이다.

이와 함께 시·군·구와 읍·면·동에 이웃돕기창구를 설치 운영하고 각 행정기관과 국영기업체 등은 기관 단위로 기관이 이웃돕기창구를 설치, 전담직원을 두어 운영키로 하는 한편 상부상조의 정신에 입각하여 지금의 갹출방식을 지양하고 기탁방식을 원칙으로 모금품운동을 벌이도록 돼 있다. —『경향신문』 1975. 11. 25.

한겨울에 거리에 나앉게 된 병고의 모녀를 도울 길이 없느냐고 고학생인 서울 청구상고 3년 신현철군이 10일 본사에 호소해 왔다. 신군은 지난 11월 1일 서울 성동구 송정동 둑제방 판자촌 앞길에 나와 있는 정혜련양의 모녀를 만났는데 정양은 지난 72년 아버지를 여의고 어머니마저 올봄 신병으로 자리에 눕게 되자 동사무소에서 구호품으로 겨우 연명을 해오다 밀린 방세 때문에 쫓겨나게 되자 살림살이를 길가에 늘어놓은 채 추위에 떨게 된 것. —『경향신문』 1975. 12. 10.

경제성장과 빈곤해소를 혁명공약으로 내건 박정희정권은 '민생고의 시급한 해결'을 추진하였으나 반공을 국시로 군사·원호 관련 복지를 가장 먼저 추진하였을 뿐 '선성장·후분배'라는 경제정책으로 인해 국민을 대상으로 한 복지는 실질적으로 가장 후면으로 밀려나 있는 상황이었다.[20] 이런 상황에서 불우이웃돕기의 국가기구화는 복지제도, 복지기금을 마련하는 것까지 국민에게 떠넘기는 것이다. 이는 두 측면에서 이전과는 전혀 다른 삶의 양식을 초래했다. 가장 두드러지게 나타난 것은 '국민'과 '비국민'의 경계를 구분하는 일이다. 기관·단체 주도의 이웃돕기 '운동'에 실질적으로 참여를

독려 받는 사람은 '국민'이다. 박정희정권은 당대의 가난을 이전 시대의 악유산, 이조시대의 당쟁, 일제식민지의 노예근성에 기인한 것이라며, 가난의 역사를 종식시키는 개인의 정신혁명, 정신개조를 강조했다. 자유민주주의를 향한 위험·위기 요소로서 가난은 개인의 게으름, 태만한 정신태도 때문이라는 것이다.

불우이웃돕기의 국가기구화는 빈곤의 원인을 개인에게서 찾고 이를 해결하는 것도 개인에게 부과했다. 때문에 자치(自治)는 "자기가 자기를 다스리는 것, 자신을 통제하고 억제하고 나아가서는 자기를 희생한다"[21]는 것이란 말은 곧 스스로 일어서는 자는 국민의 자격이 주어지지만 그렇지 못한 자들은 언제든지 국가에 위협을 가할 수 있는 존재로 낙인찍을 수 있다는 의미이다. 가난한 사람들이 자신의 현실을 인식하는 순간, 자신의 안전은 자신을 국가와 동일시해야만 보호받을 수 있을 때 자율적인 개인은 사라지고 국가지배 권력의 규율에 복속된다.

관 주도의 이웃돕기가 초래한 또 다른 결과는 사람들이 자기 주변에 가난한 사람이 있어도 이를 도울 수 있는 방법이 없다는 것이다. 가난한 모녀를 돕고 싶어하는 한 학생의 안타까움이 신문 본사로 향한 것은 분명 훈훈한 미담이다. 그럼에도 불구하고 한겨울에 거리에 나앉을 정도의 절대적 빈곤 상태가 아니고서는 그 어떤 공공복지 혜택도 받을 수 없다는 의미이기도 하다. 국가화된 상부상조는 이웃돕기의 자발적 성격을 사라지게 했고, 주변으로부터 도움을 주고받을 사람을 찾을 수 없게 만들었다. 개인은 오직 국가의 충실한 국민으로서 국가에 복무할 때 안전을 보장받을 수 있다.

4   시민공동체 의식 형성, 민주·자유·평등

'독가촌 공동체'는 근대화·산업화 과정에서 생산된 개인, 스스로 자신의 삶을 설계하고 실천하는 근대적 개인의식을 기반으로 하고 있지만 이 시대 개척민들은 자신이 일군 땅의 주인이 되지 못했다. 그러나 독가촌의 농산물을 가져가기 위해 도시로부터 밀려드는 트럭을 보면서 사람들은 "독가촌이 생긴 이래 처음으로 대학에 진학하는 학생도 배출되지 않겠느냐" "아이들이 똑똑하게 자라나고 그러다 보면 독가촌은 어느 농촌 못지않게 잘사는 마을로 터물림"할 것을 기대한다. 과연 가난한 이들을 착취하면서도 끊임없이 배제하고 경계 밖으로 몰아내 온 폭력의 시대가 가고 온씨와 같은 주민의 자발적인 역능에 의해 역사가 이루어진 것은 1987년에 이르러서이다.

1987년은 한국의 정치·사회사에서 '민주주의' 성취, 이를 이끌어낸 '시민'의 힘이라는 큰 족적을 남긴 해이다. 6월항쟁의 시민의식은 부패하고 무능한 권력을 축출한 촛불의 힘과 맞닿아 있다. 그것은 민주주의, 평등, 자유에 근거하고 있는 자율적이고 다양한 개인의식이다.

'시민'은 누구인가. 시민은 한 국가가 근대사회로 이행하는 과정에서 주요한 개념이지만 그 정의를 내리기 쉽지 않다.[22] 그러나 굳이 서구의 시민 개념을 가져오지 않고도 부당한 폭력에 대해 자신이 처한 위치에서 문제의식을 갖고 자신의 권리와 의무의 목소리를 내는 '개인들의 연합'으로 추론할 수 있다면 이는 몇몇 특별한 개인의 각성만으로는 이루어지는 것이 아님이 분명하다. 이는 4·19혁명의 주체가 지식인과 대학생으로, 광범위한 대중의 호응을 얻지 못했다는 '미완의 혁명'의 이유가 되는 것이기도 하다. 그러나 6월항쟁을 이끈 새로운 정치주체로서 시민은 말 그대로 '새롭게' 등장한 것이 아니라 역사적·사회적·문화적 맥락에서 구성되어 왔다. 6월항쟁은 4·

19의 정신과 박정희를 비롯해 뒤이은 군사정권의 통치력에 대응하여 개인들의 동의와 저항이 빚어진 결과인 것이다. 우리는 시민의 정의보다 역사적 과정에서 어떤 갈등을 겪고 그것을 타협해 왔는가, 타협의 주체는 어떻게 구성되었고, 그 장은 어떻게 마련해 왔는가에 대한 논의가 더 필요하다.

'시민'이 발현되기 위해서는 '민주주의' '자유' '평등'에 대한 자각이 전국민적으로 확대될 때 비로소 가능하다. 그중 민주주의를 실천하는 참정권의 경우 한국은 '느닷없이' 이루어졌다. 서구사회에서 자유민이 참정권을 획득하기까지 대단위 전쟁경험, 전쟁수행을 위한 물적·인적 자원에 동원되어 온 과정이 있지만, 해방 이후 한국은 '민주공화국'임을 제1조에 규정한 헌법을 갖게 되었으며 한국국민은 일시에 완전한 선거권을 행사할 수 있게 되었다.[23] 그러나 이후 국가권력이 비대해지는 동안 개인은 종속되고 국가에 의존적일 수밖에 없는 존재들이었다. 1960년대 시인 김수영의 고백에서도 잘 드러나듯 '소시민'은 거대한 권력기구 앞에서 어찌할 수 없는 상태에 머물러 있는, 정치적 상황에 무관심으로 일관하거나 개인적 만족을 추구하는 속물이다. 한편으로 '소시민'의 고백은 나의 자유와 권리를 억압하는 것이 국가의 폭력이라는 것, 나는 자유인이며 한국은 민주주의 국가라는 것을 분명하게 인식하고 있다는 것이기도 하다. 이는 1950년대 후반부터 확대된 의무교육의 영향에 기인한 바가 크다.

> "아, 홈룸(homeroom)이라고 불렀습니다. 책상배열도 과거엔 한 줄씩 길게 쭉쭉 배치했습니다만 그때는 다섯 명씩 그룹을 지어 서로 책상을 마주보게 배치하고, 팀장을 번갈아 해보게 하고, 일주일에 한번씩 홈룸시간을 갖고 학교생활을 개선할 수 있는 자유로운 회의도 하게 했어요. 반장도 과거엔 선생님이 공부 잘하는 학생을 지명해서 시

공동체 부재의 시대, 파편화된 개인의 역사

켰는데 그때부터는 선거해서 뽑게 했습니다. 또 그때 민주주의란 무
엇인가 하는 교육용 책자들을 많이 읽게 했는데, 아마 유엔군사령
부나 미국공보원에서 보낸 책들 같았어요. …상당히 새롭게 느껴졌어
요. 민주화교육의 핵심이 바로 우리 대표를 자유롭게 우리 손으로 뽑
는다는 것이죠. 그런 교육을 받고 자란 세대였기 때문에 자유당정권
의 부정선거를 보고 참을 수 없어서 4·19를 일으켰고, 그 세대들이
박정희시대의 일본 군국주의적 독재를 참을 수 없어서 민주화투쟁
을 해왔다고 생각합니다. —좌담 「4월혁명과 60년대를 다시 생각한
다」 중 김승옥의 말[24]

  이승만정부의 의무교육제도 계획은 전쟁 이후에 본격적으로 시행되었고
이후 박정희정권 역시 국민교육에 필요한 제반 시설을 확충해 나갔다.[25] 당
시 교육은 미국원조의 일환으로 이루어졌고 미국은 유학의 기회도 제공함
으로써 1960년대 교육은 미국에서 공부를 하고 온 학자들에 의해 이루어
졌다. 김승옥을 비롯한 4·19혁명의 주체들은 1950년대 후반부터 확대된
의무교육과 평준화의 수혜자로 민주주의 교육의 첫 세대라 할 수 있다. 그
들은 '자유로운 회의' '선거' '민주주의' '대표를 우리의 손으로 뽑는다'라는
것을 교육받았고 부정선거, 군국주의적 독재가 부당한 권력의 폭력임을 자
각했다.
  김승옥의 '새로운 느낌'은 교육과정에서도 확인할 수 있다. 1955년 제1차
교육과정 개정시 중등·고등 사회교과목의 목적은 "정치, 경제, 사회를 중
심으로 하고 지리와 역사를 배경으로 하여 민주사회의 공민적 자질을 신장
하는 교과"로 규정했다. 1963년에 이루어진 제2차 교육과정에서는 민족주
체성과 경제 내용 성장을 강화하는 것을 목표로 삼았다. 사회생활을 영위

하는 데 필요한 지식을 이해하고 "민주국가 국민으로서의 신념과 자각을 확고히 가지게 하며 스스로 자신의 앞날을 개척하고 나아가 사회 및 국가의 융성과 인류공영에 기여할 수 있는 국민으로서의 자질을 기르게 한다"는 것이다. 1, 2차 교육과정이 공동생활을 위한 협동의 원리 그리고 사회정의로서 국민생활의 균등한 향상 등 보편적인 민주사회를 위한 공민교육이었다면, 1974년 개정·확정된 3차 교육과정은 국민교육헌장 이념을 토대로 국민적 자질, 민족적 주체의식이라는 '국적 있는 교육'에 역점을 두었다. 민족의 우수성과 애국심을 고취할 수 있는 교육으로 특히 국사교육을 강화했다.[26]

미국식 민주주의 이식과 국력배양을 위한 자주성·주체성 교육정책은 정권의 통치 정당성을 구현한 것이다.[27] 그러나 국가적 지배는 일방향으로 작동하지 않는다. 1960년대에서 70년대 후반에 이르기까지 국민학교 진학률이 90%를 상회하고 중학교·고등학교 진학률 역시 점차 증가하면서 이들은 학교라는 국가기구에 포섭, 순응하는 주체로 생산되었다. 하지만 특별한 교육열이 아니더라도 자식을 학교에 보내야 한다는 부모들의 전반적인 인식에 힘입어 민주주의, 주체성과 애국심은 젊은 세대를 중심으로 확대될 수 있었다.

더구나 1955~63년 베이비붐 세대가 70년대 중반부터 대학에 진학하게 되었을 때 대학생 수, 대학기관, 교직원, 교육시설이 절대적으로 증가했다.[28] 대학생은 하나의 특수한 계층으로 그들의 문화를 향유하고 공감대를 형성해 나갔다. 대학생들의 문화적 공감대가 확산될 수 있었던 것 역시 당대 산업화에 따라 신문, 라디오, 텔레비전 등 대중매체가 대량 보급된 것에 기인한 바가 크다. 대중매체가 지닌 선전적 기능을 적극 활용하는 차원에서 박정희정권은 대중매체의 대량보급에 만전을 기했던 것이다. 그들은 AFKN을 통해 비틀즈, 클리프 리처드, 밥 딜런, 지미 로저스 등 미국의 팝과 포크 경향의 음악을 들었고, 기성세대에 대한 불신, '우리식'이라는 자유분방함을 추구했다.

> "이 학교가 무슨 학교인 줄 아나. 이 학교는 기독교정신에 입각한 학교다. 그런데 여기서 어떻게 학생이 감히 담배를 피울 수 있나…"
> "기독교정신에 담배 피우는 것은 어긋난다고 하지만 남의 따귀를 때리는 것도 기독교정신에 어긋나는 일입니다."
> "뭐라구? 난 교수야. 너희들의 선생이야. 난 너희들의 철없는 짓들을 가르쳐서 옳은 길로 인도하는 책임이 있다."
> "그렇다면 왼뺨도 마저 때려주십시오." (…)
> 갑자기 병태는 미친 듯이 학교교정을 뛰기 시작했다는 것이다. 다들 병태의 발작적인 뜀박질에 놀라 왜 그래? 너 왜 그래? 미쳤나 하고 물었는데 병태는 대답 대신 넓은 교정을 경마장의 말처럼 뛰고 있었다. (…)
> "스트리킹이다 스트리킹."[29]

교수의 권위와 학생의 자유분방함이 충돌하는 대학에서 병태는 기성세대의 권위에 적극적으로 저항하는 대신 자신의 왼쪽 뺨을 내놓는다는 발언으로 교수의 권위를 희화화한다. 병태의 저항방법은 '옷을 입고 뛰는 한국적으로 토착화된 스트리킹'이라는 특유의 명랑성으로 대응한다.[30] 병태에게서 국가와 민족이라는 심각함을 발견하기는 어렵다. 그들의 행위는 일정한 목적이나 인과성은 없다. 다만 그의 즉각적이고 돌발적인 행위로 자신을 말한다. 이전의 대학생이 진리탐구, 정의구현과 같은 숭고한 이미지였다면 병태와 같은 '명랑한 바보'는 보다 대중적인 대학생의 이미지이다. 읽지도 않는

책을 호주머니에 끼고 다닌다거나, 멀쩡한 신발의 뒤축을 일부러 눌러 신는 행위는 그들 스스로 기성세대와 구별 짓게 만든다. 대신 대학생의 스타일은 '고등학생, 공돌이, 공순이, 호스티스 들'이 모방하면서 동시대 젊은 세대에게 '자유'의 아이콘이 되었다.[31]

 '민주주의' 교육과 대학생들의 '자유의지'는 '평등한' 젊은 세대라는 대중적 지지기반을 견인해 냈다. 4·19혁명이 소수 엘리트지식인의 혁명으로 대중적 지지의 한계에 부딪혔다면 87년은 다양한 계급과 계층의 참여가 활발했고 이들을 우리는 '시민'이라 불렀다. 그리고 노동자들은 부당한 폭력과 착취에 맞서 노동자의 권리, 인간다운 삶을 쟁취하기 위해 연대했다. 특히 대학생과 노동자가 연대한 소모임은 노사문제, 노동의 역사와 노동법, 노동조합 조직·운영을 공부하며 그간 가부장적·권위주의적으로 조직되어 온 노사관계를 평등한 관계로 전환시키며 집단적 노동자의식을 강화했다. 박태순의 『밤길의 사람들』에서 서춘환은 87년 10월 혁명의 날 노가다가 아닌 인간으로서, 노동자로서 명동의 밤길로 걸어 들어간다.

> "…노동자 개개인의 인간적 고민 문제 아니라 이 사회의 구조가 바뀌어야 하는 것이 당면과제, 이거다 하는 거예요. 학생이 민주화하던 4·19시절 지난 거고, 노동자가 민주화하는 세상 된 거예요."
> "과연 그것이 우리 사회에 실현되리라 믿는 거예요?"
> "믿고 안 믿고 상관없어요. 현실적인 상황이 그렇다는 걸 말하는 것뿐이에요. 나야 워낙 바보라서 억울해할 줄도 모르고, 그냥 남자에게 시집가기 운동이나 벌이는 중이지만… 민주화의 대열에서 이탈될 수 없다는 거, 온몸으로 느끼는걸요. 아 참, 노동자의 사랑 이야기하고 있는 중이죠? 노동자의 사랑은 아무것도 다를 거 없어요. 인간의 사

랑, 그거라구요."[32]

『밤길의 사람들』은 "노동자라는 말이 어때서?"라는 조애실의 질문에 대한 서춘환의 대답이라 할 수 있다. 서춘환은 고등학교 졸업 후 변변찮은 직업 없이 공사장을 떠돌았고 그마저 잃은 실업자 신세이다. 그는 스스로 '노동자' '조직' '노조'와는 어울리지 않는 노가다꾼, 막노동자로 여기고 있다. 조애실은 여느 여공과 마찬가지로 "남동생을 공부시키고 집에 송아지 사 보내느라 금쪽같은 청춘시절 뼈뼈지게"(245쪽) 희생한 인물이다.[33]

이 시대는 조애실의 표현으로 '삼백만 근로자 대표 전태일'에서 '일천만 노동자'로 확대된 시대이다. "어떻게 하다 보니 밑바닥 노가다"가 아니라 노동자를 비참하게 만드는 사회구조를 뜯어고치는 것, 노동하는 그 자체로서 자신의 정체성을 드러내는 것이 노동자에 의한 민주화이다. 조애실은 "벗어나지도 도망가지 않고 그걸 뜯어고쳐 사람답게 사는 사회를 만들자"는 쪽에 섰다. 그녀에게 노동민주화의 실현 가부보다 중요한 것은 '노동자의 사랑'이 다른 것이 아니라 그것이 '인간의 사랑'이라는 것, 차별받지 않고 인간다운 삶을 살 수 있는 권리를 쟁취하는 것이다.

계급·계층적 평등의식은 이른바 '넥타이부대'라는 이름으로 금융·사무직 노동자들이 명동으로 집결하는 성과도 낳았다. 그간 양복에 넥타이를 매고 근무하는 사무직들은 노동자들로부터 선망의 대상이었지 연대의 대상은 아니었다. 그런 그들이 학생들의 시위에 등장한 것이다. 그들은 당대 젊은이들과 마찬가지로 민주주의를 교육받은 세대이다. 그들은 어느 계층보다도 다양한 매체를 통해 정보에 접근할 수 있었으며 5공화국에서 벌어진 '장영자사건' 같은 금융부정사기사건을 목격하면서 정권의 거짓을 판별해 낼 수 있는 엘리트들이었다.[34]

개인들의 계보에서 1987년의 시민은 인간의 권리를 침해하고 억압하는 국가와 대결한 개인의 결집체이다. 그럼에도 시민은 단일하지 않다. 자유롭고 평등한 인간으로서의 주권행사는 개인의 계급적·계층적 토대에서 형성될 수 있기 때문이다. 이들은 국가의 요구에 충실한, 수동적이고 순응하는 국민을 생산하려 한 국가권력제도 속에서 탄생했다. 경제성장, 교육의 확대, 매체의 발전은 각계각층에서 살아가는 개인들로 하여금 민주사회, 자유와 평등이라는 인간다운 삶의 조건에 대한 공감대를 형성하고 그들의 연대를 가능하게 했다. 그러나 1987년 이후 민주사회의 열기는 곧 이어진 정치권력자의 한계와 경제위기로 인해 사그라져 버렸다. 1997년 금융위기로, 1987년 노동투쟁으로 획득한 노동자의 권리가 다시 초국적 금융자본가의 손에 넘어가게 되었다. 본격적인 신자유주의 체제로의 전환은 자본가, 노동자 할 것 없이 '부자 되는 희망'만 갖게 하였고, 대학생 역시 살아남기 위한 스펙경쟁 속으로 말려들어갔다.

5   신자유주의 시대, 시민의 종언과 파편화된 개인

민주주의에 대한 희망·열망이 급속히 냉각되고 어떻게 해서 개인은 그렇게도 신속하게 단자화·파편화되었는가. 이것은 87년혁명 주체의 '일상부재'와 관계가 있다. 혁명의 불씨가 사그라진 이후 그들을 기다리고 있는 것은 '일상'이었다. 과거의 선비·지사·지식인은 경제적 생산활동을 면제받은 유일한 신분이었다. 그러나 1980년대 대학생은 과거 엘리트지식인처럼 재력가나 경제적 여유가 있는 마을유지의 자제가 아니었다. 그들의 부모님들은 "뼛골 빠지게 일해서 등록금을 대주고" 있었고 대학을 다닌다는 것이 경제적 안정 혹은 대학졸업이 미래를 보장해 주지 못했다. 혁명 이후 그들이 직면한 것은 경제적 무능력, 일상의 고달픔이었고, 그들은 각자 제 살길을 찾아 자신들이 바꾸고자 했던 체제 속으로 뿔뿔이 흩어져야 했다.

아내의 경제력에 의존해 살아가는 남성지식인이 많이 등장하는 김소진의 소설에는 현실의 안정과 안녕을 택한 그들의 '전향' '변절'에 대한 '자기고백' '자기합리화'가 잘 드러난다.

> … 자기 아내의 벌거숭이 몸뚱이 위에 엎어져 뜨거운 숨결을 내뿜고 있는 사내는 다름 아닌 권력의 화신 헌강왕이었다. 처용에게 권력의 단맛을 봬준 왕이었단 말이다. 처용은 등짝이 땀으로 번질번질해져서 여자의 몸에서 내려오는 사내와 눈길이 딱 마주쳤다.
> 처용단장의 절정은 이 대목이야. 희조는 입술을 침으로 축이며 말했다. 이때의 처용의 마음을 적절하게 읽은 육십년대의 시인이 있었지.
> 그게 누군데
> 두말할 것도 없이 시인 김수영이지.
> 그래?
> 그가 시론을 논하면서 응축해 놓은 비수 같은 말을 처용의 입을 통해 되풀이한다면 이렇게 될걸. 아아, 향가여 침을 뱉어라, 풍자가 아니며 해탈이다. 이 비극적 상황, 자신의 변절로 이미 돌이킬 수 없는 권력의 늪에 깊숙이 휘둘린 걸 안 처용은 분노의 주먹 대신 체념의 춤을 출 수밖에 없었을 테지.[35]

처용은 아내와 헌강왕이 동침하는 현장을 나와 「처용가」를 노래한다. 이 이야기는 '희조'가 생계수단으로 학원강사를 하면서 향가 「처용가」를 각색한 것을 영태에게 들려주는 것이다. 처용은 부패한 화랑의 세계에서 나와 가난으로 허기진 백성을 노래로 위로하기로 한다. 이런 처용에게 헌강왕은 더 큰 무대와 부귀, 명예를 제공했다. 처용은 무대에 올라 "도탄에 빠진 백성의 가슴에 응어리진 고통의 뿌리를 어루만지겠다"고 맹세했다. 아내와 헌강왕을 목격한 처용은 이 비극적 상황에 분노가 아닌 자신의 변절로 비롯된 것에 대해 체념의 춤을 춘다.

애초의 처용이 변절한 이유는 무엇이었나. 물질적 고달픔이라는 개인적 이유 외에도 왕실의 권능을 등에 업고 대규모 연희를 보이고 더 많은 대중에게 자신의 가무를 보여줄 수 있을 것이라는 유혹 때문이었다. 그러나 처용, 김소진 소설의 인물들은 그 유혹이 얼마나 자기위안, 자기합리화에 불과한 것인가를 잘 알고 있었다. 전임강사 자리를 얻기 위해 '나'는 대학발전기금으로 '한 장'을 준비해야 하는 자괴감에 빠진다(「울프강의 세월」). 혁명 이후 집권여당의 거물 아버지를 둔 자식은 외교관으로(「혁명기념일」), 무능한 아버지를 둔 자식은 다시 무능한 아버지(「아버지의 자리」)일 수밖에 없는 현실에서 '투사' '혁명가' '공산주의자' '사회주의'는 남의 이름일 뿐이었다.[36] 혁명 이후 돌아온 일상에서 그들은 그들의 부모와 마찬가지로 부당한 현실에 문제를 제기하기보다 일신의 안전을 우선시하는, 그들이 비판해 마지않았던 소시민에 지나지 않았던 것이다.

관념으로서의 민주주의는 이미 모든 제도가 국가화된 상황에서 통치권력이 그 민주적이라고 믿었던 제도로부터 나오는 것임을 알지 못하게 했다. 관념에 지나지 않은 개인의 자유는 집단적·공동의 가치로부터 이탈하여 미시적 일상이 주류가 되게 했으며, 관념적 평등의식으로는 계급적 신분을 탈피하는 대신 경제적 신분관계가 다시 공고해지는 것을 보고 있을 수밖에 없게 했다. 따지고 보면 이 시대 '전향'은 종래의 사상·이념을 바꾸는 것이 아니라 이식된 민주주의, 자유, 평등의 관념에 가려졌던 그들의 일상을 직면한 것이었다. 집단적 가치에 대한 회의와 이념적 공동체의 와해는 결국 체념하는 개인을 양산했고, 1990년대 후반 한국 자본주의의 대전환 과정에서 가속화되었다.

1990년대 후반에 이루어진 한국의 축적체제 전환[37]과정에서 이전과는 다른 새로운 '자유'가 개인에게 부과되었다. 연일 '총체적 난국' '유사 이래 최대의 위기' '생존의 벼랑 끝'이라는 위기담론이 출현하는 가운데 개인의 자유는 '살기 위해' 적극적으로 자신을 '관리' '경영'해야 하는 자유이다. 알다시피 신자유주의는 모든 부문에서 개인의 자유를 적극적으로 추구한다. 모든 선택이 개인의 결정에 따른 것이므로 이에 따른 결과, 그 책임까지 개인이 떠안아야 했다. 신자유주의 시대 개인의 자유가 국가통치의 소멸이 아니라 새로운 통치전략인 이유는 여기에 있다. 사회적 문제를 '자기돌봄' '자기통치'의 문제로 전환하며 늘어나는 사회적 리스크에 대한 책임을 개인, 사적 영역으로 전가함으로써 통치의 효율성을 극대화하는 것이다.

개인의 책임과 자율적 역량을 중시하는 것은 교육과정의 기본 방향에서도 드러난다. 군사정권과 단절하고 차별화했던 문민정부가 이끈 5·31교육개혁안(1995)의 골자는 문명의 대전환에 따라 정보와 지식이 개인의 삶과 국가의 부를 결정하는 것인 만큼 국민의 지적 능력을 계발하는 것이다. 아울러 단편적인 지식 위주의 교육으로부터 벗어나 창의력 배양 중심 교육으로 전환하여 세계적 수준의 교육, 학문과 문화 창조의 산실로 만들어야 한다는 목적을 강조했다. 이어 1997년 12월 30일 고시된 7차 교육과정의 기본 방향에서 지향하는 인간성도 '더불어 사는 인간' '창조적 존재로서 슬기로운 인간' '개방적 존재로서 열린 인간' '자율적이고 생산적인 존재로서 일하는 인간'이다. 이러한 인간상은 '공민' '국민' '시민'이라는 공적 역량 차원에서 국민계몽에 중점을 두었던 이전의 교육목표와는 확연히 차이가 난다. 교육의 공급보다 수용자·학습자에게 선택과 기회를 연 교육개혁은 학생을 교육의 소비자로, 그들의 선택에 따라 학습체계가 구성될 때 공교육이 부실해지고 사교육의 활성화될 것이라는 비판을 받기도 했다. 그런데 이보다 더 의미 있는 지적은 이러한 교육이 학생들을 수동적인 소비자가 아닌 능동적인 '경영자'로 만들고 있다는 점이다. 경영자에게 교육은 미래를 위한 투자이다. 교육에서 자기경영은 자신의 창조적 능력 계발은 물론, 그 능력이 시장에서 교환가치로 전환될 수 있는 가능성을 고려하면서 교육과정에 자율적으로 참여하는 것이다.[38]

신자유주의 체제에서는 국민을 계몽의 대상으로 여기지 않는다. 오히려 스스로 준비하고 기획하고 문제를 찾아 해결하는, 개인의 적극적인 자기관리, 경영자적 역량을 강조함으로써 성공과 실패를 판단하고 결정하게 만들었다. 그리고 실패에 대한 책임 역시 고스란히 개인과 가족의 몫으로 떠넘겨지게 되었다. 마거릿 대처가 시장주의 정책 결정과정에서 "사회는 없다. 개인과 가족이 있을 뿐이다"라고 했을 때 그건 사회적 안전장치가 되어온 복지제도를 축소하기 위한 명령이었지만, 한국사회에서 안전장치는 애초부터 오직 가족밖에 없었다.[39] 그사이 개인과 사회의 관계망으로서 시민 혹은 마을 난위의 자치영역은 흔 적조차 찾기 어렵게 되었다.

반쯤 부서진 집들이 몇 채 보이자 나는 그리로 뛰어들었다. 아무리 사람이 버리고 간 집이지만 똥 눌 곳이 마땅치 않았다. 얼마 전만 해도 밥 먹고 잠자던 부엌이나 방이라고 생각하니 선뜻 바지춤을 까내릴 수가 없었다. 잠시 주춤거리는 새에 마침 세로로 절반쯤 깨진 큼직한 항아리가 눈에 띄었다. 그 안에는 아마 그 항아리의 반을 깨고

들어왔을 한 뼘짜리 벽돌이 들어 있었다. 크기로 봐서는 한 열 명쯤
되는 식구는 좋이 먹여살렸을 장독 같았다. (…)

아아. 하지만 여태껏 나를 지탱해 왔던 기억, 그 기억을 지탱해 온 육
체인 이 산동네가 사라진다는 것이 아니겠는가, 나를 이렇게 감상적
으로 만드는 게. 이 동네가 포클레인의 날카로운 삽질에 깎여가면 내
허약한 기억도 송두리째 퍼내어질 것이다. 그런데 나는 기껏 똥을 눌
뿐인데… 그것밖에 할일이 없는데….[40]

　항아리 크기로 봐서 열 명쯤 되는 그 식구는 어디로 갔는가. 한지붕에 살
았던 장석조네 아홉 가구 사람들은 어디로 갔을까. 술주정뱅이 고물장수
순심이 아버지, 구둣집 문간방에 살던 효상이, '나'가 짠지단지를 깨고는 바
로 집으로 들어가지 못하고 하루 종일 떠돌아다니다 마을에 들어섰을 때
짐짓 모른 척해 준 아주머니들, 항아리주인 욕쟁이 함경도할머니. 포클레인
삽질에 깎여나갈 산동네와 함께 '내 허약한 기억'도 사라질 것이다. '나'를
감상적으로 만드는 것은 사라진 과거에 대한 아련한 추억이나 향수가 아니
다. '나를 지탱해 왔던 기억' '나의 기억을 지탱해 온 육체인 이 산동네'가 허
물어지는 상황에서 내가 혹은 우리가 할 수 있는 일이 아무것도 없기 때문
일 것이다.

　'나를 기억하는 것'은, 즉 누군가가 나를 기억하고 있고, 내가 누군가들
과 함께 있다는 것을 안다는 것이다. 설령 삶을 놓고 싶을 때조차도 나를
기억하는 '그들'로 인해 '나'를 반추할 수 있는 거울을 갖는 것, 그것이 이웃
이다. (산)동네 공동체는 거주함으로써 서로의 기억이 된다. 즉 거주한다는
것은 홀로 존재하는 것이 아니다. 그러나 오래된 작은 집들, 산언덕에 이룬
동네가 재개발되고 아파트가 들어서는 것이 일상이 되었다. 이는 단지 새

아파트가 들어섰다는 의미만이 아니다.

'헌 집'을 허물고 '새 아파트'가 가져다줄 경제적 이익에 대한 기대는 그것이 가난한 원주민에게 돌아갈 것이 아님을 알면서도 언제나 '옳은 일'이었다. 재개발은 '도시의 균형발전' 및 '주거생활의 질' 혹은 '국민의 삶의 질 향상' '도시미관'을 위한다는 목적으로 시행된다. 삶의 질을 결정하는 지표인 '국민' '미관' '발전'에는 그 어디에도 그곳에서 거주할 개인의 의지는 없다. 이제 어디에도 "거주함으로써 존재, 공동체에 정착해 살아가고 일상을 만들며 뿌리를 내릴 집"⁴¹은 존재하지 않는다. 개인들 역시 더 큰 이익이 있는 곳이라면 언제든지 삶의 터전을 옮길 준비를 하고 있는 상황에 이르렀다. 노동에서도 마찬가지이다. 유연한 고용체제는 사람들이 한 노동현장에 오래 머물기를 바라지 않는다. 순수하게 홀로 선 개인은 노동·주거 등 일상을 살기 위해 필요로 하는 공동의 문제해결 능력을 박탈당한 채 고통을 오롯이 '홀로' 감내하도록 내버려진 존재들이다.

'홀로 선 개인'은 국가권력이 거대화되는 과정에서 탄생했다. 특히 한국의 권위주의적 통치체제는 생활공동체에서 떨어져 나온 개개인을 호명하며 통치했다. 복지제도가 마련되지 못한 상황에서 상호부조와 같은 자치제도를 국가화할 때 개인은 자신의 안전을 제 이웃이 아닌 오직 국가에 의존해야 했나. 관념적인 이념에 의한 공동체는 대중적 참여에도 불구하고 자신의 주변, 일상과 괴리됨으로써 지속적인 연대의 기반을 구축하지 못했고 신자유주의 시대의 자기통치술은 고통의 개인화를 더욱 가중시키고 있다.

한편 국가제도는 사람들로 하여금 '민주' '자유' '평등'과 같은 민주사회의 구성원리를 자각하게 했고, 민중·시민이라는 공동체적 역량을 가능하게 했다. 민주사회의 이념은 다양하고 다원적인 개인 정체성의 기반이 된다. 이번 촛불시위는 타인의 정체성을 경원시하지 않고 '함께 있음'을, 자신이 여러 정체성들 '사이'에 존재할 수 있음을 보여주었다. 특정한, 고정적인 정체성으로 존재하는 것이 아니라 공통의 문제를 해결하기 위해 저항하는 정체성으로 '만들기'를 시도한 것이다. 근대화, 신자유주의 시대를 통해 구성된 '홀로 된 개인'의 가능성은 여기에 있다. 새로운 공동체는 '홀로 존재하는', 결코 단일하지 않은 이들로부터 시작할 수 있다. 개인들의 공동체는 이제 시작이다.

주

1   김성일 2017, 164쪽.

2   '국민' '민중' '시민' 개념은 한국사회에서 그 정의, 출현, 의의 등 아직 첨예하게 논쟁중
    이다. 이 글에서는 그 개념의 첨예함보다 각 시기에 정치적 주체로서 호명된 이름으로서
    국민, 민중, 시민을 사용하였다. '국민'은 국가에 속한 개인의 의무와 충성을 제공하는
    집단적 정체성을, '민중'은 국가적 제도를 통해 탄생한 개인의 저항적 정체성을 드러낸 개
    념이다. '시민'은 국민적 저항, 민주화로 이룩된 주체적 개인의 연대로 보았다. 그리하여
    이 글에서 최종적으로 보이고자 하는 것은 국민, 민중, 시민이라는 고정된 정체성이 아니
    라 '홀로 선 개인'이 보여준 '함께 있음', 여러 정체성들 '사이'에 존재함이다.

3   바우만에 의하면 '개인화'는 이미 주어진 인간의 '정체성'이 아니라 '과제'이다. 개인화는
    그 과제를 수행할 책임은 물론 결과에 대한 모든 책임을 행위자에게 지우는 것이다. 지
    그문트 바우만 2009, 53쪽.

4   박주원 2004.

5   『무정』에서 형식은 유서를 남기고 떠난 영채를 찾아 평양으로 갔다 그녀가 죽었을 것이
    라고 낙심하며 경성으로 내려오는 기차 안에서 '더할 수 없는 기쁨'을 느낀다. 지금까지
    느끼지 못한 '자신의 생명'을 발견한 때문이다. 지금까지 형식의 생명을 결정지었던 것은
    그의 스승 박진사의 세계이다. 때문에 그의 딸 영채가 목숨을 끊었을지도 모른다는 생
    각에 슬프면서도 한편으로는 그녀의 죽음을 통해 그는 이전과 다른, 자신의 사명과 색
    채를 생각한 것이다.

6   마을공동체가 안정적으로 지속될 수 있었던 데는 사족층의 역할이 중요했다. 사족층
    은 중앙정부를 상대로 국가정책과 지방행정의 불합리를 규탄하고 지방관리의 부정부패
    의 고발·시정을 요구할 수 있었다. 또한 성리학적인 향촌질서와 생활문화를 보급·확대
    했으며 병작제, 환곡 등으로 마을의 경제적 위기에 주민들의 울타리가 되었다. 김무진 외
    2006, 191, 192쪽.

7   면적과 인구라는 단일한 기준을 적용해 균일한 공간을 만들어낸 것도 놀랍지만 더 주목
    할 것은 군 통폐합이 면 및 동·리의 통폐합과 연계되어 추진되었다는 점이다. 군의 통폐
    합으로 초래되는 '공간의 양적 균일성'은 면과 촌락의 통폐합이 가져오는 효과와 맞물
    려 서구 근대적 공간관을 수용할 수 있는 여지를 넓히는 역할을 하게 된 것이다. 윤해동
    2006, 106쪽.

8   『토지조사사업현황보고집』, 조선총독부 임시토지조사국(1911년 6월). 이영학 2008,
    129쪽에서 재인용.

9   종래 한국에서 자연인 이외에 재산의 주체가 될 수 있는 것으로는 국가, 왕실, 부락, 기
    타 종교, 학술 또는 기예를 목적으로 하는 영조물(營造物) 등이다. 부락과 영조물은 일
    찍부터 법률행위와 소송의 당사자로 인정되었다고 한다. 특히 부락은 리·동·촌으로 불
    리며, 산야·전답·제언(방죽) 등의 재산을 소유하는 예가 많고, 혼구(婚具)나 장구(葬
    具)를 갖추고서 현금을 대부하여 이식(移植)을 꾀하는 예도 드물게 존재했다. 윤해동
    2006, 208쪽.

10 조정래 1994, 53쪽.

11 앤드루 고든 2015, 132~38쪽.

12 강필구 2013, 20~27쪽.

13 일제는 노동력 동원에 대해 '모집' '자원'이었다고 주장하지만 그것이 강제동원일 수밖에 없는 이유가 있다. 전쟁말기 식량이 배급제로 이루어지면서 동원을 거부한 집안은 배급을 받을 수 없었고 가족구성원 중 누군가 징용을 피하면 배급에 불이익이 주어졌다. 마치 가족이 일제에 인질처럼 잡혀 있는 상황에서 떠밀려 동원된 것을 자원이라 말할 수 없다. 같은 글, 15~19쪽; 최유리 1997. 육군특별지원병모집을 위한 "陸軍特別志願應募に關する件"에 따르면 동원제도가 마을 단위로 조직적으로 이루어진 것을 알 수 있다. "1. 지원병제도 취지의 보급 철저를 도모하기 위해 ① 각 애국반 또는 최하급 연맹에서 본건에 관한 좌담회를 반복해서 개최할 것 ② 다시 상급연맹의 주최로 강연회를 개최할 것 ③ 가족 중 특히 주부 및 노인의 인식을 심화할 것 ④ 학교생도, 아동 특히 중등학교 이상 생도의 인식을 심화할 것 ⑤ 사회적 상당 지위에 있는 가정의 자제로서 졸업 전 응모시켜 대중에게 活模範을 보일 것 ⑥ 일반청년의 동경심을 함양할 것 ⑦ 포스타, 인쇄물 등을 배포할 것 2. 지원병 응모자의 증가를 도모하기 위해 ① 전선에 걸쳐 각 정·동·리·부락 연맹으로부터 최소한도 1인 이상의 지원자를 응모하도록 지도할 것 ② 부·읍·면 연맹 이사장은 정·동·리·부락 연맹 이사장으로 하여금 항상 적응자를 조사시키고 그 연락을 확보할 것 ③ 부·읍·면 연맹 이사장은 경찰관서 및 재향군인회, 청년단, 부인회와 제휴 연락하고 적응자의 응모 방법을 권유할 것(하략)"(표영수 2014, 122, 123쪽에서 재인용).

14 일제강점하에 시행된 향약의 주도 계층은 1. 도지사, 군수, 면장 2. 학교장, 도평의원, 면협의회원, 조합장 3. 한학에 소양이 있거나 학식이 있는 자, 동네 유력자로서 상당한 자산을 가진 자이다. 이들은 관직에 있으면서 일제의 지배에 직·간접적으로 협력적이었고, 지역에서 영향력을 미치고 있었던 인물들이다. 한미라 2016.

15 두레, 품앗이 같은 공동노동이 쇠퇴한 이유는 한국사회의 변화에 있다. 해방 후 농지가 경작자 우선으로 분배되고 토지소유권이 소작인에게 이전되면서 지주-소작, 마름-소작 관계가 해소되었기 때문이라는 것이다. 대토지경작자인 지주와 마름의 경제적 강제가 사라진 이후 대경작자는 품값을 지불하고 품을 구입할 수 있게 되었다. 오창현 2005.

16 박태순 1995b, 208, 209쪽.

17 조선시대 호패제도는 주민증과 별 다를 바 없었다. 임진왜란 직후 호패를 실시한 목적은 군역자 징발과 피역자 색출이었다. 일제시기 주민에 대한 관리와 통제는 호적제도와 기류제도이다. 호적제도는 호구조사로 호주와의 신분관계를 공증하는 것으로 일제의 주민통제는 기본적으로 혈연 중심으로 이루어졌고 실제 거주민에 대한 파악은 취약했다. 또한 사회적 유동성 증가로 본적지와 주소지의 불일치가 심각해진데다 전시체제기에 접어들면서 일제는 1942년 조선기류령을 발효하고 신고 의무화했다. 기류제는 징병뿐만 아니라 전시 인력과 물자 동원을 위한 주민통제의 기반이 되었다. 미군정은 일제시기 제반 법령의 효력을 그대로 인정하였으나 해방과 함께 급격한 인구이동(송출, 귀환)으로 효력이 약화되자 1947년 전국 '주민등록'과 '등록표' 제도를 시행한다. 미군정은 '인구동태의 정확성' '투표' '배급' 등을 위해 등록표를 발급받을 것을 요구했고, 북한이 공민증을 발급함으로써 남한은 서로 다른 주민정체성을 부여받게 되었다. 1949년 빨치산 토벌지역

에서는 등록표와 다른 새로운 신분증명으로 양민증을 발급받아야 했다. 양민증은 한 국전쟁을 거치면서 시·도민증으로 전국에 확대·시행되었고 전후에도 시·도민증은 여전 히 간첩색출 목적으로 이루어졌다. 김영미 2007.

18 주민등록증 앞면에는 사진, 이름, 주민등록번호, 본적, 호주성명, 병역 및 특기 번호를 적고 뒷면에는 주소, 직업, 지문을 날인하도록 되어 있다. 주민등록을 신청하기 위해서 사진 3매, 국가나 공공단체에서 발행한 사진이 붙은 증명서를 제출해야 하는데 증명자 료가 없으면 통반장의 입회보증이나 2인 이상의 주민들의 보증을 받아야 했다. 또한 등 록증은 본인이 직접 출두해서 발급신청을 내야하며 대리발급은 신청할 수 없도록 하고 항상 휴대하도록 의무화했다.『동아일보』1968. 11. 21.

19 주민등록제도는 국민을 주체로 상정하지 않고 국가가 국민을 어떻게 효율적으로 통제 하고 관리할 것인가, 그리하여 국가에 의해 국민의 일상이 변화한다는 측면에서 '빅브라 더'의 효율적인 제도이다. 국가에 의해 국민의 일상이 변화한다는 의미란 '정상적' 국민을 구별하는 국가감시를 국민이 당연하게 여긴다는 것, 그리하여 포괄적인 감시기구가 순 종적인 주체를 생산한다는 점이다. 홍성태 2008.

20 대통령 시정연설문을 통해 사회복지 비중을 살펴본 논의에 따르면 시정연설문의 구성은 대부분 국내외의 경제·정치·안보 등의 상황에 대해 서술하고 있으며 금년도 시정평가부 분, 차년도 시정목표와 예산을 중점으로 구성되어 있다고 한다. 제3공화국 시기에는 외 교·국방·경제·교육·사회복지 순이며, 제4공화국에서는 경제·외교·국방·교육·사회복 지 순으로 나타났다. 사회복지부분은 1978년 가장 많이 언급되었는데 이 시기는 유신헌 법이 선포되고 박정희가 제8대 대통령으로 당선된 시기이다. 변경오 2006.

21 "자치란 자유의 한계를 지켜 자기의 자유를 현실화한다는 것에 불과하다. 그러므로 자 유는 자치에서만 실현된다. 자치능력이 없는 개인, 자치능력이 없는 단체에는 진정한 자 유도 없다. 민족의 자유는 이러한 개인의 자유의 집약에 불과하다. 이러한 자치정신이 정 치형태로 표현된 것이 지방자치제다. 그러나 개인이 자기를 자치하지 못한다면 한 지방 의 자치도 불가능하다. 그러므로 자치제도는 먼저 개인의 자치에서 출발한다."(박정희 1962, 42, 43쪽)

22 어학사전에 시민은 1. 그 시(市)에 사는 사람 2. 국가사회의 일원으로서 그 나라 헌법에 의한 모든 권리와 의미를 가지는 자유민 3. 역사적 의미에서 서울 백각전(百各廛)의 상 인들이라 정의 내리고 있다. 서구에서 시민은 고대 도시국가를 배경으로 나타나, 도시공 동체의 구성원이면서 경제적인 노동으로부터 자유롭고 정치적인 일에 참여하는 자유인 을 의미한다. 로마법은 자유민과 노예로 구분했고 자유민을 다시 시민과 비시민으로 구 별했다. 이때 시민은 정치적·경제적 특권을 향유하는 자유인층을 지칭하는 것이었다. 중 세유럽에서는 특권계급 공동체와 달리 상인과 수공업자를 중심(Buerger)으로 새로운 도시공동체가 생겨나면서 그들은 자유로운 도시민이라는 새로운 지위를 획득했다. 18세 기 이후 평등화가 진행되고 시민 개념이 확대되면서 국가의 모든 구성원을 시민으로 지 칭하는 경향이 나타났다. 루소는 일반의지의 형성에 참여하는 사람을 '시민'이라 부르고 인간이 불안정한 사회상태에 사는 한 시민이 되는 것은 선택이 아닌 당위라고 보았다. 시 민이 된다는 것은 스스로에게, 공동체에 대해 '자기의 주인'으로서의 자유를 누릴 수 있 는 강제성을 강조했다. 이때 자유의 의미로서 '자신이 제정한 법에 복종하는 것'을 포함

공동체 부재의 시대, 파편화된 개인의 역사

해 시민은 국가의 법에 복종(시민으로서의 자유)하고 공공성인 일반의지에 자신을 일치(개인으로서의 자유)시켜야 하는 존재이다. 시민이 법을 제정하는 주체로서 근대 정치사상에서 핵심을 이루게 된 것은 프랑스혁명에 의해서이다. 헤겔의 시민, 시민사회는 이중적이다. 개인의 욕망을 충족하기 위한 관계와 개인의 욕망을 넘어 정치적 성격은 함께 있는 것이라고 보았기 때문이다. 이 양자의 긴장 속에서 마르크스는 시민층의 부르주아적인 차원을 강조함으로써 경제적 이해관계에 종속되어 있는 계급적 존재로서 시민에 주목했다. 박명규 2009, 198~205쪽.

23 영국에서 1832년 1차 선거법 개정 이후 현재와 같은 보통·평등·비밀 선거가 이루어지기까지 100여 년이 걸린 것과 비교할 때 한국의 참정권은 일시에, 전면적으로 이루어진 것이다. 하지만 이는 '역사에 뿌리를 둔 국민적 정체성'을 부정하고 '국가 이데올로기에 의해 정의된 국민적 정체성'을 강제한 것이다. 물론 참정권을 획득한 사람들도 스스로를 시민으로 표명하지 않았고 헌법에 명시된 시민권을 '공동체의 성원으로서 누려야 할 천부적인 권리'로 인식하지도 않았다. 정상호 2007, 82, 83쪽.

24 최원식·임규찬 엮음 2002, 29쪽

25 1959년 국민학교 취학률은 96.4%에 이르렀고 1976년에는 중학교 진학률 79.1%, 고교 진학률도 75.7%에 달했다. 1964년부터는 4년제 대학이 본격적으로 증가하기 시작했다.

26 교육과정 논의자료는 배수미(2003) 참조.

27 학교는 국가의 지배적 이데올로기를 교육하고 규율을 내면화한 개인을 양성, '민족' 혹은 '국민'이라는 상징적 통합이라는 정체성 형성에 기여하는 국가기구이다. 근대국가 형성기 학교는 전통적 공동체와 단절된 개인을 국가권력 내부로 포섭하는 주요 통치체제이다.

28 대학은 대부분 서울에 생겨났다. 1967년 4년제 대학은 전국에 68개로 그중 37개 대학(전국 대학의 54%)이 서울에 집결해 있었다. 물론 이 시기 여자대학생은 희귀한 존재였다. 1970년대 전반 여성 중·초등학교 졸업 이하는 약 60%나 되었으며 1970년대 후반에는 중학교 졸업 이상의 학력을 가진 사람이 약 60%였다. 1970년 고등학교 진학률은 남자 37%, 여자는 24%에 지나지 않았다. 이런 상황에서 당대 여성의 대학진학률은 평균 3.4%에 불과했다. 강준만 2002, 145, 146쪽.

29 최인호 1977, 190~93쪽.

30 최은영 2017.

31 심재욱 2017, 84쪽.

32 박태순 2007, 282쪽.

33 1970년대 노동집약적 경공업의 성장은 여성노동자의 손에 의해서 이루어졌다. '시다'라 불리었던 여성들의 노동자의식, 계급정체성, 연대 네트워크는 이후 민주노동운동의 초석이 되었다. 구해근 2015, 152쪽.

34 이상재·정일영 2006.

35 김소진 1994, 237, 238쪽.

36 철학자 윤노빈은 한국의 철학이 한국적 고통, 인류의 고통과 그 해결을 외면해 왔다는

사실을 지적하며 이를 노예가 자기의 문제보다는 '남의 문제'를 푸는 데 골몰하는 것에 비유했다. 남의 문제를 대신해 주는 것, 알링턴 국립묘지의 평화를 위하여, 레닌 묘의 평화를 위하여, 명치신궁의 평화를 위하여 한민족은 '평화스럽지 못한 야경'을 도는 노예였던 것이다. 윤노빈 1989.

37   1997년 경제위기는 부실기업 정리·정리매각, 금융기관의 인수합병이라는 한국 자본주의의 대전환을 요구했다. 이는 노동계급의 조직적 저항에 주춤했던 자본에 총반격의 기회를 제공하면서 유연한 노동으로의 구조조정을 본격화했다.

38   구동현 2009, 1180쪽.

39   가족위기·가족해체 담론은 경제위기 상황과 맞물려 집중 조명되었다. 이러한 위기담론은 고정된 성별분업에 기반을 둔 가부장적 가족의 가치를 옹호하는 정치성을 띠고 있다. 구조조정과정에서 실제 많은 여성노동자가 해고되고 비정규직이 되었음에도 불구하고 언론의 관심은 가족부양자로 인식되어 온 기혼남성의 해고에 집중되었다. IMF 전후 부권위기 담론은 바로 가족, 부권이 우리 사회의 주요한 물적 토대였음을 입증하는 것이다. 박소진 2009, 24쪽.

40   김소진 1997, 33쪽.

41   오정진 2012, 306쪽.

옛 피란수도 부산의 개방성과 수용성

생명문화 생명운

'피란수도 부산'은 2000년대 부산시가 주력산업을 관광·서비스 산업으로 전환하면서 관광객의 발길을 이끌 역사 스토리텔링의 대상으로 '재'발견되고 있는 사안이다.[1] 그 이전에도 '임시수도기념관' 개관(1984)을 통해 피란지 부산의 경험을 기념하려는 시도가 있었으나 오랜 기간 이 기념의 주인은 이승만 전(前) 대통령이었다. 그러던 것이 2017년 부산시가 부산지역 근대 건축물 자산을 유네스코 세계유산 등재를 추진하면서 피란수도 부산을 국가방어와 국민보호의 기능에서 '활력으로 들뜨게 한 피란민들의 삶의 장소'로 그 의의를 전환하고 있다. 그런데 역사상 유례없는 임시수도, 피란수도의 경험은 부산사람들의 자긍심이 되어야 할 터이지만 차철욱의 지적처럼 유산이 피란민들에게 어떤 역할을 했는지, 어떤 영향을 받았는지 그리고 그 관계가 현재에 어떤 의미가 있는지[2]에 대해 정의 내리지 못하고 있는 실정이다. 단지 과거의 고생스럽고 어려웠던 시절을 환기하고 '그 시절에는 그랬지'와 같은 향수, 회상 이상의 의미를 찾기 어렵다.

피란수도 부산의 유산이 "냉전기 최초 전쟁으로 인해 형성된 세계 유일의 피란수도로서 보편적이면서도 탁월한 가치를 보여"[3]준다는 의의에도 불구하고 지역주민은 "공공기관에 의해 진행되는 관광 프로그램에 수동적으로 참여하는 형태"[4]에 머물러 있다는 연구결과에서 보듯 지역주민의 생활과 무관한 관광지, 즉 지역주민이 스스로 아끼고 자랑스럽게 여기지 못하는 관광지는 지역과 지역민을 구경거리로 전락시킬 우려마저 짙다.[5]

피란지 문화유산이 단순한 구경거리에 그치는 것이 아니라 부산시민의 자부심과 자긍심으로 전환하기 위해 피란지의 의미를 좀더 적극적으로 사유할 필요가 있다. 최근 피란수도 공간의 의미를 삶의 공간으로 전환하는 다양한 움직임들이 일어나고 있는 것은 긍정할 만하다. 피란수도 부산을 죽음과 절망, 공포의 재난현장으로 장소화하는 다크투어리즘의 가능성도 그중 하나이다. 그러나 다크투어리즘은 단순히 절망과 공포를 재현하는 것일 수 없다. 피란수도 부산은 절망을 딛고 다양한 사람들이 그 속에서 살며 미래를 꿈꿀 수 있는 문화적인 장소로 자리매김할 수 있어야 한다.

1   생(生)의 마지막 희망을 찾아, 부산으로

지금까지 우리는 문학, 영화, 음악 등 대중매체에 재현된 피란지 부산의 이미지를 사실, 실재로 믿어왔다. 결코 낙관적일 수 없었던, 피란지 부산은 죽음과 절망, 불안과 환멸 그리고 퇴폐와 향락적인 공간으로만 재현되어 왔다. 문학이 그 절망의 심도를 가장 깊이 그려냈다면, 회화나 영화, 대중가요는 매우 말초적 감각으로 피란지 부산을 이별, 슬픔, 설움, 한의 정서로 표현했다. 문학에서 대중가요까지, 피란지 부산에 대한 각기 차이나는 절망의 심도를 표현할 수 있었던 것은 그만큼 피란지 부산은 하나가 아니라 서로 다른 계급과 성, 세대의 다양한 사람들이 집결되어 있었음을 말해 준다.

알다시피 개전 직후 부지불식간에 서울이 함락되고 아무런 대책을 마련하지 못한 정부의 무책임한 대응으로 사람들은 피란하지 않을 수 없었다. 먼저 군인·경찰 가족 등이 정치적 이유로 피란을 했고 1·4후퇴 이후에 피란은 거의 모든 사람들에게 곧 생존과 직결되었다. 육지의 끝, 최후의 변방까지 밀려온 사람들로, 부산의 인구는 1949년 47만 1천여 명이던 것이 1951년에 84만 4천여 명[6]에 이르는 대도시가 되었다. 정부는 1950년 9월 말이 되어서야 "피란민 수용에 대한 임시조치법"을 시행했고, 이에 따라 극장, 공장 등에 수용소를 마련했다. 그러나 수를 헤아리기 불가능할 정도로 모여든 사람들로 인해 시설이 모자라자 여관, 요정, 적산가옥 등에까지 피란민을 수용하기에 이른다.

수용시설, 배급 등이 턱없이 부족한 상황에서 더 많은 피란민들은 스스로 살길을 찾아야 했다. 용두산, 복병산, 대청동, 영주동, 초량동, 수정동, 범일동, 보수동 일대에 판잣집이 들어섰고 국제시장을 중심으로 점포, 무허가 행상 등 상업에 종사하는 사람이 모여들었다. 또한 짐을 운반해 주는 지게지는 일이나 부두노동도 생계유지를 위한 중요한 일거리였다.[7] 도시는 급격하게 거대해졌지만 주거, 교통, 위생, 상수도 등 어느 것 하나 여유 있는 것이 없었던 피란지 부산에서의 삶은 불안하고 고통스러운, 비참하고 절망적인 것이었다.[8] 이렇듯 피란지 부산에서의 삶은 전쟁으로 인한 폐허의 절망속에서 피어난 한 줄기 화초와도 같은, 언제 뽑힐지 알 수 없는 불안하고 위태로운 것이었다.

그런 한편 피란지 부산은 향락에 빠져 타락하고 온갖 협잡과 무법이 횡행하는 환멸의 도시로 묘사되기도 했다. 다방이 성업하면서 양담배와 양주·커피 소비가 증가하고, 동족애는 고사하고 기회주의와 개인주의가 판치는 곳, 피란민을 수용해야 했던 요정이 자진폐업을 하는 등 전쟁국가의 긴장감을 전혀 느낄 수 없는 비도덕적이고 파렴치한 곳이라는 현장보고가 이어졌다.

서동수는 문인들이 부산을 '환멸과 타락의 공간'으로 묘사한 데는 반공이데올로기의 내면화과정이 있다고 밝힌 바 있다. 전쟁중 많은 문학은 반공이데올로기를 내면화하는, 국가 만들기의 강력한 기제였다. 특히 균질화된 국민을 만들어내는 강력한 동기로서 전쟁은 지역과 결합했는데, '서울'은 외부 '적'을 창출하여 피란하지 못한 사람들에게 죄의식을 부여하는 공간이라면 후방 부산은 내부의 윤리를 탄생시키는 공간이라는 것이다. 그의 논의에 따르면 전쟁기 문학에서 지역은 "공간분할을 통해 반공담론을 생산·유통하는 정치적 상상력의 장"[9]이다. 따라서 전쟁기 피란지 부산은 반공국가의 시선으로 만들어진 것이지 그것이 곧 부산의 본질은 아니다.

때문에 피란수도 부산을 재현한 소설의 기록은 허구적이고, 그 허구를 통해 부산의 실재(the real)를 상상하는 접근방식은 부산을 재구성하는 데 언제나 실패할 수밖에 없다.[10] 박훈하의 연구는 한국의 근대화과정에서 부산/지역이 급속하게 서울의 동일자적 시선에 포섭되기 시작했음을 증명하고 있다. 이 연구에서 주목할 점은 1950년대 부산은 많은 작가들이 그린 것처럼 피란지로서 독립적으로 존재하는 것이 아니라 60년대 포드주의적 공간분화를 통해 야기된 욕망의 산물로 생산된 것이라는 점에서 '순수' '독립적'으로 존재하는 부산이란 상상에 불과하다는 것이다. 그렇다면 우리는 이 절망과 폐허, 환멸과 타락의 도시로서 부산을 재현하는 이 시선의 주인이 누구인가에 대한 질문을 해야 할 것이다.

차철욱은 피란여성의 활동에 대한 흥미로운 지점을 제시한다. 피란지에서의 여성은 생계·주거 문제 외에도 아버지, 남편 혹은 오빠 등 남성가족의 행패를 감당해야 하는 고통이 더해졌다. 남성의 전쟁동원 혹은 부재로 인해 대부분 피란여성들은 경제활동을 하지 않을 수 없었고 가사, 육아, 자식교육까지 책임지지 않으면 안 되었다. 여전히 가부장적인 생활관습이 유지되는 피란생활이지만 그녀들의 일상은 계모임과 같은 '자기안전망'으로서 '관계'를 만들어감으로써 가부장적인 권위로서 아버지·남편과의 관계를 비켜나갈 수 있었다는 것이다.[11] 자의든 타의든 경제활동에 나서지 않을 수 없었던 많은 피란여성들에게 사회는 시련과 고통이었지만 한편 봉건적 가족질서·윤리에 균열을 내고 여성의 사회적 지위를 인식할 수 있는 새로운 가능성[12]이기도 했다.

그뿐인가. 한반도가 전쟁의 화마(火魔)에 휩싸여 죽음으로 가득할 때, 피란지 부산은 유일하게 삶의 공간이었다. 서구 아미동·감천동 일대의 일본인 공동묘지를 피란민들은 삶의 공간으로 개간하지 않았는가. 김다혜는 한국전쟁기 부산공간의 의미를 분석했는데 임시로 만든 판잣집은 피란민의 열악한 생활공간이자 물자부족, 화재의 위험을 마주하고 있는 불안의 공간이다. 하지만 피란민들이 집중적으로 모여든 장소들은 사람들과 함께 활성화되었는데 그 대표적인 공간이 다방, 국제시장, 영도다리이다.[13] 부산에는 문인을 비롯한 예술인들도 대거 피란해 왔고 남포동·광복동 일대 다방은 이들로 성업을 이루었다. 유치환, 김말봉, 오영수는 자신의 집을 동료문인에게 기꺼이 개방하고 사재를 털어 그들의 생활을 도왔다고 한다.[14]

"동란 한국의 심장"이라는 신문기사에 따르면 국제시장에 시장 고정점포 5할이 북한피란민, 2할이 서울피란민, 노점상은 9할, 행상인은 9할 5부 이상을 피란민이 차지했다고 한다.[15] 기사는 피란민 장사꾼의 강한 생활력 그리고 절도·소매치기 같은 생존경쟁이 치열한 국제시장을 "기쁨과 슬픔, 사랑과 증오, 니그러운 인정과 날카로운 이기심이 서로 얽혀 한 뭉치로 굴러가는 사회"[16]에 비유했다. 피란지 부산은 죽음과 절망의 종착지가 아니라 실로 삶을 위한, 더구나 가진 것 없이 오직 몸뚱이 하나로 살아내야 하는 많은 가난한 사람들의 실낱같은 희망의 공간이었다.

부산은 절망과 슬픔을 한가득 짊어지고 온 사람들에게 경계를 허물어 자신의 영역을 내어주었고, 살게 했다. 그리고 그들이 차마 서울에서는 할 수 없었던, 절망에 울부짖고 슬픔에 눈물을 흘릴 수 있도록 허락한 곳도 부산이다. 그런데 전쟁의 흔적들이 부산 곳곳에 존재하고 있음에도 오늘날 피란지 부산을 긍정적으로 기억하는 경우는 드물다. 더구나 피란지 부산이 새로운 삶의 가능성, 외부인들에게 개방적이고 그들을 수용했던 넉넉함의 공간이었다는 것은 부산사람들에게조차 낯설다. 어찌하여 우리는 피란지 부산이 감당해 왔던 생(生)의 열기를 순식간에 잃어버릴 수 있었는가.

우리는 그간 특정 시선에 의해 재현된 단 하나의 절망적 이미지를 마치 부산의 실제, 모든 사람의 경험인 양 규정해 왔다. 그리하여 소수 문인들이 재현한 절망적 공간으로서 부산을 이해하는 동안 당시를 살아냈던 많은 사람들의 생의 의지를 외면해 버리는 결과를 초래했다. 이제 우리는 문학·신문에 양각된 부산이 아닌, 그것들이 드러날 수 있도록 하는 음각으로서의 부산을 만나보고자 한다. 이 음각을 통해서만 다수의 다양한 사람들에게 개방된, 그 많은 사람들을 수용했던 부산의 넉넉한 자질을 되새길 수 있다. 옛 피란수도의 개방성과 수용성을 현대 부산, 부산시민의 자긍심으로 새롭게 전환할 수 있을 때 우리는 현재 부산의 다층적이고 혼종적인 자질을 긍정하고 그 속에서 살아가는 사람들이 미래를 꿈꿀 수 있는 문화적 장을 마련할 수 있다.

2   영웅의 고난으로서 죽음과 절망 재현

피란지 부산에는 거의 모든 문인들도 집결했고 전쟁기 문단 역시 전면적으로 재편이 이루어졌다. 부산에서 문학활동은 반공주의와 애국주의가 가장 숭고한 가치로 생산·향유된 '선전전의 전초기지'였다.[17] 도강파 피란문인들은 후방의 타락상을 고발함으로써 '도망자'라는 의식에 스스로 면죄부를 부여했다.[18] 김동리 역시 피란·피란지의 경험을 그려냈다. 그런데 김동리의 작품들에는 다른 작가들에게서 흔히 보이는 잔류파에 대한 죄의식이나 이데올로기적 긴장감 혹은 피란생활의 어려움, 경제적 곤궁함 같은 현실적 문제에 대한 고민은 잘 드러나지 않는다. 김동리가 재현한 전쟁, 특히 피란지 부산에서의 경험은 죽음과 슬픔·절망의 감정에 집중되어 있다.

피란민의 애환과 이산의 비애라는 전쟁의 비극이 시작된 '흥남철수 작전'을 배경으로 한 「흥남 철수」(1955)는 김동리가 1951년 10월께, 부산에 피란해 있던 당시 피란민 이발사의 흥남철수 기억을 듣고 '소설적 의욕'이 생겨나 구상한 것이라고 한다. 그러나 막연한 감이 있어 엄두를 못 내고 있다가 환도 후 시장 앞에서 함경도 사투리를 쓰는 자매를 만난 후 "흥남철수를 정면이 아닌 배경으로, 주인공은 대표자나 지도자가 아닌 피난민으로 하겠다는 원칙"[19]을 정해 소녀 피란민 수정과 시정 자매, 그 상대로 종군작가단의 박철이라는 남한인물을 등장시켜 완성한 것이다.

「흥남 철수」가 당시 '계몽적 휴머니즘'이라 평가받았던 만큼 흥남부두의 아비규환 현장과 피란민 소녀 그리고 반공이데올로기로 무장한 종군작가라는 조합은 이 소설의 목적을 분명히 한다. 급박한 상황 속에서도 승차표를 타인에게 양보하고, 자매에게 병을 고칠 수 있고 음악공부도 할 수 있다는 희망을 주는 데 애쓰는 박철은 '민족' '자유국민'을 구원하는 휴머니즘의 현신(現身)이라 할 것이다.

일찍이 현실참여를 지양하고 시대를 초월한 '보편적 인간' '순수'를 문학정신으로 구현하고자 한 김동리이기에 이남으로 가서 병을 고치겠다는 소녀의 말에 "간질같이 창백한 향기에 젖은, 신비로운 꽃송이가 피어나는 듯한 그녀의 두 눈을 한참 동안 말없이 들여다"(34쪽)볼 수 있는 것도 하등 이상할 바가 없다. 그런데 「흥남 철수」에서 그려진 휴머니즘의 최종 국면은 박철이 이들을 남한으로 인도하는 데 있는 것이 아니다. 오히려 그것이 실패함으로써 전쟁의 비극성을 증폭시키는 데 있다.

"시정아! 시정아!"

철은 목이 찢어지도록 높은 소리로 시정을 불렀으나, 으르대는 포격소리, 비행기 소리, 휘몰아치는 눈바람에 가리어 아버지를 찾는 시정의 귀에는 들리지도 않는 듯,

"아바이! 아바이!"

하고 바다에 뛰어들듯이 발을 구르며 아버지를 부르던 시정이 철의 목소리에 문득 정신을 돌린 듯 다시 배 있는 쪽으로 달려왔을 때 배는 이미 뒷문을 닫고 닻을 올린 뒤라,

"선생님! 선생님!"

눈물에 젖은 시정의 얼굴에 휘몰아치는 눈보라가 차가운 것은 아니고, 배 안에서 주먹을 쳐흔들며,

"시정아! 시정아! 다—ㅁ 배에 다—ㅁ 배에…"

하는 철의 목소리가 꿈인지 생시인지 다만 아찔한 순간, 시정은 저도 모르게 부두에서 바다로 한 발짝 내딛고 말았다.[20]

"수십만의 자유국민들이 모두 그와 동행이요, 그와 운명을 같이해야 할 사람들이라 생각하면서" 한결 가벼워짐을 깨닫는 박철의 '순수한' 휴머니즘은 윤노인이 바다에 빠지고 그를 구하기 위해 시정이 바다에 뛰어듦으로써 좌절된다. 다급하게 서로를 찾는 목소리, 그 절박함을 무정하게 덮어버리는 포격·비행기 소리와 휘몰아치는 눈바람 속에서 이들을 향한 박철의 절박한 마음은 피란을 성공한 것 이상으로 "인간존재가 도달할 수 있는 휴머니즘

의 가장 고귀한 순간"**21**인 것이다.

좌절·절망·슬픔의 비극적 감정을 극대화하는 것은 「밀다원 시대」(1955)에서도 반복된다. "신문, 잡지에 이름이 실리고 일부 사람에게 꽤 알려진 문학인, 문화인이지만 전쟁을 만나자 무능하고 어리석고 초라한"**22** 한 사람에 지나지 않게 된 (김동리 자신이라 볼 수 있는) 이중구의 처지에서 피란지 부산은 물리적으로나 심리적으로나 절망의 공간이다. 이 절망의 공간에서 이중구가 절대적으로 지키려고 한 것은 단연 '밀다원'이다. 이중구가 밀다원을 기필코 사수하려는 데는 부산 동료문인들에게 느끼는 거리감이 작용한다.

밀다원에 모인 부산문인들은 기꺼이 자신의 집을 내어주는데, 그러나 일찌감치 가족들과 함께 피란해 온 조현식의 집에서는 가족을 두고 홀로 피란 온 죄책감으로 무겁다. 또한 부산문인 오정수의 집은 '편하기는 그만'이지만 그는 무서운 고독감을 느끼며 '감옥에서 탈출하듯 달아나온'다. 그의 죄책감과 고독감은 개인적 불안에서 온 사적 감정일 수 있다. 그러나 그의 불안감은 문단에 '자리 잡지' 못한 처지에서 기인한 것이다. 그도 그럴 것이 그가 '끝의 끝, 막다른 끝'에 내몰려 있다고 느낀 것은 "이제 부산이 수도가 되었으니 재부(在釜)문인들이 주도권을 잡아야 한다"는 전필업의 주장을 듣고 난 이후이다.

이중구에게 생존은 목숨보존이 아니라 서울문단을 사수하는 일이다. '서울서 온 문화인들'이 모이는 밀다원을 사수하려는 의지는 중공군이 부산까지 내려온다는 불안감이 고조될 때 극에 달한다. 제주도로 가는 배에 10명 정도 탈 수 있다는 길여사의 말에 이중구는 바다에 뛰어드는 한이 있더라도 "최후까지 '밀다원'에 남아 있는 다른 모든 친구들과 행동을 같이 하리라 생각"(88쪽)하는 것이다. 피란문인의 끈끈한 동지의식 그리고 그 동지의식 집결체인 밀다원을 사수하려는 이중구의 의지는 박운삼의 죽음으로 좌절된다.

「밀다원 시대」는 일견 피란지에서의 생활을 조명하고 있는 것처럼 보이지만 피란지에서 겪는 곤궁함과 절실함은 축소된 반면 장소상실 의식을 지속적으로 강조하고 있다. 나보령은 김동리의 소설이 전쟁이 종식되고 환도 이후에 발표되어 부산 피란시절과 시차가 있음에 유의해 그의 장소상실 의식은 "수난과 표류의 역사를 계승하는 자로서 현재 중앙문단에서 점유하고 있는 장소를 정당화하고 강화시켜 주는 역할"[23]을 한다고 보았다. 공교롭게도 「흥남 철수」와 「밀다원 시대」는 『현대문학』에 각각 1955년 1월(창간호), 4월에 발표되었다. 『현대문학』의 창간은 해방과 한국전쟁을 통과하면서 남한문단의 성격을 결정짓는 것이었다.

알다시피 해방 이후 좌익투쟁전선에 대응해 우익문인들은 좌익세력을 응징하는 것을 목표로 1947년 2월 12일 문총을 결성했다. 문총은 여순사건 보도집인 『반란과 민족의 각오』를 펴내고, 이어 1948년 12월 '민족정신 앙양 전국문화인총궐기대회'를 개최함으로써 좌익과의 대결의지를 고조시키는 듯했으나 1947년에 이르러 대부분 좌익문인들이 북한으로 이동한 이후이고 보면 이 궐기대회는 사실상 적과의 대결이 아니라 노선정리 후 내부의 결속을 다지는 행사로 봐야 할 것이다.

국민보도연맹이 창설된 것이 1949년, 그해 12월에는 우익문인은 물론 전향, 중간파 모든 문인을 통합한 문협이 결성되는데 이로써 문협은 남한의 유일한 문학단체로 우익의 승리로 재편되었다.[24] '문협정통파'로서 김동리는 1954년 1월에 제정된 '학술원 및 예술원 회원 선거령'에 의거한, 같은 해 3월 '예술원' 회원선거를 계기[25]로 문총의 대표적 인물인 모윤숙과 결별하고 남한문단에서 독보적인 지위를 차지하게 된다.

나는 그때 찻집 밀다원에 모여들던 소위 예술문화인들을 생각할 때 만큼 이 부류 사람들에게 친근감을 느낀 적은 없다. 웬일인지 어쩔 수 없는 가족 같은 생각이 들곤 한다. 생각하면 내가 문총이니 예총이니 하는 예술문화단체에 오랫동안 몸담아 일해 온 것도 이 때문이 아니었을까 한다.[26]

1955년 김동리는 자신이 1930년대 후반부터 주장해 온 '인간성 옹호', 문학 이외의 어떤 목적의식에도 종속되지 않는 '참된 순수의 정신'을 정치적·제도적 구애 없이 자유롭게 표방할 수 있었다. 김동리의 소설에서 이데올로기 대립과 갈등, 죽음에 대한 공포, 피란지에 정착해야 한다는 절박함, 경제적 곤궁함이 드러나지 않는 것은 전쟁이 문단권력의 최종 승리자가 거쳐 온 고난과 시련의 상징적 배경으로 제시되었기 때문이다.

김동리는 피란지 부산을 퇴폐와 향락적인 공간으로 묘사한 많은 문인들과 마찬가지로 피란지 부산을 절망의 공간으로 묘사해 자신을 극단으로 몰아넣음으로써 자신의 순수성을 증명하고자 했다. 고난과 역경을 통해 영웅이 완성되듯 김동리는 피란지의 극한상황을 극복하는 의지를 '가족 같은' 동료문인에게로 돌림으로써 한국문단 권력의 계승자로서 정당성을 증명하는 것이다. '끝이 끝' '막다른 끝' '최후의 점'으로서 부산은 개인의 정치적 절망일 뿐, 일상인의 민중적 절망감을 표현했다 하기에는 지나치게 주관적이고 계급 편향적이다.

3 　'아버지' 회복을 위한 불안과 환멸 재현

김동리와 더불어 전쟁의 비극과 절망으로부터 벗어나 전후세대의 휴머니즘
적 가치를 구현했던 대표적 작가가 황순원이다. 황순원 역시 전쟁중 대구·
부산에서의 피란 경험을 단편으로 남겼다. 1950년에「참외」「아이들」과
「메리크리스마스」, 1951년에는「곡예사」와「어둠속에 찍힌 판화」가 발표되
었다. 이 작품들은 소품에 가까울 정도로 짧고 문체도 간결하다. 짧고 간결
한 문체는 비일상적인 피란이라는 상황의 긴박함을 표현함과 동시에 관념
으로 정제되지 않은 피란의 정서를 사실적으로 드러내준다. 특히「곡예사」
는 서술자가 '황순원 가족부대'라 지칭할 정도로 자전적 요소가 크다. '황
순원'이 직접 서술자의 목소리를 낼 수밖에 없었던 것은 그만큼 전쟁·피란
에 거리감을 가질 수 없었음을 시사한다. 황순원에게 전쟁은 김동리와 같
은 정치적 차원이 아닌 훨씬 일상적인 차원에서 몰락을 야기했기 때문이다.

　전쟁이 발발하자 가족을 이끌고 피란생활을 하게 된 아버지 황순원이 직
면한 가장 큰 곤란은 당장 대가족이 거주할 '집'을 구하는 일이었다. 대구에
서 임시로 마련한 집은 원래 헛간으로 북향의 좁은 방이었다. 이마저도 주
인집 노파의 지시에 따라 우물에서 물을 긷는 것, 빨래하는 것, 변소를 쓰
는 것까지 제한받는다. 뜰 구석에 거적닢을 덮어 임시로 마련한 변소 때문
에 쫓겨난 황순원 가족은 부산으로 오게 된다. 부산에서도 상황은 녹록지
가 않아서 또다시 거리에 나앉을 상황이 되고 만다.

　아내가 국제시장에서 마련한 장삿돈으로 겨우 방세를 마련하고 낮 동안
서면에서 미군부대 장사를 하는 아이들이 무용담을 늘어놓을 때 무력한
아버지는 그저 '슬픈 눈길'을 돌리고 틀린 영어 말하기를 고쳐줄 뿐이다. 방
을 비우라고 집주인이 법과대학 아들까지 대동해 협박해 오고, 전기를 끊어

버리는 상황에서도 아버지가 할 수 있는 일이란 싸움을 피하고 죽은 듯이 지내는 일이다. 이처럼 황순원은 피란민의 곤궁함, 경제적 어려움을 누구보다도 여실히 드러내었다. 그런데 정작 그를 절망으로 내모는 것은 가장으로서, 아버지로서 아무것도 할 수 없다는 불안과 두려움이다.

전쟁으로 아버지 황순원은 가족의 생존과 경제를 책임져야 하는 일상적인 부담을 느끼지 않을 수 없었다. 이는 그간 지식인, 문인, 아버지에게 요구되었던, 사람들을 계몽하고 지도하는 지사적 면모와는 전혀 다른 것이었다. 피란지에서는 어머니가 아무 밭에서 참외를 따와도, 그런 어머니를 질책하는 자신을 부끄러워해야 하고(「참외」), 집을 구하기 위해 점잖지 못하게도 상급생에게까지 빈 방이 있는지 호소해야 한다(「곡예사」). 길거리에서 신문 파는 아이들의 외침에 큰애일까, 작은애일까 가슴이 철렁하는 일(「어둠속에 찍힌 판화」) 등 황순원에게 전쟁과 피란의 절망적 상황이란 사회의, 가정의 중심 헤게모니를 둘러싼 아버지의 몰락이었다.

부성교에 이르러 우리는 오른편으로 꺾인다. 개천 둑길은 어둡다. 하늘에는 별이 총총한데 어둡다.

남아가 무슨 생각을 했는지, 우리 노래 불러요, 한다. 내가, 노래는 무슨 노래, 히려는데 어머니 곁에 붙어오던 선아가, 노래라는 말에 기다리고나 있었던 듯, 부르기 시작한다. 전우의 시체를 넘고 넘어… 나는 이 선아가 변호사댁에서는 꾸지람이 무서워 어린동생에게 노래는커녕 소리 한번 못 내게 주의시키던 일을 생각하고, 노래를 그만두라는 말을 못한다. 남아, 동아도 따라 부른다. (…)

그러다가 문득 나는 곡예사라는 말을 떠올렸다. 옳아, 나는 지금 진아를 어깨에 올려놓고 곡예를 하고 있는 것이다. …이 남아가 이제

몇 센트의 군표를 위해 그 꼬마와 같은 지랄을 해야 하는 것도 일종의 슬픈 곡예인 것이다. 그리고 동아의 풀리즈 쎌 투 미도 그런 곡예요, …한걸음 떨어져 오던 아내가 가까이 와 한 팔을 내 허리에 돌린다. 이 단장부인은 남편 되는 단장의 곡예가 위태로워 보였던 모양이다. 나는 염려 말라고 아내의 손을 꼭 잡아주었다. 그러는데 피에로 동아의 노래가 마지막 대목 다 가서 뚝 그친다. 이미 우리는 그 변호사댁이 있는 골목에 다다른 것이었다.[27]

아버지가 기왕의 삶을 뒤흔드는 현실에 불안해하고 사람들의 비인간적 태도에 분노가 치밀어올라도 그저 감내하고 있는 데 비해 아이들은 피란지에서 아버지와는 다른 세상을 만난다. 큰아이는 미군부대 장사를 해 가족의 생계를 분담하고, 다음 아이는 주인집 눈치를 보며 어린동생이 큰소리를 내지 못하게 단속할 정도로 성숙하고 일찍 철이 든 아이들이다. 이 아이들이 집으로 향하는 어두운 골목길에서 노래를 부르기로 한 것이다.

아버지는 이 상황에서 무슨 노래냐 싶지만 곧 아이들의 놀이에 동참한다. 그러나 아버지에게 이 상황은 슬프고 안타까운 일이기에 아이들의 노래는 일종의 '슬픈 곡예'다. 이 때문에 아내가 보기에 남편의 곡예는 위태롭다. 그러나 아이들은 아버지보다 더 적극적으로 피란지와 관계 맺고 있다. 그럼에도 아이들의 곡예는 아버지에 의해 연민의 대상으로밖에 제시되지 않는다. 아이들은 무력하고 실의에 젖은 아버지에게 잠시나마 위안을 주는 존재인 것이다.

이 상처받은 아버지는 환도 이후 피란지에서의 불안하고 비정상적·비인간적인 것들을 휴머니즘에 입각하여 '치유'를 시도한다. 황순원의 휴머니즘적 치유는 『카인의 후예』(1954), 『인간접목』(1955), 『나무들 비탈에 서다』

(1960) 등 전후 장편소설에서 두드러지게 나타난다. 전쟁의 포화가 사라지고 시간적 거리가 생기면서 전쟁을 경험한 다양한 삶을 형상화하기 시작했던 것이다. 『나무들 비탈에 서다』는 전쟁으로 인해 당대 젊은이들이 겪은 상처와 인간성 상실, 전쟁 이후 가족·연인·동료에 드리운 전쟁 트라우마를 그리면서도 예의 휴머니즘, 인간구원의 지향성을 드러낸 작품이다.

> 잠시 숙이는 숨을 가누고 나서 조용히 일어섰다. 그리고 비로소 윤구를 정면으로 바라보며,
> "선생님이 받으신 피해가 어떤 종류의 것인지는 모르겠습니다. 그렇지만 큰 의미에서 이번 동란에 젊은 사람치구 어느 모로나 상처를 받지 않은 사람이 있을까요. 현태씨두 그중의 한 사람이라구 봅니다. 그리고 저두 또 그중의 한 사람인지도 모르구요."
> "네… 그런 생각에서 그 친구의 애를 낳아 기르시겠다는 거죠?"
> 그네는 윤구에게 주던 시선을 한옆으로 비키면서,
> "모르겠어요…. 어쨌든 제가 이 일을 마지막까지 감당해야 한다는 것 이외는…. 그럼 실례했습니다."[28]

 이념이 대립·갈등으로 촉발된 전쟁에서 가해자와 피해자를 구분하기란 쉽지 않다. 뿐만 아니라 그 의미도 명확하지 않다. 그럼에도 현태는 전투중 민가의 여인의 죽음, 동호의 자살, 과외학생 미란과 평양에서 피란 온 기생의 자살 등 여러 사람들의 죽음에 관여하고 있다. 동호의 정인으로 그의 자살이유를 알고자 현태를 찾아간 숙은 그에게 겁탈당하고 아이까지 낳게 된다. 하지만 그녀는 현태를 비롯해 이 시대 모든 젊은이들이 '피해자'임을, 때문에 책임을 묻는 일보다 이를 '감당'하고자 한다.

죄의식과 절망, 현실의 고통과 불안에서 벗어나고자 하는 몸부림은 전후 세대에게서 공통적으로 나타난다. 여기에 황순원은 숙이라는 인물을 통해 고통을 감당하고 새로운 생명을 잉태함으로써 상처를 치유하고 긍정적인 미래를 지향한다. 인간이 가진 본래적인 순수성에 기댄 황순원의 이 낙관적인 미래감각은, 그러나 구체적인 행동을 동반하거나 적극적인 의미가 없다는 점, 인물의 삶과 연결되어 있지도 않다는 점[29]에서 한계가 있다. 때문에 『나무들 비탈에 서다』가 전후세대의 불안과 상처를 형상화하고 있지만 50년대 신세대작가들의 "절망적 포즈에 감염"[30]되었다는 지적도 설득력 있다. 구체적 행동이나 삶과 연결되지 않은 고통과 절망은 그것이 전쟁이 아니라도 인간이 항상적으로 처하는 상황이기 때문이다.

　그럼에도 황순원에게 전쟁, 전후의 일상보다 미래적 가치, 휴머니즘적 치유가 중요했던 이유는 전쟁으로 인해 좌절된 아버지의 자리, 즉 전후사회를 질서 지을 수 있는 이데올로기를 회복해야만 했기 때문이다. 그런 의미에서 황순원의 휴머니즘은 생존의 위기, 극한상황 속에서 참다운 인간성 회복을 지향하는 '따뜻한 휴머니즘' '공동체 휴머니즘' 등[31]으로 형상화되었다. 그러나 휴머니즘은 "비인간적이며 반인간적으로 인간의 가치를 전도시키는 요인들과 끊임없는 대결을 펼쳐야 할 운명"[32]을 질 수밖에 없다.

　때문에 황순원의 휴머니즘은 인간의 존엄과 가치라는 보편적 이데올로기를 구현하기 위해 그에 반하는 모든 것들을 부정, 배반해야 한다. 황순원은 전쟁 당시 피란지에서의 무력한 아버지의 갈등과 좌절을 부정했을 뿐만 아니라 아내와 아이들의 생활력을 부정했다. 휴전과 함께 서울로 돌아간 정부가 서둘러 수도 서울의 위상을 회복하기 위해 총력을 기울인 것이 일상의 재정비였고, 그 과정에서 정조와 모성애를 강조한 가족이데올로기가 더욱 강화되었듯 황순원의 아이들의 '곡예'는 아버지의 회복으로 삭제되었다.

황순원은 전쟁과 피란지를 아버지의 비극으로 전환했고 그 비극을 구원으로 귀결함으로써 아버지의 질서, 가장의 목소리를 회복했던 것이다.

황순원의 피란민 '아버지' 감각은 일상적 차원에서 그 절망의 결을 섬세하게 포착하고 대중적 감수성으로 전환하고 있다는 점에서 김동리와는 차이가 있다. 그럼에도 전쟁으로 야기된 모든 종류의 절망과 불안을 극복하고 치유·봉합할 수 있었던 지식인으로서 황순원의 아버지 감각이 당대 피란민의 보편적인 감성이었다고 보기는 어렵다. 당시 피란민의 대부분은 국가의 명령에 의해, 의지할 곳 없이 버려진 가난한 사람들이었다.

4   비루한 판자촌에서 꿈꾸는 생명

피란민의 죽음과 절망의식, 불안과 환멸은 서울에서 쫓겨왔다 서둘러 떠나버린 '그들'의 것이었지 부산의 본질은 아니었다.[33] '그들'은 부산에서의 경험을 잠시 외도의 경험으로, 근본적으로는 서울(국가)에 귀착하기 위한 일종의 과도한 제스처였다. 그럼에도 그간 우리는 이 이방인의 시선으로 해석된 부산을 그 시대 부산의 실제라고 오인해 왔다. 그러니 그들의 절망에 사로잡힌 이미지를 지금의 부산으로 상상해서는 안 된다. 오히려 그 시대 부산, 국제시장, 영도다리, 40계단은 무방비상태로 떠나온 사람들을 포용하고 그들의 상처를 보듬어 설움의 눈물을 닦아준 유일한 공간이었다.

한 국가의 중심인 수도란 사람과 타지역을 지배하고 억압하는 것이 아니라 모든 이들에게 개방적이고, 특히 약하고 상처받은 사람들을 끌어안아 그들이 '살아가도록' 해야 하는 곳이 아닌가. '국제적 이데올로기 대립' '동족상잔의 비극' '민족의 최대 위기'라는 한국전쟁을 둘러싼 국가 중심의 이해가 개인의 차이를 삭제하고 동일성의 의지가 강력하게 발휘되는 동안 우리에게 남은 것은 한국전쟁을 기억하는 단일한 서사, 민족·국가 담론으로 수렴되는 개인의 수난, 무기력하고 자조적인 인간이다. 이제 우리에게 필요한 것은 피란지에서의 궁핍한 생활을 견디고 부조리한 사회에 절망하면서도 그럼에도 자신의 삶을 놓지 않고 살아낸 사람들의 수고를 그들 자신에게 돌려주는 일이다. 전후문학이 현실에 대한 불안, 허무와 절망을 핍진하게 재현하고 죽음과 현실도피로 대응하는 사이에도 수없이 많은 사람들은 '살아가고' 있었다.

이호철의 「탈향」은 임시방편으로서의 피란지가 아니라 생활의 새로운 뿌리를 내려야 했던 과정을 그려내고 있다. 중공군이 몰려온다는 바람에 무턱대고 배에 올랐던 광석, 두찬, 하원 그리고 '나'는 곧 고향으로 돌아갈 것이라 여겼기에 부산역 화차칸을 옮겨다니며 살 수 있었다. 막막한 피란생활에 네 사람을 이어주는 것은 고향, 친인척공동체였다. 그렇기에 주변 좋은 광석이 토박이 반원들과 잘 어울리며 피란지 생활에 재미를 느끼는 것이 두찬이와 하원이가 보기에는 못마땅하다. 그러나 고향 갈 때 함께 가자는 그들의 생각이 얼마나 무기력한 것이었는가를 아는 데 그리 오래 걸리지 않았다. 피란생활이 길어지면서 제각기 살길을 찾는 데 서로가 불편해진 것이다.

사흘쯤 지난 뒤, 어두운 화찻간 속에서 하원이는 지껄였다.

"야하, 우리 이젠 꼽대가리(밤낮을 거푸 일하는 것) 자꾸 해서 돈 좀 쥐자. 그러구 저기 염주동 산꼭대기에다 집 하나 짓자. 거기 집 제두 일 없닝기더라야. 잉야 조카야, 흐흐흐 우습다. 진짜 우스워. 난 너두 두찬이 형처럼 그렇게 될까 봐 얼마나 떨언 줄 안. 광석이 아제비두 맘은 좋은 폭은 못 됐시야, 잉. 우린 동네 갈 젠 꼭 같이 가자. 돈 벌어서, 돈 벌문 말야, 시계부터 사자, 어부러서. 그까즌 거, 꼽대가리 대구 하지 머. 광석이 아저씨까 두찬이 형은 못 봤다구 글자 마, 알 거이 머야, 너까 나만 암말두 안 헌 담에야. 그저 대구 못 봤다구만 글자 마. 낼부터 나 진짜 꼽대가리 할란다. 잉, 조카야 우습다. 잉? 이케 잠이 안 온다야. 우리 오늘 밤, 그냥 밤새자. 술 마시까, 술?"[34]

임시적이고 불안한 집인 화차에 광석이가 끼여 한 팔을 잃고 죽은 것은 상징적이다. 광석이는 사교성 좋은 성격 탓에 사람들과 잘 어울리는 것처럼 보였지만 실로 누구보다 함께 고향에 가고자 했던 인물이기 때문이다. 마찬가지로 광석이 못마땅한 것만큼이나 그처럼 되고 싶었던 두찬이는 죄책감을 느끼고 마침내 화차를 떠난다. 광석이 죽고 두찬이마저 떠나자 하원이는 돈을 벌고 집을 짓고 시계를 사기 위해, '꼽대가리'를 하겠다는 의지를 보인다. 그런데 하원이는 누구보다 고향을 그리워하며 피란생활에 적응 못하고 울기를 잘한 인물이다.

하원이를 비롯해 모든 인물에게 전쟁으로 인한 피란, 고향상실은 급작스러운 것, 자신들의 의지와 상관없이 이루어진 것이다. 그러나 피란지에서의 삶의 의지, 피란지를 삶의 공간으로 전환하는 데는 인물의 적극적인 의지가 필요하다. 가장 심약했던 하원이 고향을 잇는 끈이었던 광석이와 두찬이를 부정하고 삶의 새로운 뿌리를 내리려 하고 있는 것이다. 이호철은 이를 '실향'(失鄕)이라 하지 않고 '탈향'(脫鄕)이라 칭했다. '나'가 하원이와 이별할 수 있는 것은 피란지 부산을 삶의 공간으로 전환함으로써 비로소 삶에의 긍정, 미래에의 희망을 본 때문이다.

피란지에 만연한 궁핍, 그 빈곤함을 타계할 수 없는 하층민의 비참한 생활상을 그린 대표적인 작가가 손창섭이다. 「사연기」·「비 오는 날」(1953),

「생활적」(1954)의 우중충하고 음습한, 곰팡이 피고 퀴퀴한 냄새가 나는 동굴 같은 어둠의 공간과 인물의 깊은 폐병, 신체적 불구상태는 탈출구 없는, 삶의 비통함과 패배의식에 찌든 무기력한 피란지를 상징한다. 「생활적」의 피란민 판잣집들에는 변소조차 없다. 거리에는 '똥'이 가득하고 지린내, 구린내를 풍기는 판잣집 일대는 마치 거대한 변소, 그 속에서 살아가는 사람은 구더기에 비유된다.

손창섭이 본 피란지 부산은 전쟁터와 다르지 않다. 포로수용소에서 겪은 '우리' 아니면 '적대'하는 전쟁의 논리가 이 작은 마을에서도 그대로 재연되고 있는 것이다. '우리' 안에 들지 못하고 배회하는 동주를 사람들은 우물에 오물을 투척해 자신들에게 위해를 가할 수 있는 인물로 주목하는 데 조금도 의심하지 않는다. 전쟁이 일상화된 삶이란, 산다는 것 자체가 전쟁을 치르는 것이다. 병색이 있는 사람을 괄시하고 조금이라도 제 잇속이 틀어지면 서로를 극렬히 적대하고 살기 위해 아귀다툼을 벌이는 것이다. 그러나 손창섭의 인물은 그 아귀지옥을 '살아내는' 사람들이다.

> "으응, 으응, 으응" 그것은 마치 무덤 속에서 송장이 운다면 저러려니 싶은, 듣는 사람에게 어쩔 수 없이 죽음을 생각하게 하는 암담한 소리였다. (…)
> 동주는 종내 어느 날 순이에게 물어보았다. "너 어째서 그렇게 밤낮 신음소리를 지르니? 그렇게 죽어 오게 아프냐?" 순이는 얼굴을 찡그렸다. "그럼 어떻게 해요. 그냥은 심심해서 못 견디겠는걸." 그때부터 동주는 무겁고 암담한 순이의 신음소리를 아껴주기로 한 것이다. 그 신음소리는 머지않아 죽을지도 모르는 순이의 최선을 다한 생활이었기 때문이었다.[35]

고문 후유증으로 거의 누워 지내는 동주의 옆방에는 또 다른 환자 순이가 제대로 된 치료 한번 받아보지 못한 채 앓고만 있다. 포로수용소, 적색포로에게 맞아 죽은 동지, 인민재판장, 몽둥이에 어깨가 으스러져 나가고, 몽둥이가 제 골통을 내리치는 환상에 시달릴 때, 동주는 순이의 신음소리에 자신이 살아 있음을 느낀다. 마치 송장의 울음소리와 같은 그 암담한 신음소리는 순이가 살기 위해 최선을 다하는 유일한 신호이기 때문이다.

자신이 죽어가고 있다고 여기고 있는 동주는 이 신호를 모른 체하지 않는다. 그는 순이의 신음소리에 귀를 기울이고 소리가 들려오지 않기라도 하면 냉큼 일어나 그녀의 생사를 확인한다. 판잣집 사람들이 이용하는 우물에 똥을 탄 소동이 벌어져 동주가 의심받아 추궁당할 때도 그가 걱정한 건 자신이 먼저 죽어 순이의 신음소리를 들어줄 사람이 없어지면 어떻게 하냐는 것일 정도로 순이의 신음소리를 아낀다. 그 소리는 다름 아닌 '생활'이기 때문이다.

손창섭은 피란지에서 죽음이 아니라 '생활'을 보았다. 의붓아비 봉수와 동주의 동거인 춘자가 골목 아래 '산수옥'이라는 우동집 개업날 순이는 홀로 죽는데 동주는 순이의 주검 앞에서 자신이 살아 있음을 의식한다. 죽을 수 있는 '장래'는 살아 있는 사람에게 주어지는 것이기 때문이다. 순이의 신음소리가 죽음으로 귀결될 때 순이와 동주를 외면하는 봉수와 춘자, 우물을 둘러싼 마을사람들의 태도는 이기적이고 탐욕적이다. 그러나 그들에 대한 도덕적·윤리적 판단보다도 더 의미 있는 것은 사람들이 계속 살아가고 있다는 것이다.

전후문학에 대한 문학사적 평가는 젊은 시절 전쟁을 경험한 작가들이 관념적인 자의식에 치중, 리얼리즘적 재현을 포기한 것이라는 견해가 우세하다. 하지만 전후문학은 기성세대, 전통적 질서와 단절하고 서구 모더니즘 경

83

향을 적극 수용함으로써 전후 불안의식과 현대적 문학성을 동시에 드러냈다.[36] 전후 불안의식과 절망적 세계인식은 전후 가장 취약한 계층과 인물에 관심을 집중시켰으며 전쟁이라는 폭력적이고 획일적인 억압질서에 고통받는 피해자를 드러나게 했다. 즉 전후문학의 관심은 현실에 대한 불안, 허무와 절망을 핍진하게 재현하고 죽음과 현실도피로 대응하면서도 수없이 많은, 가난한 사람들이 피란지를 살아가고 있음을 본 것이었다.

　피란지 부산의 황폐함과 피폐함, 피란민들의 궁핍함과 절망적인 현실은 부정할 수 없다. 그러나 「생활적」의 순이와 동주가 죽음을 곁에 두고서 '생명'을 느끼고 「탈향」의 하원이가 과거에서 벗어나 '현실'을 살려고 했듯 전쟁기 부산사람들은 궁핍과 절망, 불신을 견디며 살아냈다. 피란지 부산이 절망과 죽음이 아닌 생명의 장소일 수 있는 이유가 여기에 있다.

5　생명에서 문화로: 옛 피란수도 부산의 개방성과 수용성

"아아 50년대!"[37]라는 비극적 감탄사에 존재하는 부산은 대통령과 그 이하 정부부처 그리고 안정적으로 서울에 복귀할 수 있었던 이방인들의 이야기였다. '끝의 끝' '막다른 끝' '최후의 점'으로서 부산은 김동리의 정치적 입지를 회복하기 위한 과도한 수사적 절망의 표현이었다. 황순원은 피란지에서 가족을 책임지지 못하는 아버지들의 불안을 재현했다. 이호철과 손창섭은 권력자의 정치적 절망이나 아버지의 상실의식과 다른, 당시 피란지 부산에 모여들었던 훨씬 더 많은, 가난하고 병든 사람들이 부산에서 '살아가고' 있음을 보여주었다. 실로 피란지 부산은 정치적 절망을 안고 온 사람에게도, 무능력함에 불안한 아버지도, 개인의 의지와 무관하게 국가의 명령에 의해 버려진 가난하고 병든 사람에게도 자신의 경계를 허물고 자리를 내어주고 살아가도록 한 유일한 공간이었다.

우리는 피란민의 절망과 불안, 공포 속에서 어떤 식으로든 살아가려는 '생명들'을 보았다. 이 생명들이 피란지를 삶의 장소로 일구어내는 적극적인 생의 의지를 읽어낼 때 우리는 비로소 삶, 문화를 이야기할 수 있다. 문화는 그들의 삶 속에서 습득되고 공유되며 전달되는 여러 종류의 생활양식이기 때문이다. 자연상태의 생명, 생명에 닥친 위기로부터 생명을 보존하고 유지하는 것은 전쟁기에 당면한 절대적 문제였지만 그로부터 시간이 지금 오늘날에 이르러서까지 전쟁이 동일한 가치일 수는 없다. '피란수도 부산'은 절망적이었던 과거의 사실로서가 아니라 현재 부산에 살고 있는 사람들로 하여금 희망하는 삶, 미래를 꿈꿀 수 있는 가능성으로 그 가치가 전환되어야 한다.

이제 우리는 피란수도의 경험 자체가 무엇인지 스스로에게 물어야 할 때이다. 만일 피란수도 부산이 중심의 지위, 권력에 안주하려는 욕망이었다면 그것은 이류의 허상, 깨어나야 할 꿈일 것이다. 그러나 피란수도 부산은 죽음을 피해 생의 실낱같은 희망을 가지고 온 사람들을 함부로 내치거나 군림하지 않았다. 군림하기는커녕 제자리를 헐어 더 어려운 사람들에게 내어주었던 곳이 부산이다. 그러하기에 부산은 산업화과정에서 농촌을 떠나온 노동자들에게도 새로운 삶의 장소[38]가 될 수 있었다. 그럼에도 부산에는 이렇다 할 긍정적인 자질 또는 부산시민으로서의 자긍심을 찾아보기 힘들다. 이는 개항의 역사[39]가 일제강점기 수탈의 현장으로, 한국전쟁기 피란의 역사를 죽음과 절망, 불안과 환멸로, 우리 스스로 부산의 가치를 부정해 버린 결과이다.

탈산업화, 신자유주의 경제논리는 그동안 경계를 허물고 작고 약한 것들을 수용했던 부산의 가치를 과거의 유산으로, 가려서 보이지 않도록 만들고 있다. 현재 부산시는 해운대 권역을 관광자원으로 집중 투자함으로써 부산의 영광, 부산시민의 자부심으로 구현하는 듯 보인다. 동서고가로와 광안대교 개통(2003)을 계기로 부산을 방문하는 사람들은 부산의 복잡한 도심을 거치지 않고도 '신속하게' 해운대에 가닿을 수 있다.[40] 그러나 속도, 시간의 단축은 '나'라는 주체적 인식을 소거한 결과로 얻어지는 것이다. 즉 '관광도시' 부산은 누군가에게 '보여주고 싶은 것'만을 보고, 타인에 의해 정의 내려진 부산, 부산사람의 정체성으로 구성하는 일이다. 현재 관광도시 부산이 직면한 더 큰 문제는 부산시민이 스스로 인식·조망할 수 있는 자리를 박탈당하고 타인에 의해 규정된 부산, 부산사람의 정체성을 자신의 경험으로 재구성하고 있다는 사실이다.

앞으로 경제적 부가가치가 높은 관광산업은 부산경제의 핵심이자 성장의 교두보가 되겠지만 지금까지 부산을 구성해 온 이방인의 타율적인 시선이 또다시 부산시민의 시선으로 전도되어서는 안 될 것이다. 이 글에서 피란수도라는 부산의 과거를 불러와 현재화하는 의미는 과거의 영광을 회상하고 그 활력을 향수하려는 것이 아니다. 부산에 축적되어 있는 시간의 층을 톺아보아 타자들에 개방적이고 수용적인 부산시민의 주체적인 '좌표'를 마련하기 위함이다.

1   2002년 부산시는 임시수도 기념관을 지정문화재로 등록하고, 2009년 서구청에서 임시
    수도 기념거리를 조성하였으나 이러한 관 주도의 행사는 시민들의 동의를 얻지 못했다.
    임시수도 기념관, 임시수도 기념거리의 재현과정과 그에 따른 시민들의 반발은 차철욱
    (2018) 참조.

2   같은 글, 148쪽.

3   피란수도 부산유산은 대통령관저, 정부청사, 한국전력 중부산지사, 시민공원, 근대역사
    관, 부산항 제1부두, 부산지방기상청, 성지곡수원지, 대한성공회 부산주교회성당, 복병
    산배수지, 가덕도등대, 영도대교, 유엔기념공원 등이다.

4   장성곤·윤두원·강동진 2017.

5   감천문화마을의 경우 도시재생, 마을 만들기, 관광요소 개발 등 다양한 차원에서 논의
    되고 있지만 정작 지역주민의 생활에 주목하는 연구는 많지 않다. 그중 감천마을의 투
    어리스트피케이션 현상을 논의한 연구에 따르면 지역주민들의 불편함은 그들의 생활과
    직접적으로 연결되어 있다. 마을버스를 타고 이동해야 하는데 관광객이 많아 버스를 타
    는 것이 불가능하고 관광객이 버리고 가는 쓰레기 그리고 생필품을 파는 작은 가게들이
    모두 커피숍이나 관광객을 위한 식당으로 바뀌어 생활이 불편해진 것이다. 그리고 집을
    수리·보수하려고 해도 당국의 허가가 없이는 불가다. 더구나 관광객이 집 안으로 불
    쑥 들어와 화장실을 사용한다든가, 아침부터 몰려드는 관광버스로 인한 소음, 마을사람
    들을 무단으로 촬영하는 등 사생활 침해가 심각한 것으로 조사되었다. 우은주·김영국
    2018.

6   김종한·박섭·박영구 2006.

7   차철욱·류지석·손은하 2010.

8   피란민들을 더 불안하게 만든 것은 대형화재와 강제철거였다. 1952년 1년간 화재가 490
    건에 이르고 특히 1953년 11월 부산역전 대화재는 그간 어렵게 마련한 삶의 터전을 한
    순간 잃게 만들었다. 화재의 원인은 초롱불, 촛불, 아궁이 불이었지만 판잣집의 재료 등
    에 가연물질이 많았고 겨울 강풍은 밀집해 있는 판잣집들을 삽시간에 재로 만들어버렸
    다. 화재지역에 대한 도시계획이 본격적으로 추진되면서 강제철거가 이루어졌는데 국제
    시상 인근, 부두 인근에 세워진 판잣집들이 우선 철거대상이 되어 주민들은 영도, 괴정,
    양정 등으로 이주하게 되었다. 같은 글, 263~66쪽.

9   서동수 2010.

10   박훈하 2015.

11   차철욱 2015.

12   이임하 2003, 252쪽.

13   다방은 사람들 간 교류를 할 수 있게 한 공간이었다. 국제시장은 피란민의 생계가 집약
    된 공간이었고, 영도다리는 전쟁의 비극을 상징하는 랜드마크였다. 김다혜(2015)는 전쟁
    의 기억을 일상적인 곳에서 찾음으로써 당시 부산의 다양성·혼종성·개방성에 의의를 두
    고 있다는 측면에서 본논의와 맥락을 함께한다.

14 김다혜 2015.

15 「국제시장을 해부함(상): 동란한국의 심장」, 『동아일보』 1952. 2. 29.

16 「국제시장을 해부함(하): 동란한국의 심장」, 『동아일보』 1952. 3. 2.

17 이순욱 2019, 469쪽.

18 서동수 2010. 74쪽.

19 김동리 2013b, 「<흥남 철수>의 주변 이야기」, 291~95쪽.

20 김동리 2013a, 「흥남 철수」, 41쪽.

21 유임하 2008, 448쪽.

22 김동리 2013b, 「<밀다원 시대>를 쓸 무렵」, 283쪽.

23 나보령 2018, 405쪽.

24 공임순 2016.

25 학예술원 선거과정과 청문협의 최종적 승리과정은 남원진(2007) 참조.

26 김동리 2013b, 「<밀다원 시대>를 쓸 무렵」, 283쪽.

27 황순원 1964, 「곡예사」(전집 제2권), 213, 214쪽.

28 황순원 1964, 『나무들 비탈에 서다』(전집 제5권), 414쪽.

29 배경열 2008, 158쪽.

30 송승철 2001, 243쪽.

31 정문권 2004; 송승철 2001; 임신희 2012.

32 정문권 2004, 61쪽.

33 1953년 부산의 인구는 82만 8천 명으로 1952년 대비 2.6%밖에 감소하지 않았다. 1955
    년에는 104만 9천 명으로 전년 대비 24.9%(20만 9천 명)가 증가했다. 환도 이후 피란
    민들이 대거 옮겨갔지만 전후 재건시기 부산에는 거제, 통영 등 경남의 농촌인구가 유입
    되었다. 이로써 부산의 개방성과 수용적인 자질을 확인할 수 있다. 김종한·박섭·박영구
    2006, 29쪽.

34 이호철 1995, 「탈향」, 323쪽.

35 손창섭 2005, 「생활적」, 94, 95쪽.

36 유철상 2010, 55쪽.

37 고은 1980, 19쪽.

38 1963년 경제개발5개년계획이 추진되는 과정에서 부산 인구가 130만 명, 1980년에 315
    만 명에 이르렀다.

39 일제에 의해 부산항이 개항되기 이전, 전통사회에서 부산은 동래현, 그 속현인 동평현
    의 관할지인 작은 포구에 지나지 않았다. 부산포는 정치적 변방이었으나 부산포에 왜구
    가 빈번하게 출몰하자 군사적 방어지가 되었다. 이로써 부산포는 외부와의 접촉을 방어
    하고 그 관계를 차단하는 폐쇄적 공간이었다. 일제는 동래를 중심으로 한 토착세력을

철저히 배제하였고 부산항 일대를 대대적으로 매축, 부두공사시설을 설치해 대륙침략의 전초기지로 조성했다. '변방' '관문'에 지나지 않았던 부산은 한국전쟁 발발로 1950년 8월 18일 한국의 중심이 되었다.

40 부산이 타율적인 역사적 과정을 통해 현재와 같이 모순된 공간으로 만들어진 역사적 과정과 점차 스펙터클한 도시경관, 포스트모던한 건축물·광장이 사적 영역으로 되어가고 있는 부산공간에 대한 성찰적 연구는 "부산의 공간변화와 우리 시대의 공간미학"(박훈하 2015) 참조.

빈곤통치에 대한 생존전략으로서 로컬공동체

■■■

1 사실로서의 빈곤과 정동으로서 빈곤

한때 '신빈곤'이라는 용어가 한국경제의 침체, 위축된 상황을 대변하는 말로 쓰이다가 곧 사라졌다. 당시 대통령도 "신빈곤층 복지사각 제도를 없애라"고 할 정도로 통상적으로 사용되고 있었지만 이 용어가 이명박정부가 만들어낸 빈곤층으로 들린다는 이유로 금지한 것이다.[1] 이명박정부의 정책은 모두 '경제 살리기'에 집중되었고, 국민들의 관심 역시 경제로 몰아갔다. 그러나 경제 살리기가 강조될수록 역설적으로 빈곤율은 높아지고, 빈민은 더욱 늘어났다. 경제를 '살리기' 위해서는 지금의 경제가 곧 '죽어가고' 있는 상태이어야 하기 때문이다.

2014년에는 생활고에 시달리다 목숨을 끊은 사건이 발생했다. 서울의 한 단독주택 지하층에 살던 세 모녀가 '죄송하다'는 유서를 남기고 함께 자살을 한 것이다. 이 사건은 이 시대 빈민에 대한 복지제도의 모순을 드러내며 사회적으로 충격을 불러일으켰다. 그런데 오늘날 빈곤은 소수의 사람들이 겪는 '불운한' 일이 아니라는 데 문제점이 있다.

일을 하고 있음에도 여전히 빈곤한 '워킹 푸어' '하우스 푸어'는 오늘날 빈곤을 잘 드러내주는 단어이다. '청년빈곤' '노인빈곤' '아동빈곤' 등 사회 구성원 전반에 걸쳐 빈곤을 피해 갈 수 없는 현실이고 보면 오늘날 빈곤은 일상화되어 있다. 그럼에도 빈곤한 사람들이 제도적 지원이나 주변의 도움을 받기가 쉽지 않다. '세 모녀'가 그러했든 국가 차원의 복지제도는 빈민이 접근하기에 그 문턱이 너무 높을 뿐만 아니라 혜택을 받는 것은 '죄송한' 일이다. 그것은 빈곤이 '수치스러운 일', 어딘가 '결함이 있는' '숨겨야 하는 것'으로 취급되고 있기에 불행, 위기, 두려움의 '감정'을 동반한다.

주지하다시피 빈곤은 개인의 능력보다 사회구조적 차원에서 기인한다. 때문에 빈곤에 대한 감정 역시 사회문화적으로 구성된 것이다. 레이먼드 윌리엄스의 용어를 빌리자면 빈곤에 대한 '감정의 구조'(the structure of feelings)는 한 시대의 문화라 할 것이다. 감정의 구조는 전반적인 사회조직 내의 모든 요소들에 걸쳐 작동되는 것인데 한 공동체에서 의사소통이 의존하는 기반이 되기 때문이다.[2] 그런데 '감정'은 정체되어 있는 것이 아니다. 어떤 식으로든 개인과 집단의 변화를 이끌어낸다.[3] '홍수'에 대한 표상이 '다스릴 수 없는 자들'을 제어하고 지배하려는 근대시민적 욕망과 관련 있다는 권명아의 지적[4]에서 보듯 권력적인 힘은 사회구성원의 감정을 '자극'하고 표출하되 넘치지 않도록 '제어', 특정 방향으로 이끄는 '조절' 능력이다.

빈곤의 감정이 국가와 같은 권력적 주체에 의해 감정이 자극, 제어되고 특정 방향으로 조절된다는 차원에서 빈곤을 '정동'으로 이해하는 것이 유용하다. '감정'이 "개인적인 측면에서 문화적으로 약호화된 방식으로 나타난 표현"이라면, '정동'은 "개인적인 차원 이전의 단계, 즉 전(前) 개인적인(pre-individual) 감정과 느낌을 다루는"[5]것이기 때문이다. 빈곤이 한국문학에서도 오랫동안 중요하게 다루어온 소재임을 감안하면 빈곤 정동은 한국의 급격한 근대화와 관련 있음을 쉽게 이해할 수 있다.

예를 들어 현진건의 「운수 좋은 날」(1924)이나 김유정의 「산골나그네」(1933), 「소낙비」(1935) 등의 작품들에선 당대의 궁핍상이 매우 핍진하게 표현되어 있다. 하지만 이 작품들은 민중의 빈곤·곤궁함을 드러낼지언정 그것을 적대하거나 수치심으로 재현하지는 않았다. 그러나 오늘날 빈곤은 쉽게 드러낼 수 없다. 경제적 빈곤함은 곧잘 개인의 무능력함으로 치부되거나 '선량한' 사람들의 동정 어린 시선의 대상이 되기 때문이다.

한때 문학은 이 빈곤한 삶을 사실적으로 묘파하는 것으로 민중의 삶을 구현, 더 나아가 저항지점을 마련할 수 있을 것이라 여겼다. 하지만 3절에서 밝히겠지만 빈곤은 실재하는 것이 아니다. 더구나 한국사회가 화폐경제로 전환되고 급격한 도시화로 빈부격차가 눈에 띄게 드러나기 시작할 때 빈곤에 대한 가치평가는 새롭게 재구성되었다. 빈곤은 단순히 경제적으로 곤란한 사실에 그치는 것이 아니다. 빈곤을 수치스러운 것으로, 그것을 적대하고 두려워하는 것은 빈곤이 특정 시점과 조건에 따라 '재현'된 결과이다.

2   통치의 대상으로서 빈곤과 국가이데올로기

한국문학에서 궁핍한 민중의 생활상에 근접한 사실성, 핍진성이 중요하게 된 것은 리얼리즘 문학이 본격화된 1920년대이다. 문학이 사회문제에 밀접하게 관여해야 한다는 것이 보편가치로서 인식되기 시작한 것이다.[6] 1950년 전쟁의 폭력은 한반도의 빈곤인식을 폭발시켰다. 전쟁터, 포로수용소, 피란길, 피란지의 골방에서 '살아남아야 하는 극한'[7]의 폐허감각이 빈곤상태를 극단화한 것이다. 1960년대 빈곤인식이 첨예하게 드러나는 것은 도시 소시민의 삶에서이다. 문학은 도시, 서울에서 벌어지고 있는 부조리, 허위, 물질의 노예화 등 산업화의 부작용을 비판·풍자하는 한편 산업화과정에서 빈곤이 가중된 농민, 도시하층민의 애환과 함께 절망적인 현실을 조명하였다.

산업화가 가속화된 1970년대는 사회적 상황과 극적인 긴장관계를 형성하며 문학활동이 사회 전반에 걸쳐 확대된 시기이다. 지배적 권력의 횡포에 대한 문학의 비판적 기능이 확대되면서[8] 빈곤 역시 커다란 관심의 대상이 되었다. 1970년대 작가들의 현실인식은 민중의 빈곤한 삶에 개입해 재현하고 해석하는 데서 문학활동의 의의를 찾았다는 것이다. 이처럼 한국문학사에서 빈곤은 민중의 비참한 현실을 핍진하게 그려냄으로써 지배적 이데올로기를 폭로·비판·저항하는 주제의식에서 크게 벗어나지 않는다.

　주지하다시피 문학텍스트는 현실세계를 '재현'하는 매체이다. 그럼에도 종종 텍스트를 사실의 정직한 기록으로, 그리하여 하나의 순수하고 고정된 의미로 환원하기도 한다. 그러나 텍스트는 사실을 기록하려는 자의 욕망이며 그것을 바라보는 자의 위치를 드러냄으로써 다양한 갈등들이 충돌하는 장으로 읽혀야 한다. 때문에 하나의 텍스트에 대한 해석은 연구자들마다 다를 수 있고, 또 해당 텍스트를 소비하는 시대의 조건에 따라 의미가 달라지기도 한다. 그런 점에서 경제적으로 빈곤한 현실에 절망하는 농민·하층민·소시민·노동자의 형상과 그들이 지배적 이데올로기에 대항·저항하는 양상은 빈곤을 특정 관점에서 보도록 호도한 결과일 수 있다. 또한 빈곤한 민중을 지배체제에 저항하는 자각적이고 능동적인 주체로 상정하는 것은 마치 지배체제를 단번에 무너뜨릴 수 있는, 지배이데올로기를 눈앞에 실재하는 구체적인 그 무언가로 상정할 위험마저 안고 있다. 그 위험이란 지배이데올로기에 저항할 수 있다는 믿음이 오히려 이데올로기를 강화하고 확산하는 데 기여한다는 것이다.

　최근 몇몇 연구들에서는 본논의와 유사한 문제의식을 보여주고 있다. 우선 빈곤이 4·19와 5·16을 거치면서 전면적이고 총체적인 자기표상으로 부상하게 되었다는 견해이다. 빈곤은 당대 한국사회의 세계 인식이자 내셔널리즘을 형성하는 것이었는데, 빈곤탈피의 내셔널리즘은 일정한 경제적 성장을 통해 선의의 독재론을 뒷받침하는 논거로 활용되었다는 것이다.[9] 빈곤을 통한 박정희 리더십에 담긴 지배의 폭압성을 밝히는 공임순의 논의는 왜 1960~70년대 빈곤이 문제적인가를 시사한다.

이정숙의 박사논문은 개발이데올로기가 내세운 빈곤통치술에 대응해 작가들이 구조화해 낸 '가난정동'의 의미를 논구하고 있다. 그가 가난정동에 주목하는 이유는 가난이 당대의 통치성과 시민성을 관통하는 요인이기 때문이다.[10] 그의 연구는 빈곤이 당대 민중의 감정공동체를 형성하는 주요한 기제일 뿐 아니라 국가 역시 빈곤, 빈민을 대상으로 통치성을 과감히 발휘하고 있다는 관점이다.

공임순과 이정숙의 논의를 바탕으로 이 장에서는 빈곤의 통치 이데올로기적 성격을 작가의 문학활동과 연관해 이해하고자 한다. 여기에 김한식의 연구는 여러모로 참조 가능하다. 그는 1970년대 중반 이후의 시점에서 가난하고 궁핍했던 어린 시절을 회상하는 것이 단순히 과거를 추억하는 것이 아니라 경제발전을 긍정하고, 성장을 지향하는 '빈곤의 정치학'과 긴밀히 연결되어 있다고 보았다. 전쟁, 아버지 부재, 이주 등 빈곤의 현실에 놓인 소년들은 기존 세계를 전복·반항·도전할 기회를 잃고 부단한 노력을 통해 가난탈출, 사회적 출세라는 개인적 성공을 열망하는데 이것이 빈곤을 통해 미래를 동원하고 삶 전반을 규율했던 당대 근대화의 성공담과 닮아 있다는 것이다. 그리고 그는 이러한 빈곤경험이 시대의 보편적 경험이기도 했다고 지적한다.[11]

김한식의 연구에서 주목할 부분은 빈곤통치가 위로부터 일방적으로 이루어지는 것이 아니라 빈곤에서 탈출하고자 한 개인의 적극적인 의지가 함께 상호 작용하고 있다는 점이다. 당대 문학은 빈곤통치의 프레임을 완성하는 매체의 일부분이기도 했다. 그럼에도 문학은 가난한 사람들의 공동성에 주목하고 이를 통해 일상의 삶을 꾸려나갔던 사람들에 주목해 왔다. 그리하여 많은 연구들이 빈민의 공동성을 '지배체제'에 대한 '저항'으로 연결시키고 있다. 그러나 저항의 대상이라는 지배체제의 논리나 저항의 동력은 쉽게 드러나지 않는다. 또한 이러한 연구에서는 폭력적인 시대를 비판하고 저항하는 공로가 작가 개인의 천재성·탁월함에 주어지는 한계가 있다. 이런 한계를 뛰어넘을 수 있는 방법은 작품을 작가 개인의 창작물로 보지 않는 것이다. 레이먼드 윌리엄스의 표현대로 예술가(작가)는 새로운 경험을 묘사하는 것이 아니라 이미 알려진 경험을 구현하는 자이다. 그 사회가 어떤 사회인가는 바로 예술(작품)을 통해서 나타나는데 예술가(작가)는 외로운 탐험가가 아니라 그가 속한 공동체의 목소리이다.[12]

문학은 당대 민중들의 삶의 방식, 피식민 민중의 일상을 구성하는 공동체문화에서 기인한 것이다. 따라서 우리에게 필요한 관점은 민중에 대한 계몽적 태도를 버리고 그들의 문화 내부에서 삶을 관찰하는 '정직함'을 포착하는 일이다. 그러할 때 민중의 대항적 헤게모니라는 공적을 당대 빈곤에 대응한 민중의 집단감성으로 돌려줄 수 있다. 그들이 지켜온 이 소중한 자산으로부터 우리는 '로컬공동체'의 가능성을 상상할 수 있다.

3   빈곤의 재현양상: 분노와 적대, 공포와 수치심

빈곤은 실재(fact)가 아니다. 세상의 모든 대상은 오로지 '재현'됨으로써만 하나의 사실로 인식된다. 일제강점기에 빈곤과 궁핍을 작품의 주된 소재로 삼았던 현진건, 김유정 등의 작품에서 불행과 결핍이 발견되지 않는 것은 적어도 그 시기에 빈민은 빈곤함으로 인해 도덕적 파탄까지 이르지 않을 수 있었기 때문이다. 이들에게는 마을의 도덕적 가치가 닿지 않는 '가장자리' 즉 동네어귀의 술집이나 동네 끝 물레방앗간 같은 상처받은 사회적 타자들이 머물고 쉬어가는 이타성을 허락하는 윤리적 공간[13]이 있었다. 빈곤이 누구에게나 예외 없이, 동일한 감정으로 구조화되는 것은 빈민에게 최소한의 보루가 되어주었던 이 '가장자리'가 삭제되었다는 것이기도 하다.

일상에서의 빈곤은 계급, 계층, 지역, 성, 연령에 따라 상이한 현실의 문제이다. 그러나 그것이 전국가적·전국민적 수준에서 동일한 감정으로 공감각할 수 있는 것은 그것을 발화하는 특정한 위치·시선에 의한 것이다.

> 빈곤, 기아, 저소득은 우리 민족이 표방하는 근대 자유민주주의에 대한 가장 위험한 도전이 될 것이다. 공산주의가 노리는 것도 자유사회의 이러한 허점이다. …그러나 경제문제는 오늘 우리 민족의 최대의 고민이기 때문에, 또 이것이 자유민주주의의 기초이기 때문에, 항목을 달리해서 좀더 강조하지 않을 수 없다. 오늘 우리 민족이 직면하고 있는 최대 위기의 하나가 아직도 빈곤에서 해방되지 못했다는 사실이다. …동포의 일부가 아직도 빈곤과 생활의 불안에서 해방되지 못했다는 것이 오늘 우리 민족 전체에 가져온 불행의 요인이었다는 것을 잊어서는 안 될 것이다. …남이 잘살고 남이 부유할 때, 동시에 내 생활과 내 재산도 보장된다는 것은 구태어 민족의 공동운명을 강조하지 않는다 할지라도 당연한 현대사회의 필연성이다.[14] (강조는 인용자)

빈곤, 기아, 저소득이 당대 한국의 최대 위기를 상징한다는 것은 대통령의 연설, 국민과의 대화 등에 자주 등장한다.[15] 민족의 '공동운명화'는 이

위기를 공통으로 감각할 수 있는 주체를 호출한다. '못사는 국민' '못난 백성', 외국인이 어느 나라 사람이냐고 물을 때 '부끄럽고' '떳떳하지 못해 말을 못하는'[16] 그리하여 생겨난 '모멸감'[17]은 빈곤에 대한 일반적 감정이다. 사회 전체, 동포, 민족으로 확대된, 추상적이지만 이 총체적이고 전면적인 빈곤의 표상이 이전에 없었던 '빈곤통치'라는 특정 시대의 통치전략을 구성한다.[18]

1960~70년대에 이르러 빈곤은 통치의 지식과 제도를 생산하는 분석틀이 되었다는 점에서 이전의 그것과는 다른 위상을 갖는다. 빈곤은 정치·경제·사회·문화 전반에 걸친 다양한 문제는 물론 개인의 의식, 생활윤리를 통과하게 된 것이다. 다시 말해 빈곤은 박정희정권의 국가 이성·지식과 제도를 제작·생산하는 주요한 기준이 되었다. 그리하여 빈곤은 당대 한국사회에 내재한 거의 모든 의지·전망과 접속한다. 북한의 위협, 경제발전의 당위와 가치, 근면·자조·협동 정신과 패배주의를 극복하는 의식혁명 그리고 역사적 좌절감, 그 반대지점에서 민족적 자긍심과 주체성까지. 그리고 빈곤의 통치 전략에는 공통적으로 분노와 증오의 감정이 내재해 있다.

우리의 적은 바로 가난 그것입니다. 새로운 바탕 위에 계획된 건설목표를 향하여 풍요한 자원을 개발하고 우리의 의욕과 지혜와 땀으로써 영원히 이 땅에서 빈곤을 구축하고 자유와 번영의 복지국가를 건설합시다. "하늘은 스스로 돕는 자를 돕는다" 하였읍니다. 자립을 향한 우리 스스로의 노력과, 국민의 세금을 소중히 하고 우방의 원조를 보람 있게 할 새로운 경의와 국가기강의 확립은 자립경제를 지향한 우리의 기본 자세라 하겠읍니다. … 지난날의 저주스러웠던 사색당쟁과 해방 18년의 어지러웠던 과거를 거울삼아 온 겨레가 새 정신

새 마음으로 새 출발을 다짐하는 오늘 우리에게는 정치적 원수가 있을 수 없읍니다.[19] (강조는 인용자)

빈곤을 향한 분노와 증오는 빈곤을 구축해야 할 '적'으로 상정한다. 알다시피 박정희정권 통치기반의 큰 축은 근대화와 반공이다. 북한과 정치·군사적으로 대치하고 있는 상황에서 경제성장을 저해하는 빈곤은 '공산주의가 침투하는 통로'로까지 규정된다. 공산주의, 빈곤, 적 등 모든 부정적인 것들을 '적대' '대결'하는 구도에서 '사색당쟁'과 '해방 18년'의 역사적 차이는 존재하지 않는다. 박정희의 연설문에는 자주 역사가 환기된다. 하지만 그에게 있어 역사는 "사대주의 사조에 젖어 고질적인 빈곤 속에서 체념과 침체와 퇴영 속에서 살아온 침체의 역사"[20] 그리고 "국민의 저소득, 농가의 적자 운영, 다수의 실업자 등 빈곤상이 여실히 드러난 것은 자유당과 민주당 치하 10년의 역사"[21]로 빈곤을 적대하는 관점에서 공통적으로 '치욕'과 '오욕'의 역사이다. 이 무시간적인 역사인식이 가능한 것은 적대·대결 의지가 증오와 분노로 구체화되기 때문이다.

문제는 이 무시간적인 역사인식이 호출해 내는 주체이다. 현재 시간은 '빈곤의 굴레'로, 여기에서는 "진실한 평등과 자유를 기대할 수 없고, 참다운 사회정의가 실현될 수 없"[22]다는 절망은 이 비통한 현실을 끝낼 새로운 주체로 자연스럽게 연결된다. 현실이 빈곤으로 참담하고 혹심할수록 빈곤에 대한 분노·적대는 사람들에게서 이 상황을 끝내고 새로운 세계에의 기대, 미래지향적 의지를 생산해 낸다. 스스로 현실을 심판하고 지향할 미래를 결정하는 것이다. 따라서 빈곤에 대한 분노는 '복지국가 건설' '자립경제 지향'이라는 미래의 움직임을 위한 동력이다. '스스로 노력'하는, 자신을 역사적 변화의 주체로 만드는 그리고 '새 정신, 새 마음, 새 출발'이라는 하나의 목

빈곤통치에 대한 생존전략으로서 로컬공동체

표를 위해 자신을 내던질 수 있는 아주 강력한 동인(動因)인 것이다.[23]

박정희정권의 빈곤통치는 빈곤에 '적'이라는 구체성, 육체성을 부여하는 것이다. 동시에 적에 대한 분노와 적대라는 감정을 위치시키고 조정했다. 분노해야 할 적의 형상을 분명하게 제시함으로써 개개인으로 하여금 어떤 행동을 해야 할지 '스스로' '자발적으로' 결정하게 하는 것은 분명 빈곤통치의 주요한 '공적'이라 할 것이다. 더 새겨야 할 사실은 이 빈곤에 대한 분노와 증오가 경제성장(근대화)과 반공이라는 역사적 조건 속에서 만들어진 정치적 산물이라는 것이다.

그렇다고 통치자의 시점, 당대 역사적 조건에서 생성된 분노와 적대가 일반적인 재현양식이 되는 것은 아니다. 이 분노를 대중적 재현으로 전환하고 이 전환을 통해서 비로소 대중은 빈곤을 하나의 사실로 치환하고 "싸우면서 건설해 나가는 그런 국민"[24]으로 만들어질 수 있다. 문학은 빈곤한 현실을 핍진하게 묘사함으로써 분노 혹은 빈곤에 대한 두려움과 무서움을 구체화·이미지화할 수 있는 재현매체이다.

봄철 한 달 동안을 두고 밥꼴을 못 보고 아침저녁을 거의 쑥죽으로만 살아온 인순이에게는 어머니가 낳을 애기는 어쩌면 살결이 쑥빛을 닮아 퍼럴 것이리라 생각히어 남몰래 혼자 속으로 두려워해 오고 있었다. 그뿐만 아니다. 어머니나 자기의 살빛도 차차 퍼런 색깔로 변해 가는 듯만 했다. 뒤볼 때 보면, 대변은 말할 것도 없고 오줌도 다소는 퍼렇게 보인다. 자기 몸뚱어리의 어느 곳이든 쥐어짠다면 창병 걸린 닭똥물 비슷한 거무튀튀한 쑥물이 금방 비어져나올 것 같았다.[25]

최일남의 「쑥 이야기」는 전후 농촌의 궁핍상을 핍절하게 그려낸 작품이다. 전쟁중 가장이 노무자로 뽑혀가고 남은 두 모녀는 봄철 동안 쑥죽으로 겨우 연명해 살아간다. 만삭의 몸에 제대로 먹지 못해 광대뼈가 불거지고 남루한 옷차림의 어머니는 마치 귀신과도 같다. 쑥만 먹어 자신과 어머니의 살빛도 점차 퍼런 쑥빛으로 변해 갈지도 모른다는 공포와 두려움은 어머니가 아기 위로 쓰러져, 아기가 죽는 장면에서 절정을 이룬다.

궁핍, 빈곤한 현실에 대한 두려움과 무서움은 분명 이전의 그것과는 다른 정동이다. 빈곤이 곧 죽음과 연결되는 이 불행한 상황은 대통령이 분노한 "전인구의 7할을 점유하는 농민의 빈곤상"이다. 「쑥 이야기」가 포착하고 있는 농민의 참담한 현실은 빈곤 프레임, 즉 대통령의 분노에 대중이 공감각할 수 있는 불행과 결핍이라는 빈곤의 실상을 구체화한 것이다.

일반적으로 문학은 대중의 편에서 잘못된 국가의 통치에 저항하는 대표적인 예술양식이라고 간주되지만, 오히려 문화의 심층부에서는 국가의 통치 전략을 용인하고 복제함으로써 대중을 설득, 그것의 선봉장이 될 수도 있다. 당대 문학을 생산·향유할 수 있었던 것은 대학교육을 받은 소수 엘리트에 지나지 않았고 지배적 남성지식인에 의해 전유된 고급문화에서 빈곤의 공포·두려움, 빈곤으로 인한 인간성 상실 관념은 대중의 편에 서 있다기보디 대통령의 정동을 자신의 것으로 일반화한 것이나 다름없다.

박정희정권이 정신개혁운동의 일환으로서 마을문고운동에 적극적이었던 것[26]을 상기하면 문학은 국민계몽 차원에서 널리 보급되었다. 특히 빈곤탈출에 성공한 수기, 성공담은 새마을문고로 지정되어 각 마을에 무상으로 배포되었다. 그중 『가난은 나의 적이었기에』는 가난을 물리치고 자신의 농장을 건설해 최우수농민상, 동탑산업훈장까지 받은 농민 하사용씨의 전기(傳記)이다.

다음은 전기에 실린 편지글이다.

A) 아저씨! 아저씨는 이제 저나 저의 친구들에게 없어서는 안 될 마스코트처럼 되었습니다. 아저씨는 불행한 사람을 지켜주는 우리들의 신이 되어 있는 것입니다. …아저씨가 이 나라에서 더없는 영광을 차지하고 더없는 성공사례를 우리들 앞에 보여주실 때, 우리들 어린 세대는 아저씨를 본받아 더욱 훌륭한 역군이 될 것입니다. —안중중학교 3학년 4반 정시영 올림.

B) 가난은 정말 무서운 것이네. …가난은 끝없이 깊은 늪과 같은 것이어서 한번 이 가난 속에 빠지는 날에는 도무지 발을 빼기가 어려운 것이라네. 그러나 정군! 사람의 의지와 노력은 그 무서운 가난도 이길 수 있다고 나는 생각하네. 그러니까 더욱 무서운 것은 인간의 힘이라네. 군도 선생님한테 들어서 잘 아는 이야기겠지만, 나는 그 가난을 최대의 적으로 알고 지금도 싸우고 있는 중이라네. 가난이 이기느냐 하사용이 이기느냐 하고 말일세. 나는 그 싸움에서 가난을 물리쳤다고 확신하네.[27]

한 중학생이 그가 고생하면서 가난을 극복한 이야기를 선생님에게 듣고 감동을 받아 편지를 썼고(A), 이에 하사용씨가 답장(B)한 것이다. 책에는 중학생 외에 다양한 인물들이 그에게 쓴 편지가 실려 있다. 좋은 집안에 고등학교까지 나온 한 청년은 자청해서 농민이 되어 농촌을 발전시켜 보고자 하고, 또 한 청년은 그에게서 가난을 이겨낸 비결을 묻고 자신이 하는 일에 거름으로 삼고자 한다. 하사용씨는 그들의 편지에 일일이 답장을 해주었는

데 자신은 지금에 만족하지 않고 앞으로도 나의 형제·마을·국가의 가난을 물리치겠다는 자신의 의지를 밝히기도 하고, 농촌사업이 이상만 가지고는 쉽지 않으며 단단한 각오가 필요한 일이며 무엇보다 훌륭한 동지를 얻도록 충고하기도 한다.

그의 성공서사는 나이·직업에 관계없이 '가난하고 불쌍한' 사람들의 공동체를 구성한다. '불행'하고 '지긋지긋한' '두렵고 무서운' 가난이라는 정서적 공동 감각으로 구성된 빈곤공동체는 빈곤을 '인간의 의지'로 개혁할 것을 목표로 삼는다. 규율권력이 빈민을 비롯한 비정상적인 인간을 통제·배제하는 것이라면 빈곤통치는 자유로운 의지를 가진 주체를 생산하는 것이다. 빈곤통치는 통치대상을 억압·금지·통제하지 않는다. 오히려 주체가 활동할 수 있는 장을 구조화하여 그 속에서 주체의 자유와 자율성을 보장한다.

빈곤의 어려움에서 벗어나기 위해서 스스로 희생하고 사명에 따르는 것은 어디까지나 개인의 합리적인 판단에 따른 것이다. 때문에 빈곤통치의 권력은 '스스로 돕는 정신'을 촉진하여 자발적으로 참여하도록 만드는 데 있다. 그러기 위해 가장 먼저 이루어지는 것은 빈곤이 자신을 얼마나 큰 불행 속으로 빠뜨리고 있는가를 파악하는 것이다. 이때 빈곤은 '늪'과 같은 것, 한번 빠지면 발을 빼기가 어려운, 우리를 불행에 빠뜨리는 것이자 무력감과 절망을 안겨주는 절체절명의 위기가 된다.

신문 역시 빈곤공동체의 서사를 확산하는 중요한 매체이다. 당대 신문에는 배고픈 시절의 절망, 빈곤에 대한 원망 그리고 반항, 여기서 그치지 않고 새로운 삶으로 전환해 나간 '평범한' 사람들의 수기가 다수 실려 있다.

정말 찢어지도록 가난했읍니다. 삶이 이토록 어렵고 고되다는 것은 꿈 많은 소녀시절에는 상상조차 못했습니다. …이 악마의 유산인 가난을 기어이 내 손으로 물리쳐야겠다고 입술을 깨물어 다짐했습니다. …이렇게 비탈진 황무지가 과수원으로 바뀌고 포도와 수박 토마토가 열리자 뒷전에서 '미친 여자'라고 비웃고 헐뜯던 이곳 마을의 인심도 바뀌기 시작했습니다. "우리 산도 개간해야겠어" "하면 되는구나" 등의 찬사와 결의가 나왔습니다. …"하면 된다"는 사실을 똑똑히 확인한 이 마을은 이때부터 달라지기 시작했습니다.[28]

우리는 한 푼도 헛되이 쓰지 않고 무조건 저축, 이자를 놓았습니다. 이자에 이자를 겹쳐 돈 늘어나는 재미에 저녁을 굶어도 배가 부르고 나물밥을 먹어도 고기 맛이었습니다. "저 집은 또 논 샀다는구먼" 하는 말을 들으며 우리는 더욱 허리띠를 졸라맸고 동네에서 논 팔 일이 있는 사람은 우리 집부터 찾아오곤 했습니다. 재산은 자꾸만 새끼를 쳐서 시집 온 지 7년 만인 70년까지는 논 15마지기(3천 평), 밭 세 마지기 반, 소 3마리 그 밖에 닭, 토끼, 오리 등 엄청난 재산이 우리들의 가계부를 장식했고 두간짜리 초가집을 버리고 4간짜리 넓은 기와집으로 이사(68년)도 했습니다.[29]

『동아일보』 "새마을지도자의 수기"는 새마을 여성지도자의 체험담을 싣고 있다. 수기는 그녀들이 시집을 와서 소녀시절에는 몰랐던 극심한 가난을 경험하고 집안을 살리기 위해 자신이 어떤 고생과 노력, 희생을 했는지를 묘사하고 있다. 수기는 마을사람들이 '불가능하다' 혹은 '해봤자 소용없다'라고 했지만 그 빈축을 들어가면서도 마침내 집안의 빚을 청산하고 재산을 늘리며 '부자'가 된 것 그리고 나아가 마을 전체의 소득도 향상된 새마을로 가꾸었다는 내용으로 구성되어 있다. 그녀들은 어려운 상황에서도 인내와 노력으로 '하면 된다' '노력하면 된다' 스스로 돕는 자에게 문이 열릴 것이다'를 되새긴다. 그녀들의 서사는 '피'와 '땀' 그리고 '눈물', 마침내 '성공'으로 완성된다.

이러한 빈곤탈출 서사에서 주목해 볼 것은 그 목표가 경제적 이익에 있다는 것이다. 황무지를 개척해 과수원으로 이익을 창출하고 이자를 놓아 재산을 불리는 것인데, 사실 빈곤에 대한 인식이 경제적 궁핍, 즉 먹고사는 문제에 국한되어 있음을 상기하면 그 결과 역시 경제적 이익에 있는 것은 당연한 귀결이다. 이에 따라 '올바른' 생활지침이 결정된다. 게으름, 무력함, 무능력함을 상징하는 술, 담배, 노름은 경제적 이익에 방해가 되는 행위로 배제하고, 생활의 표준화를 꾀하는 것이다.

이로써 '자조'의 목표는 분명하다. 원조 대신 '스스로 돕는' 적극적 의지를 생산하며 빈곤은 수치스러운 것으로 전환된다. 그리하여 빈곤에서 탈출하기 위한 자신의 노력과 희생이 담보된 사리사욕은 정당화될 수 있다. 사리사욕의 추구와 생활의 표준화가 가지는 문제점은 이것이 부르주아적 기준에 따라 그 가치가 결정되어 있다는 것이다.[30] 이제 이익추구는 소수 부르주아의 욕망이 아니라 빈민의 욕망, 대다수 국민들이 추구해야 할 절대적인 가치가 되었다.

일제강점기, 많은 사람들이 가난했지만 절박함에 찌들지는 않으면서 자신들의 삶의 영역을 지켜왔던 것이 1960~70년대에 이르러서 빈곤이 총체적이고 새로운 국면에 이르렀다는 것은 빈곤에 대해 그 누구도 예외 없이 동일한 태도와 처방을 가지게 되었다는 것이다. 빈곤이 경제적 곤란이라는 것과 빈곤을 탈피하기 위해 자조하고 물질적 풍요를 이루어야 한다는 것은 이제 어느 지역에서나 그 누구에게나 동일한 목표가 되었음을 의미한다. 이러한 결과는 대통령부터 지식인의 문화적 담론화 그리고 평범한 사람들의 수기 등을 통해 빈곤의 절박함이 일상적으로 유포되는 과정을 거쳐 이루어졌다. 이 과정을 통해 빈곤은 적대의 대상으로 바뀌면서 대통령부터 농촌의 한 중학생에 이르기까지 광범위하게 대중을 설득하는 이데올로기로 전환되었다.

4   게토로서의 빈민촌에서 저항과 연대의 로컬공동체로

이제 문학을 정직한 기록방식이라고 생각하지 말자. 문학 또한 재현양식의 하나일 뿐이고, 이 재현양식은 메시지가 아니라 하드웨어이다. 맥루언이 "미디어가 메시지다"라고 했을 때 인간관계와 행위의 규모와 형태를 형성하고 제어, 총체적으로 급진적이고 전면적으로 개입하는 것은 '내용'이 아니라 미디어 그 자체이다.[31] 우리가 '내용'에 신뢰를 보내는 것은 문학이 지배이데올로기를 뚫고 저항의 장을 마련하여 대중의 삶을 회복시켜 줄 수 있다는 믿음 때문일 것이다. 그러나 그 믿음 때문에 우리는 빈곤을 보지 못했다. 오히려 문학은 '인간의지의 전범'을 형상화하는 '국가생산물'이기도 하다.[32] 빈곤을 문학적으로 재현하는 것은 '빈곤탈피의 내셔널리즘'을 확장하고 근면·자조·협동이라는 국가의 통치이데올로기를 교육·지도하는 것뿐만 아니라 그것을 정당화·확산하는 매체일 수도 있다.

  하지만 문학이 위대하다고 말할 수 있는 것은 문학이 매체로서의 한계를 뛰어넘는 방법 또한 형식적으로 내재하고 있기 때문이다. 달리 말해 문학은 이미 광범위하게 하나의 재현으로 고착된 수치심을 돌파하는 방식, 가난한 자들의 공동성을 발견하고 이 공동성을 통해 수치심이라는 지극히 개인적인 정서를 우회해 지배이데올로기의 틈새를 파고들어 그것을 내파하는 새로운 재현의 길을 열기 때문이다. 이를테면 「삼포 가는 길」에서 영달은 수치심으로 가려진 작부의 이름을 회복했다. 이로써 「삼포 가는 길」은 가난이 개인을 사로잡는 특별한 논리적 장치(이데올로기)로부터 거리를 확보하고 이 거리에서 개인들의 삶을 바라볼 수 있는 새로운 재현의 길을 열어주었다. 이때 생성되고 발견되는 것이 로컬공동체이다.

사실 1960~70년대 한국사회의 가장 큰 변화는 근대화로 인해 야기된 대규모 이촌향도 현상이고 고향을 떠나온 사람들이 일상에서 직면한 곤란함은 자신의 행동과 가치 규범을 무엇으로부터 확보하는가 하는 것이었다. 일상의 어려움을 극복하는 것은 새로운 공동체를 구성하는 일이다. 박태순은 도시에 모여든 빈민들을 '이방인'의 시선으로 관찰하면서 그들이 만들어가는 공동체를 적확하게 포착한 작가이다.

박태순의 '외촌동'은 도시 서울로 이주한 사람들이 밀리고 밀려서 겨우 도달한 빈민촌이다. 외촌동 사람들의 가난하고 삶에 찌든 모습이야 여느 가난한 사람들과 다를 바 없지만 그들의 삶은 기왕의 빈곤서사와는 사뭇 다른 장면을 연출한다.

누구나 취직하려고 하고 그것도 사무직이라면 최고로 알아주었던 때에 무능력했던 최시훈이 취직을 했다는 말을 듣고는 '이 사내는 더 나빠졌다'고 생각하는 강금옥(「모기떼」), 전쟁과 포로수용소를 거쳐 시골에서 머슴일을 하는 동안 배고픔을 뼈저리게 느낀 노걸대 영감은 자신의 '밥도적질'을 전혀 부끄러워하지 않는다(「걸신」). 술만 마시면 폭행하는 남편을 피해 서울로 도망쳐 식모살이를 하는 평산댁이, 마침내 자신을 찾아 남편이 왔다는 것을 알고 자살을 기도하는데 이 장면에서도 일말의 위기감이나 살벌함은 찾아보기 어렵다. 또한 평산댁과 일곱번째 결혼을 하게 된 안갑종씨는 큰딸 옥숭이의 가출에도 자신이 그랬던 것처럼 옥숭이도 어떤 환경이든, 어떤 처지에서든 겁낼 것 없고 그것을 뚫고 나아갈 것이라며 오히려 옛날보다 더 대범해지고 유쾌해진다(「옥숭이의 가출」). 외촌동 사람들이 기왕의 빈곤 서사와 다르다는 것이 단지 그들에게서 위기감이나 진정성, 절박함이 나타나지 않는다는 것만은 아니다. 오히려 박태순은 빈곤의 절박함이 빈곤한 처지 너머에 있음을 보여준다.

> 그는 뽀빠이와 여동생 지후에 대해서는 더 이상 생각지 않기로 했다. 어쨌든 그들은 그들대로 살아나갈 것이다. (…)
>
> 그러나 무엇을 생각해 보고 무엇을 따져본다는 말인가? 어느 쪽이냐 할 때, 그는 혼란된 세상을 살아가자면 자기 나름으로 일정한 태도와 일정한 법칙 같은 것을 마련해 가지고 있어야 한다고 생각해 왔었다. 그러나 그는 새삼스레 느끼는 것이었다. …자질구레한 고민과 걱정거리, 비인간적인 가난으로부터 오는 위협, 무엇인가가 잘못되어 있는 것에 틀림없는 과도기적인 사회현상에서 느껴지는 불안과 노여움 —이러한 것들로 인해서 그가 얼마나 괴상하게 옹졸한 인간이 되었는지를 깨닫게 되는 것이었다. (…)
>
> 그는 이윽고 찬 공기를 마시기 위하여 바깥으로 나갔다. 그는 자기가 외촌동 주민이라는 것을 느끼게 되었다. 어디를 가든지, 무슨 짓을 하고 있든지 자기가 외촌동 사람이라는 것을 기억한다면 얼마든지 살아낼 힘을 얻을 수 있을 것만 같았다.[33]

빚을 내기는 했지만 시내에 상점을 얻어 외촌동을 빠져나온 윤지노는 나름 성공한 삶이다. 그러나 그는 일년 만에 다시 외촌동으로 돌아온다. 오늘은 일년 전 정신병 발작을 일으켜 동네사람들에게 맞아 죽은 정여철의 제삿날이기도 하고, 또 여동생을 만나야 할 일이 있기 때문이다. 여동생 지후가 상건달 뽀빠이를 만나 아이를 낳고 실연까지 당한 것이다. 그는 오빠 된 도리로서 뽀빠이로 하여금 아버지 노릇을 시키고 최소한 생존이 가능하도록 여동생의 직장이라도 잡아주고자 계획하고 있다.

그러나 토굴 같은 판잣집에 여동생의 궁색한 살림살이를 보는 순간, 자신의 계획이 실수임을 깨닫는다. 인생을 살아가는 데 누구도 건드려서는 안 되는 어떤 비밀과도 같은 아픔을 함부로 건드린 것 같은 '분노가 뒤섞인 쑥스러움'을 느낀 것이다.

'혼란된 세상'을 살아가는 데 필요했던 일정한 태도와 법칙, 동생의 경제적 능력을 가늠하는 것이 '자기 나름'에서 나오지 않은 것이 분명하다. 빈곤한 처지에 대한 고통과 이를 동정하는 것은 개인의 의지가 아니다. 빈곤은 타인의 비난을 의식, 빈곤이 수치스러운 일임을 빈민 스스로 내면화할 때 가능하다. 김승옥 「환상수첩」의 선애가 회상하듯 그녀가 가난이 죽고 싶도록 창피했던 것은 다정한 친구들이 가져다준 도시락 때문이 아니었다. 그녀의 창피함은 "가난한 학우를 돕는 따뜻한 도시락"이라는 제목으로 신문에 실려 미담으로 소개되는 것에 있었다.[34]

박태순이 빈민촌을 떠돌며 '형사처럼' 그곳 사람들을 관찰한 것은 빈곤의 위협이 사람들을 '얼마나 괴상하게 옹졸한 인간' '정신적인 노예상태'로 만들고 있는가 하는 것이다.[35] 윤지노는 여동생과 뽀빠이를 설득하지도 정여철의 가족도 만나지 못했지만 오히려 어설프게 타인을 동정하지 않는, 외촌동 주민으로서의 자신을 발견한다. 외촌동에서 그는 빈민을 길들이려는 통치의 압력으로부터 자신을 지키며 타인을 동정과 연민의 시선으로 포장하지 않고 만날 수 있다.

흔히 빈곤이 비참한 것은 생존의 위기에 직면하기 때문이라고 여긴다. 그래서 빈곤을 벗어나는 것은 경제적 이익을 획득하는 것이고 이로써 삶은 만족될 수 있다고 믿는다. 그러나 그 대신 우리에게 남은 것은 관계의 박탈, 고독과 반인간적인 형태로서의 생존뿐이다. 한나 아렌트가 "빈곤은 비참하다"[36]고 했을 때 빈곤의 고통은 경제적 요구에 한정되는 것이 아니었다. 빈곤은 인간의 기본권을 경제적 요구로 한정해 버림으로써 인민의 자유를 포기하게 만들기에 비참한 것이다. 때문에 빈곤의 절박함·절실함이란 인간의 활동을 먹을 것을 구하는 것으로 고통을 개인화하려는 세력에 의해 빈민들이 공적 세계에서 사라지는 데 있다.

알다시피 박태순의 대부분 소설은 시골 고향에서 난민촌으로, 다시 산골로 쫓겨온 사람들의 고통을 매개로 사건이 전개된다. 「독가촌 풍경」 역시 빈민들이 고통을 견디며 '살아내는' 이야기이다. '외촌동'과 '독가촌'의 가치는 자신이 이룬 경제적 성공으로 타인의 삶을 결정하는, 일종의 '변절'을 하지 않을 수 있게 하고(「한 오백년」), 풍년이 들어 모두 기뻐하는 가운데 돌팔이의사 허명두가 혼자서 폭음을 하는 일말의 내적 갈등, 흔들림을 경험하는 곳이다(「독가촌 풍경」). 이 흔들림이야말로 빈곤을 적대, 스스로 수치스럽다고 생각하게 만드는 노예상태를 돌파하는 빈곤의 긍정성이다. 무엇보다 독가촌 공동체의 건강함은 허명두로 하여금 자신이 '나쁜 짓'을 하고 있다는 것을 스스로 알도록 하는 데 있다. 독가촌 공동체는 그가 자신의 행동을 비추어보는 거울이 되어주는 것이다.

박태순이 빈민의 대항적 헤게모니로서 공동체성을 포착할 수 있었던 것은 대중 속으로 들어가 그들을 관찰하고 그 속에서 자신의 시선을 반성하는 '이방인 의식'에 있다.

피란민인 박태순은 그의 소설에서 자주 언급되는 고향마을, 마을사람들에서 보듯 농촌공동체의 기억과 경험이 풍부하다. 물론 그의 기억에서 고향은 낭만적이거나 회복되어야 이상향으로 그려지지 않는다. 그는 고향에서도, 서울에서도 쫓겨난 대학생이지만 그에게 고향은 도시 서울에서의 빈곤한 삶을 반추하고 전망하는 데 중요한 매개가 된다.[37] 박태순의 이러한 고향인식은 '산문시대' 동인인 김승옥이나 이청준과 차이를 보이는 지점이기도 하다.

이청준·서정인·김승옥 소설에 나타난 빈곤은 '깔끔하고 강건하고 영민한 도회'에 비해 '남루하고 누추한 고향' 그 자체이다. 중학교에 다니기 위해 친척집으로 더부살이를 가야 하는 나에게 어머니가 쥐어준 자루 속의 게들은 집에 도착했을 때 이미 부스러지고 상한 냄새를 풍긴다. 고향에서 가져올 수 있는 유일한 것인 게자루는 '나'의 남루한 몰골과 처지를 대신하는 것이었고 '나'는 그것이 초라하고 부끄럽다(이청준, 「키 작은 자유인」). '대학생 김씨'는 자신의 과거와도 같이 시골에서 천재소리를 들으며 친척집에서 공부하는 소년을 바라보며 가난으로 인해 자신을 괴롭히는 열등생이 될 것이라 생각한다(서정인, 「강」). 공부를 한다는 것은 아무것도 가지지 못한 자들이 자신의 능력으로 출세할 수 있는 유일한 수단이라 생각했지만 가난은 개인의 능력으로 어찌할 수 없는 것이고 공부를 계속한다는 것은 어쩌면 좌절감과 열패감만 가중시키는 것일지도 모르기 때문이다. 김승옥 역시 가난한 고향의 불안과 공포를 적극적으로 묘파(「생명연습」 「건」 「염소는 힘이 세다」)한 작가이다.

빈곤에 대한 수치심, 좌절과 체념, 불안과 공포는 상경민의 '고향 정체성 부정'과 관련이 깊다. 학업을 위해 혹은 일자리를 얻기 위해 상경한 사람들은 도시생활에 참담함을 느끼면서도 결코 고향으로 돌아가지 않는다. 도시의 냉혹한 삶에 좌절하고 경제적으로 곤란을 겪더라도 그들이 '살아남기로'

'버티고자' 한 곳은 도시 서울이다. 그들에게 고향은 전쟁과 가난으로 고통받았던 유년시절을 상징하고, 가난한 부모를 책임져야 하며 불편한 이웃들을 만나야 하는 공간이다. 그에 비해 도시는 개인의 자유가 보장되어 있다. 빈곤으로 인한 불행과 죽음이 만연하고 전근대적인 고향 이미지는 고향으로부터 벗어나기 위한 의지를 이끌어내는 결정요인이다.[38]

많은 연구자들은 김승옥·이청준의 소설에서 전쟁과 산업화 등 상징질서의 폭력으로부터 초래된 불안과 공포에 대응한 '자기보존' '자기세계'의 확립이라는 '근대의 성찰적 반응주체'를 읽어낸다.[39] 그러나 한국의 엘리트 (남성)지식인들에 의해 문학이 '세계에 대응해 자기 세계를 구축'하는 고급문화로 향유될 때, 빈곤은 응시의 대상이 되었다. 전쟁과 이주·빈곤을 경험한 대부분의 작가들이 그러하듯 그들은 빈곤을 자기존재를 획득하는 숭고함으로 전환했고 당시 대중이 일상에서 겪었을 빈곤의 구체성은 그들의 관심사가 되지 못했다.[40] 윤희중이 고향 무진(霧津)을 떠나며 "안녕히 가십시오"라고 씌어진 팻말을 보며 느낀 심한 부끄러움(김승옥, 「무진기행」)은 기왕의 생래적 정체성을 부정함으로써 겨우 얻게 될 새로운 자신에 대한 피할 수 없는 죄책감이다.

이문구 역시 상경민으로 '살기 위해' 고향을 떠나왔지만 향반 토호가문의 선비전통을 익혀온 그가 재현한 빈민은 그 속에 여전히 살아 있는 공동체의 정서를 담고 있다는 점에서 의미가 있다.[41] 이문구는 산업화과정에서 훼손·사멸하는 농촌공동체를 통해 농민뿐만 아니라 도시인의 심성이 타락해 가는 것을 여실히 보여주었다. 획일적이고 강압적인 근대화·산업화 전략은 농촌사회의 제도를 위로부터 변경해 나갔다. 이러한 상황을 소설은 아주 희극적으로 묘사하고 있다. 농사지을 땅 3천 평을 가진 농부가 얼마나 있는지 모르면서도 '평' '마지기' 대신 '헥타'로 도량형을 통일하는 일(「우리 동네

김씨」), 맛이 없어 찾지 않는 유신벼·통일벼를 심는 것을 면장과 새마을지도 자들은 애국이라 교육(「우리 동네 리씨」)한다. 이문구는 마을사람들의 능청스런 입담을 통해 전시시책을 비판하며 이를 둘러싼 마을사람들의 갈등을 드러내는가 하면 동시에 농민이 협력해 갈등을 해소해 나가는 자치력 역시 구현해 보이고 있다.

> 이장은 말허리를 끊고 좌중을 한차례 둘러꼰 다음 말허리를 이었다. "그러니께 결과적으로 우리 스스로 우리를 보호허지 아니 허면 아니 되것더라— 이게 결론여. 내 맘만 같으면 당신이구 오도바이구 죄 남댑문표 빤쓰에 싸서 둠벙 속에 처넣었걸. 또 그래야 옳어. 그러나 워쨌든간에 당신은 우리 계 사람여. 우리는 아직두 이웃을 보살피구 동네사람을 애끼구 싶다, 이게여. 그리고 당신 빤쓰 아니더래두 수재민들이 홑바지 안 입는답디다. 부디 니열 새벽 빤쓰버텀 걷어가슈. 당신 손으루. 동트기 전에."
> "…"
> 황은 응수하지 않았다.[42]

젓갈장수, 고리대금업을 하며 '우리 동네'에서 가장 부자 축에 속하는 황이 반상회에서 결정된 수재의연금으로 자신이 입던 속옷을 내놓은 것이다. 600원 이상씩 갹출하기로 한 현금도 이런저런 이유를 대며 깎아먹고 안사람이 없다며 간장, 고추장 등속도 내놓지 않은데다 제 잇속만을 궁리하며 관리를 만나러 다니느라 마을에서 인심을 잃은 황이다. 그런 황을 응징하는 이장의 방법은 '우리 계 사람'이라는 것, "이웃을 보살피고 동네사람을 아끼는 것"이다. 개인적인 판단으로야 '둠벙 속에 처넣는 것'이 속 시원할 일이나 이것은 '개인만의 문제'가 아니라는 인식은 사람들이 사회적 유대를 생산하는 데 가장 기본적인 가치일 것이다.

물론 정부시책에 대한 농민의 비판이란 것이 기껏해야 연단에 선 면장과 새마을 지도강사에게 면박을 주는 일에 불과하다. 또한 마을사람 간의 갈등 해소 역시 '빤스'를 효수(梟首)하듯이 내걸어두어 당사자를 창피하게 한다는 식이다. 이러한 행위가 현실을 변화시키는 데 큰 추진력이 되는 것은 아니다. 그럼에도 불구하고 관계 내에서 발생하는 분노가 서로에게 상처를 주는 큰 폭력이 되기 전에 그것을 해소할 수 있는 장이 마련되어 있는 것, 그 자체로도 사람들의 도덕성은 지켜질 수 있다는 데 의의가 있다.

박태순과 이문구가 빈곤의 고통을 개인화하지 않고 빈곤을 공동의 문제로 삼고, 사회적 유대를 생산할 수 있었던 것은 그간의 한국사회가 빈곤을 비롯한 어려운 상황을 개인에게 오롯이 감내하도록 내버려두지 않았다는 데 있다.

적어도 1960년대 후반에서 70년대 중반, 국가의 통치력이 도시·농촌 할 것 없이 사람들의 일상을 개조해 가는 와중에도 과거 농촌공동체가 유지해 온 미덕을 돌이켜 재현할 수 있는 여력이 건재했다는 의미이다. 조세희의 『난장이가 쏘아올린 작은 공』에서 어머니의 가계부에 빼곡히 적힌 생존비 중 '길 잃은 할머니 140원' '불우이웃돕기 150원'은 빈민들의 요구가 단순히 생존에 있지 않음을 말해 준다. 제 가족들이 '먹고살기'에도 버거운 도시생활에서 타인을 돕는다는 것은 어머니 개인의 특별한 선의라기보다 생존과는 다른 차원에서 "작고 느슨한 부조로 타인과 사회적 관계"[43]를 맺어온 당대 대중의 '생계윤리'라 할 것이다.

5 로컬공동체 회복을 통한 빈곤의 새로운 상상

1960~70년대 빈곤은 국가이데올로기의 가장 중요한 통치대상이었다. 대통령 담화문·연설문 등에 나타난 빈곤한 한국현실에 대한 분노는 적대로, 수치심으로 전환되었다. 빈곤통치는 빈곤에 대한 감각화, 즉 분노·적대감을 통해 그것이 수치스러운 것임을 사회구성원의 감각으로 전환하여 그들 스스로 이에 실천 가능한 행위를 선택하도록 '강제'하는 것을 말한다. 소설, 수기, 전기에서 재현된 빈곤의 불행, 결핍, 절박함의 정서는 통치자의 정서를 자신의 것으로 전환, 그리하여 매체가 대중을 설득·정당화하는 데 기여했다.

한국사회에서 빈곤은 '먹고사는 것' '배고픔'이라는 '단순한 생존'과 관련된 것만 남았다. 대통령에서부터 중학생 소년에게 이르기까지, 그리고 지배권력에 저항하는 사람들까지 포함해서 빈곤은 어디까지나 경제적 차원의 문제였다. 때문에 빈곤을 해결할 수 있는 방법이 비교적 손쉽게 제공되었다. 생산량이라는 정량적 목표를 달성하는 것, 가계수입이 늘어나는 것, 각 가정에 새로운 자산을 늘리는 것이다. 이러한 생활의 표준화는 빈곤을 국가나 사회의 공공영역에서가 아니라 '스스로' 해결할 수 있고, 해결해야만 하는 사적 영역으로 전환한 것이다. 박정희정권은 한국의 역사상 그 어느 시기보다도 개인의 평능을 실현했고[44] 개인들은 생활표순에 맞추어 '경제성의 욕망'과 이를 실천하는 '생존의 자유'를 획득함으로써 '동일한' 국민, 생존기계가 되었다.

경제적 조건에 따른 단순한 생존만이 가치를 부여받을 때 생존을 위협하는 권력에 대한 저항 역시 경제적 생존에 한정될 수밖에 없다. 문제는 경제적 생존이 인간의 존엄과 자유를 위협하는 것으로부터 자신을 지킬 수 있는가 하는 것이다. 사실 빈곤통치가 전국민을 생존기계로 전환한 것은 표면적인 결과일지도 모른다. 빈곤통치가 한국사회에 끼친 가장 큰 폐해는 아주 오랫동안 빈민들이 그들의 방식으로 재난·재해에 대응하고 지배권력의 폭력으로부터 자신들을 지켜온 것, 통치술 내부에 편입되지 않고도 개인들이 견뎌왔던 저항양식을 허무는 것이다.

그간 빈민의 공동체, 즉 인간다운 삶을 위해 저항하는 주체들의 공동체에 대한 연구가 없었던 것은 아니다. 그러나 민중주체를 생산하는 일련의 논의가 지배권력의 폭력과 피지배 빈민층의 저항이라는 고정된, 한정된 의의 밖에 생산하고 있지 못한 문제는 여전히 존재한다. 지배-피지배 프레임 내에서 지배에 대응하는 피지배 주체는 그 저항적 성격이 클수록 더 큰 지배력을 상정하지 않을 수 없다. 우리는 저항할수록 더 크고 거대한 적을 만날 수밖에 없는 것이다. 우리가 빈민을 통해 새로운 세계를 상상할 수 있다면 그것은 지배와 피지배라는 이분법적인 틀을 뛰어넘는 다른 지평을 찾는 것이어야 할 것이다. 개인의 자유가 보장된 시민적 주체성과 국가의 폭력적 통치전략을 견제할 공공영역에 대한 재고가 아주 절실하다는 것이다. 빈곤이 일상화된 오늘날에 이르러 더더욱 그러하다.

한국사회는 여전히 빈곤하다. 금융위기와 IMF체제로 중산층이 몰락하고 국민 다수가 빈곤해진 것이다. 비정규직노동자, 여성노동자, 실업자, 청년, 철거민, 장애인, 노인, 농민 그리고 이주노동자 등 악마적인 구조조정과 실업, 신자유주의에 입각한 무한경쟁과 인정투쟁 속에서 거의 모든 사람들은 '산다'는 것이 곧 '살아남아야' 하는 것인 '생존게임'에 내몰려 있다. 게임의 승자는 단연 경제적 성공을 성취한 생존자이다. 단순 생존부터 '어떻게 살 것인가'라는 철학적 사고까지 오롯이 개인이 감당해야 할 몫이 되자 사람들은 생각하기를 멈추고 타인의 욕망이 지배하는 '동물적' 생존의 안락함·만족감[45]만 남았다. 도덕성과 개인의 윤리적 판단의 근거가 될 공공 영역을 상실한 오늘날의 생존은 비극적이고 처절하다. 그러나 실직, 가족해체, 전망부재, 상대적 빈곤 등 빈곤의 양상을 유형화하거나 속물, 스놉(snop)이 되어버린 현대인을 비판하는 것은 쉬운 일이다.

우리에게 절실한 것은 인간을 동물적인 생존기계로 만드는 통치술에 저항해 인간의 존엄성을 지키며 자유를 확보하는 일이다. 물론 현재의 경제적 상황을 과거 국가경제 규모가 커지고 확장되어 가던 것과 비교할 수 없다. 마찬가지로 현재의 빈곤을 해결하는 것이 과거와 같은 경제적 기준이나 물질적 풍요, 소비의 자유로 환산될 수 없다. 그럼에도 국가는 경제성을 끝까지 삶의 총화로서 다루려고 한다. 이제 더 이상 경제성만으로, 그것이 유일하게 우리 삶을 결정하는 척도로 남아 있게 해서는 안 된다. 그러기 위해서는 빈곤을 경제적 결핍·박탈로 인한 불행으로서가 아니라 공동의 문제로 전환하려는 의지가 필요하다. 즉 빈곤을 우리 사회에 공동 의식을 생성하고 결속할 수 있는 근거로 삼는 일이다.[46]

한국사회가 근대화에 박차를 가하기 시작한 때, 박태순과 이문구가 도시 변두리에서 그리고 농촌에서, 가난한 사람들이 중심화의 폭력에 우회하는 자치력을 정직하게 기록할 수 있었던 것은 이미 우리에게 빈곤한 처지로 인해 공동화하고 결속해 왔던 경험이 있기에 가능한 일이다. 1960~70년대의 근대화가 불가피하게 불러온 이촌향도, 서울 중심화를 피할 수 없다면, 이를 극복할 유일한 방식은 이를 대신할 새로운 공동체를 확보하는 일이었기 때문이다.

어떤 문학은 국가의 근대화정책에 매체로서 편승하지만, 또 어떤 문학은 이로부터 거리를 확보하고 새로운 공동체를 찾는다. 이 경우 새로운 공동체는 과거의 전통적 공동체의 속성, 농본위사회의 공유지를 둘러싸고 형성된 생산양식의 결과물로서의 공동체가 아니다. 함께 살고 있는, 그러나 삶의 양식은 제각각인 '로컬'로부터 가능하다. 물론 새로운 공동체의 자치력·자율성이 '외촌동'과 같이 국가의 지배력이 미처 닿지 못한 국가의 게토로서 제공되기도 한다. 그러나 로컬은 공간적·지리적 차원에 한정된 것이 아니다.

로컬은 장소를 기반으로 사람들 간의 관계를 유지하는 관계성이다. 그리하여 로컬공동체는 서로 다른 위치의 사람들(지역, 계층, 성, 연령 등)이 각자의 삶을 서로에게 보일 수 있는 것, 모든 사람·사물이 그 정체성을 잃지 않으면서도 다양한 사람들에게 관찰되고 서로 다른 입장의 이야기를 하고, 들을 수 있는 공동의 장소이다.[47] '외촌동' '독가촌' '우리 동네'는 타인을 동정과 연민의 시선으로 포장하지 않고, 자신의 행동을 공동체의 윤리로써 반추할 수 있는 자율성과 갈등을 조율·중재할 수 있는 자치성을 보여주었다. 무엇보다 이곳은 대이동의 혼란 속에서도 사람들이 자신들을 보호하는 울타리로서 자치공동체의 영역을 포기하지 않았다는 의의가 있다. 경제성장, 조국근대화 이후 지속적으로 우리의 삶을 오로지 경제성만으로 환원해 얻은 것이 생존경쟁이고 보면 우리가 새롭게 마련해야 할 공동체란 개인을 단일한 주체(경제주체)로 길들이려는 통치의 압력으로부터 자신(들)을 지킬 수 있는 공동의 장소를 만드는 것이다.

다행히 오늘날의 빈곤을 타인과의 연대감, 인간다운 생활공간을 확보하는 문제로 전환하려는 움직임이 일어나고 있다. 자신이 거주하고 있는 동네에서 도움을 주고받는 것, 지역경제의 활력이 될 소상공인연합과 같은 경제적 모임, 동네 치안유지를 위한 자발적인 모임, 부녀회나 자녀들의 공부를 위한 모임 등을 생각할 수 있다. 다양하고도 자발적인 모임·커뮤니티의 발전은 목적 지향적인 국가에 틈을 만들어 '지역' '생활' '개인' '취향'이 끼여들 수 있는 공간을 만들어낼 수 있다. 개인의 다양한 이해관계에 의해 구성될 새로운 공동체는 국가·기업과 같은 거대 조직의 세력을 견제하고 자신들의 자율성을 보호하는 울타리로, 그리하여 풀뿌리 민주주의 형성에 기여하는 문화적 삶의 질 차원에서 이루어져야 할 것이다. 이를 위해서라도 우리는 국가의 기획과 목표에 따라 제 존재의 근원이 뿌리째 흔들리는 순간에도 자신들을 보호할 관계들을 포기하지 않았던 빈민의 의의를 되새길 필요가 있다.

빈곤통치에 대한 생존전략으로서 로컬공동체

주

1 이명박정권은 신빈곤층이라는 용어를 금지하고 대신 '위기가정'이라는 용어를 쓰도록 했다. "이명박정부 금기어 '신빈곤층'", 『경향신문』 2009. 3. 3.

2 레이먼드 윌리엄스 2007, 93, 94쪽.

3 피터 버크 2005, 180쪽.

4 권명아 2013, 132, 133쪽.

5 김지영 2016, 362쪽.

6 식민지치하에서 봉건지배계층은 정치적 몰락을 피할 수는 없었지만 경제적 측면에서는 오히려 지위가 상승했다. 그들은 토지자본(지대, 고리대)을 통해 부를 축적하고 상공업에 진출할 수 있었다. 그러나 피지배계급인 농민은 신분해체과정에서 소작농, 빈민, 노동자로 전락했다. 최서해는 땅에서 쫓겨나 유랑하는, 식민지 초기 한국인의 궁핍한 현실을 첨예하게 부각시켰다. 그의 소설에는 죽음과 직결되는 가난이라는 극한상태에 몰린 주인공들의 원한과 절규가 극적으로 드러난다. 이 자극적이고 원색적인 절규는 당시 프로 작가들이 자주 차용한 것이기도 하다. 김윤식 2000, 227, 258~62쪽.

7 김윤식·정호웅 1993, 315~45쪽.

8 권영민 2002, 245~50쪽.

9 공임순 2013.

10 덧붙이자면 70년대 가난의 정동화는 '시민사회의 윤리'를 정립하고 통치성에 포박되지 않은 '대항 품행'을 생산한다. 70년대 소설에서 가난 정동화는 도시하층민의 삶, 속물적 사회에 대한 중산층의 부끄러움의 윤리 그리고 우애와 이해를 통한 공동체의 윤리로 구체화되었다. 그리하여 70년대 소설의 고유성은 작가들의 빈곤에 대한 이해와 가난의 정동화로 인해 탄생한 조건의 산물이라는 것이다. 이정숙 2014.

11 김한식 2010.

12 레이먼드 윌리엄스 2007.

13 김유정 소설을 통해 근대적 세계인식만으로 식민지 지배논리를 설명해 온 기존의 연구 방법을 극복하고 저항은 문화적인 것, 민중수탈로 삶이 피폐해진 민중이 극한으로 내몰리지 않은 것은 여전히 온존하고 있는 전통적인 농촌공동체의 힘이라는 논의는 박훈하 (2003, 487, 488쪽) 참조.

14 박정희 1962,

15 황병주 2008, 127쪽.

16 대통령비서실 1976, 171쪽 "전국 새마을지도자대회 유시"(1973. 11. 22).

17 신범식 편 1968, 27쪽 "인간의 근대화와 생활의 경제화: 1968년도 국민에게 보내는 신년메시지".

18 황병주 2008, 131쪽; 공임순 2013.

19 대통령비서실 1973a, 494쪽 "대통령후보 지명수락연설"(1963. 8. 31).

20 대통령비서실 1973b, 660쪽 "연두기자회견"(1970. 1. 9).

21 박정희 1962, 35쪽

22 대통령비서실 1973a, 278쪽 "제17회 광복절 경축사"(1962. 8. 15).

23 페터 슬로터다이크 2017, 115~20쪽.

24 신범식 편 1968, 39쪽 "민족의 대동맥, 통일에의 길: 1968년 2월 1일 경부간고속도로 기
    공식 치사".

25 최일남 1995, 13쪽.

26 1964년 제1회 마을문고용 추천도서는 농·수산 관련도서가 24권, 교양부문이 10권, 문
    학·아동 부문이 51권, 1966년 제2회 추천도서에는 농어업 188권, 교양 64권, 문학 215
    권, 아동분야 92권이었다(오영준 2017, 33쪽). 추천도서 현황은 김경민(2012) 참조. 박
    정희 대통령이 빈곤과 함께 한국의 후진성을 드러내는 것으로 분노했던 것은 국민들의
    '무지'였다. 당대 독서는 성공신화를 생산하는 창구이기도 했다. 가난한 농민의 아들로
    태어나 독서를 통해 성공했다는 일화를 대대적으로 홍보하며 가난한 농민은 독서하는
    국민으로 전환되었다.

27 새생활문고편집위원회 1973.

28 곽영화, "실의와 고난을 헤치고 인간승리의 기록 <1> 새마을지도자의 수기: 결혼 1년에
    남편사별, 시부마저 병상에, 끼니 힘든 살림에 아들 안고 남몰래 눈물, 사생의 각오로 불
    모의 야산개발을 결심", 『동아일보』 1975. 9. 9; "<3> '하면 된다' 박토에 심은 불굴의
    의지, 비웃던 이웃도 감탄, 어머니회 맡아 부촌의 꿈 이뤄", 『동아일보』 1975. 9. 11.

29 홍영매, "실의와 고난을 헤치고 인간승리의 기록 <5> 새마을지도자의 수기: 술, 담배 끊
    게 한 후 가계부에 락(樂)붙여, 불구남편 열등감 씻도록 행사마다 가도록 묘책 써", 『동
    아일보』, 1975. 9. 15.

30 바바라 크룩생크 2014, 154~59쪽.

31 마셜 맥루언 2006.

32 1974년부터 무상 보급된 『월간 새마을』 매월호에는 소설이 게재되었다. 소설의 내용은
    가난한 집안에서 자란 주인공이 '불굴의 의지'로 난관을 극복하며 새마을건설에 성공한
    다는 것이 주를 이룬다. 주민들은 거의 무상으로 자신들의 노동력을 제공하고 염출하여
    자조적으로 해결해 나가는 상황을 규범화하고 있으며 특히 어린이들의 활동도 상당 부
    분 차지하고 있다. 김보현 2011, 57, 58쪽.

33 박태순 1995a, 122쪽.

34 "그때까지 도시락 얻어먹는 사실을 묵인해 오던 식구들도 일단 신문에 그 사실이 취급되
    자 무척 창피스럽게 여겨 특히 성격이 괄괄하던 아버지는 울면서 주먹으로 딸을 마구 때
    렸다. 소나기처럼 퍼붓는 아버지의 손길 밑에서 그녀는 죽어버리고 싶었었다고 했다. 신
    문의 일이 있고 나자 애들은 더욱 경쟁하다시피 도시락을 날라 왔지만 그녀는 하나도 받
    아먹을 수가 없었다. 신문도 그들의 편이었지 부끄러움에 목이 메게 된 그녀의 사정은 조
    금도 고려하고 있지 않았다"(김승옥 1998).

35 당대 박태순의 방랑자적 인물에 대한 문단의 평가는 그리 우호적이지 않은 것으로 보인다. "민중과 동화될 수 없는 위치" "민중적 삶을 육화하는 데 미흡" "밑바닥 인생과의 진정한 연대 불가능하다"는 평가들은 박태순 소설의 근본을 이루는 정치적인 것, 공적인 것에 대한 추구를 간과하고 경제적인 것, 사회적인 것만을 중심으로 평가하는 것과 관련이 깊다는 지적에 대해서는 조현일(2007) 참조.

36 아렌트는 인간의 행동(behavior)과 행위(action)의 영역을 분리하면서 사회적인 것과 정치적인 것을 구별한다. 근대사회는 공적이지도 않고 사적이지도 않은 영역으로 개인적·집단적인 이해를 추구하는 사리사욕으로 결합하는 사회로 본다. 그리하여 정치적 인간(자유, 연대, 복수성)이 아니라 노동하는 동물(생존, 재생산)이 우선시된다. 한나 아렌트 1996, 279~82쪽.

37 전후 월남민으로서 서울에 적응하는 과정에서 공간의 위력을 절감한 박태순의 빈민생존을 포착한 것으로 정주아의 연구가 있다. 그는 조독수가 별촌동에서 사회적 약자의 무력함, 허약함을 감지하고 그냥 통과해 버리는 것에 주목해 야만적 공간에 갇힌 처지에서 나오는 작가의 분노를 읽어낸다. 무기력한 민중을 통과해 본격적인 '민중'을 이야기하기 위해서 삶의 막다른 곳으로서 무촌동을 설정했다는 것인데 이에 그는 일반주민과 무산자민중을 분리함으로써 민중의 한계, 재현 불가능성을 말한다. 정주아 2016.

38 박찬효 2010.

39 김영찬 2004; 오윤호 2005.

40 그러나 사실상 이청준·서정인·김승옥 소설에서 가난경험의 고통은 당대 대중이 직면한 '일종의 언어상실'이다. 당대 대중들이 겪었을 최대의 고통은 도시로 이주하면서 생래적인 전통적 공동체로부터 유리되었을 때 오는 존재의 박탈과 불안감이다. 박훈하 2011, 136, 137쪽.

41 이문구의 고향의식은 조부의 고매한 인품, 근엄한 선비기풍으로 무시간적이고 탈현실적인 것이라는 비판도 있다. 마을의 인물관계가 지주와 머슴이라는 봉건적 관계 내에서의 충직성·신실함이라는 것인데(김만수 1992) 그럼에도 이 글에서는 그의 경험을 농촌공동체의 건재함 측면에서 보고자 한다.

42 이문구 1985, 215쪽.

43 김예림 2015, 67쪽.

44 국민대중, 대중사회는 여러 측면에서 논의 가능하겠지만 우선 농본위사회의 신분제로부터 해방된 자유로운 개인을 전제하지 않을 수 없다. '자유롭고 평등한 개인'을 위한 효율적인 행정제도가 주민등록제도이다. 주민등록증이 나오기 위해서는 '나'의 자발적 신고가 필요하다. 박정희는 시정연설에서 미국의 민주주의, 그 절차로 '국민의 한 표'를 강조했는데 주민등록증이 없으면 선거를 할 수 없음을 주지시켰다. 주민등록증은 평등한 '한 표'로서 '타성(他姓)이라서' '머슴 출신이라 만만해서' 등 신분적 차별과 불평등을 불식시키는 것이었다. 이 책 제1장 "거대한 국가의 절멸된 공동체 그리고 홀로 선 개인들" 참조.

45 김홍중 2009, 58쪽.

46 빈민을 공통적인 것을 구성하고 새로운 주체성을 생산하는 출발점으로 본 것은 네그리와 하트의 공적이 크다. 빈곤은 이제 전지구적으로 공통성을 띤다. 새로운 주체 '다중'은 근대 국민국가의 한계를 뛰어넘어 전지구적인 저항의 순간에 있다. 이에 '사랑의 윤리학'으로 완결되는 다중의 기획이 유토피아적이라는 비판도 있지만 빈곤이 비참과 불행의 형상을 넘을 수 있는 것, 자유로운 존재로 구성될 힘의 가능성을 기획한 점에 큰 의의가 있다.

47 로컬, 로컬리티는 전지구화가 가속화되고 있는 오늘날 지리학적 관념에서 탈피해 인문·문화 전반에서 연구되고 있는 주요 주제이다. 로컬리티 연구는 이분법적 세계질서에서 해방·해체하고 중심으로부터 배제된 타자성, 소수성, 혼종성에 대한 연구의 장을 열었다. 그러나 동시에 로컬 연구가 주변부를 반복 환기하는 것이 기왕의 중심을 더욱 강화한다는 것, 로컬이 세계화과정에서 다른 종속관계로 포섭, 재영토화될 우려가 크다는 지적도 함께 이루어져 왔다(문재원 2018). 이 글은 그간 로컬, 로컬리티 연구에 힘입은 바가 크다. 로컬공동체는 중심으로 획일화·단일화하는 권력으로부터 자신의 존재를 구성·생성하는 역능이라 할 수 있다. 한국사회에서 빈곤은 국가의 통치력이 아주 강력하고, 한편 매우 일상적으로 개인의 삶을 중심으로 구성한 통치전략이었다. 빈곤의 통치성은 오늘날에도 유효하다. 따라서 빈곤의 통치성이 가장 첨예하게 이루어지던 시대에 빈민들이 포기하지 않았던 공동성을 환기하는 것은 미래에 새로운 가치로서 공통성, 커뮤니티를 기대하기 때문이다.

회복으로

일상적 노동의

노동문학을 넘어

1   다시 '노동문학'에 거는 기대

1980년대 노동자의 자기재현 열망은 폭발적이었다. 6월항쟁과 노동자대투
쟁의 산물이라 할 성과물들이, 문학뿐만 아니라 수기, 일기, 체험기, 현장보
고서, 학습·토론 일지 등이 쏟아져나온 것이다. 특히 문학은 노동자를 억
압하는 국가권력에 저항하고 자본가의 부당한 행위를 폭로했으며 노동자가
주인이 되는 새로운 세상의 전망을 제시해 주었다. 당대 비평가들 역시 투
쟁의 주체로 부상한 노동자에게 막중한 역할을 부여했다. 문학생산의 주체
로서 노동자계급에 대한 정의와 방향에 대해 민족문학론, 민족민중문학론,
민중문학론, 노동해방문학 등 치열한 이론논쟁이 이루어진 것이다.

그런데 노동문학을 둘러싼 뜨거운 논쟁은 1990년대 초반 사회주의 몰
락과 전지구적 자본주의라는 국제적 정세변화와 함께 순식간에 식어버렸
다. 또한 상업대중문화의 급성장과 함께 개인·개성이 존중, 생활세계가 중
시되면서 투쟁을 위한 연대·공동체는 와해되기에 이르렀다. 실로 노동문학
이 한국문학사적 위상을 보장받았던 시기는 1987년 전후로 채 10년도 되
지 않는다.[1]

1990년대 이후 노동문학의 노동자계급에 부과된 관념성과 정치적 이
념성에 대한 강도 높은 비판이 이어졌다. 당대 비평가들은 '운동'이 여지없
이 무너진 원인을 서둘러 진단하고 비판을 쏟아냈다. 급진적 문학운동론들

이 사회주의 이론을 제대로 소화해 내지 못했다는 이론부재,[2] 계급적 이념의 선전·선동적 구호에 가까운 진술형태가 인간다운 삶의 실현은 물론 예술적 가치를 높이는 데도 장애요인이 되었다[3]는 '과격하고 편향적인 정치성' 그리고 '문학성을 옹호'하는 관점[4]이다.

노동문학의 계몽성, 교조적 성격 그리고 지식인의 대리의식, 동일성의 정체성 등 노동문학의 정치성, 형식을 비판하기는 쉬운 일이다. 그런데 과연 노동문학은 청산의 대상이기만 한가. 자본의 착취에 분노하고 저항한 열정에 보냈던 그 뜨거운 찬사는 왜 그리도 쉽게 식어버렸는가. 어찌하여 노동문학에는 패배의 분위기마저 만연하게 되었는가. 1980년대 노동자들은 싸울 적이 분명해 분노라도 할 수 있었는데 2000년대의 노동자들은 오히려 "내부에서부터 붕괴되어 노동자들 스스로에 의해 배제된 '유령'의 형태"[5]이지 않은가.

한국문학사상 노동문학만큼, 그것이 비판이든 옹호든 오랫동안 지속적으로 논란이 이어지고 있는 주제도 드물다. 오늘날까지도 노동이 뜨거운 주제일 수밖에 없는 것은 여전히 사람들은 노동을 하고 있고 노동을 통해 자신의 정체성을 구성하고 있기 때문이다. 그러나 자본의 지배는 훨씬 교묘해지고 거의 모든 업종에서 고용을 확신할 수 없는 비정규직·하청·용역 노동자는 여전히 '인간 아님'의 존재로 내몰리고 있다. '인간 아님'의 조건은 유사하지만 과거보다 절망적인 것은, 적으로서 분명했던 자본가와 같은 권력자는 이제 전혀 알아챌 수 없게 되었고, 그 적대가 나와 함께 일하는 동료에게로 옮아가고 있다는 사실이다.

이러한 노동현실에서 인간해방을 향한 신념, 역사를 만들어가는 주체의식과 연대의식은 오늘날 생존을 위해서라도 더욱 절실해졌다. 오늘날 전지역, 모든 세대에 걸친, 노동하는 사람들의 절망과 불안으로부터 자신을 보호할 울타리를 마련하기 위해서라도 과거 노동하는 대다수의 사람들이 그토록 간절하게 원했던 인간다운 삶, 역사를 이끄는 주인으로서 노동자라는 신념은 계속 이어져야 한다.

"나는 노동자다"라는 자부심으로 동료와 '함께' 연대해 싸우게 했던 그 '믿음'이란 무엇이었을까. 그것은 억압받는 현실에 저항하는 주체로서 개인의식, 우리는 모두 평등하고 자유로운 인간이라는 것 그리고 우리는 지금보다 더 나은 삶을 추구하고 이룰 수 있다는 것이다. 그러나 이러한 '믿음'은 오늘날 지나치게 감상적이거나 낭만적인 것처럼 보인다. 이제는 그 누구도 노동자의 분노와 열정·신념이 자기존재의 근거가 될 것이라 믿지 않는다. 그리고 무엇보다 오늘날 노동하는 사람들은 자신을 노동문학에서 형상화된 그 노동자라 생각하지 않는다. 노동문학의 청산·좌절은 이 지점에서 이루어졌다고 보아야 할 것이다.

이러한 문제의식은 최근 노동문학을 비판·극복하고자 하는 여러 연구와 맥을 함께한다. 노동문학에 대한 비판적 관점 중 두드러지는 것은 "선진적인 노동자라는 계급의식의 재현체계가 구동된 동일성의 정체성"[6]에 의해 지워진 '작고 일상적인 것들'을 회복해야 한다는 관점이다. 노동자는 분노와 투쟁, 승리를 포함하면서도 도저히 하나의 형식이나 방향 속에 담아낼 수 없는 '삶 자체'이기 때문이다.[7] '삶 자체'란 전위적인 노동자라는 틀의 범위에서 '쓸려나간 것들'[8]까시 포함하여, 노동자의 삶은 그들을 재현하는 것보다 훨씬 더 풍성하고 다층적이라는 것이다.

2   80년대 노동계급에 대한 이상과 현실

1960년대 후반부터 시작된 산업사회로의 전환과정은 한국사회를 이전과
는 전혀 다른, 개인의 일상 전반에 이르는 총체적 변화를 불러일으키는 것
이었다. 경제구조 재편, 인구대이동, 농촌공동체 붕괴, 인간소외·빈부격차
심화 등 이 모든 변화가 약 한 세대에 걸쳐 일어났다. 문학은 이러한 변화의
충격을 반영하며 노동자의 삶을 집중 조명하기 시작했다. 노동자들에 대한
부당한 억압을 폭로하며 인간적 삶을 열망하는 노력은 황석영·윤흥길·조
세희의 작품으로 그 성과를 드러냈고, 노동자 스스로 자신들의 처지를 개선
하고 더 나은 삶을 위한 투쟁의 기록들로 문학의 지평을 확대해 나갔다.

백낙청은 노동문학이 단순히 노동자들에게 자기표현의 기회가 주어져야
한다거나 정직한 고발로 개선이 이루어질 것이라는 것을 넘어 노동자들의
'집단적 자기해방'의 노력이 '민중·민족적 요구까지 포괄'하는 경지에 이르
러야 한다고 보았다.[9] 박현채는 노동문학이 노동계급의 경제적 이해 실현은
물론 이 땅에 민주주의를 실현하고 분단까지 극복하려는 노력을 통해 인간
해방, 소외로부터 해방될 수 있음을 터득해야 함[10]을, 이재현 역시 오늘날
인간소외에서 벗어나기 위해 자기의식을 바탕으로 역사를 만들어나가는 실
천으로서 노동을 강조한 바 있다.[11]

실천의 중요성은 노동자에게 역사적 주체의 위상을 부여해 주었다. 신승
엽은 노동문학의 정의를 노동자의 생활체험을 바탕으로 노동현실이나 노동
문제를 묘사하되 노동자의 입장에서 그 극복을 지향하는 문학으로, 김도
연·백진기 역시 '일상성'을 민중문학에서 가장 중심적인 개념으로 보고 일
상정서를 반영하는 표현방식이 그대로 생활문화이며 이를 민중문학의 큰
저력으로 꼽았다.[12]

노동자의 생활현장, 일상을 재현함으로써 역사를 만들어나가는 실천적 주체라는 기대는 그간에 노동자를 억압해 온 모든 종류의 권위에 저항하고 인간해방의 지평을 열었다. 그러나 노동자의 현실극복 의지는 노동자의 현실을 부정하는 것으로부터 출발한다. 현실극복의 주체는 '지금보다 더 나은 미래'에 대한 기대를 품게 마련이다.

> "제가 열심히 일해 생계를 꾸려나가고 동생 공부도 시킨다는 데 대해 큰 긍지를 느끼고 있습니다. 이런 긍지 때문에 일이 고되어도 피곤하지도 않아요." …신양이 요즘 받는 임금은 월17만 원 정도. 이 돈으로 동생의 학비를 대고 생활을 꾸려나가기가 빠듯하지만 그래도 생활비를 아끼고 줄여서 매월 5만 원씩의 재형저축을 들고 있다. 나름대로의 장래에 대한 꿈을 실현시키기 위해서다. "우리 사회는 그렇게 어둡지만은 않다고 생각합니다. 희망을 갖고 열심히 하면 노력의 댓가가 꼭 보상되는 사회라고 확신합니다."[13]

근대적 지배와 통치는 자연적 시간에 익숙한 사람들의 생체리듬을 시간표 시스템에 따라 자동적으로 움직이도록 전환하는 데 있다. 산업화 초기 노동자의 정체성은 전통적인 것, 농촌공동체적인 것, 도시적인 것 등이 혼재된 것이었다. 통치전략뿐만 아니라 강성 노동운동 역시 노동자의 여러 시간과 삶의 결을 분절하여 '현재' 중심의 시간관을 정립했다. 이는 긴 시간 존재하는, 근대적 노동 이전의 노동을 부정하는 것이다. 가난하고 무지한 과거에서 벗어나 '새로 태어나는 것'은 지배세력과 저항세력에서 동시에 추구하는 근대적 노동자상이다.

모범 근로자가 한 달 살기에도 빠듯한 월급을 쪼개 저축을 하는 이유는 지금은 힘들고 어렵지만 미래는 지금보다 '새로운' '더 나은 삶'을 이룰 것이라는 희망이 있기 때문이다. 이 희망이 모범 근로자 한 사람만의 것이겠는가. 이 땅의 모든 노동자의 희망이기도 하고 동시에 자본가·통치자의 희망이기도 하다. 때문에 통치는 더 나은 미래를 희망하는 주체를 생산한다. 권위적인 신문의 언설은 억압자의 목소리가 아니라 양육하는 형태이다.[14] '모범 노동자상'은 노동자에게 절대적 복종을 요구하지 않는다. 대신 그 모범에 적극적으로 참여하는 주체, 능동적인 주체를 생산하는 것이다.

당대 노동자에게 요구되는 심성은 근로자로서 근면·성실함, 아무리 일이 고되어도 자신이 '산업전사' '산업역군'이라는 긍지로써 참아내는 것이다. 그런 의미에서 노동자에게 허락된 미래는 월급을 쪼개 저축하고, 자식을 먹이고 공부시키는 정도이다. 생활의 개선을 목표로 한 노동운동의 귀결점은 '가족의 안정'에 있지 그 이상은 아니다.[15] 노동자의 삶을 개선하려는 의지가 '가족'으로 귀결된다는 것은 인간해방, 평등의식에도 시사하는 바가 크다. 사장·공무원·고위정치인·부자 들도 '우리'와 똑같은 평범한 인간이고 그들 역시 한 가정에서는 다정한 남편이자, 자상한 여느 아버지와 다를 바 없다는 것이다.

이러한 평등의식을 통해 불평등한 차이를 상쇄하였지만 동시에 노동자들이 지배계급의 욕망을 동일시하도록 부추기는 촉매 역할을 했다. 이는 1997년 현대중공업 노조원을 대상으로 한 설문조사의 결과에 나타난다. 노동자들은 과거에 비해 노동운동에 대한 참여도가 떨어지고 노조활동에 점점 무관심해졌는데, 지도부는 그 이유를 노동자들이 실리적이고 이기적으로 변했기 때문이라고 보았다. 노조참여보다는 자녀의 과외비를 더 벌기 위해 잔업을 하거나 서둘러 가정으로 돌아가는 '가족 중심적'이고 '이기적인 안락함'을 추구하고 있기 때문이라는 것이다.[16] 물론 노동자들이 가족구성원의 안정된 생활을 위해 노조활동에 무관심한 것을 '이기적'인 처사라 치부할 수 없다. 그러나 '가족중심주의'와 '이기적 안락함'이 가치의 중심이 될 때 우리 사회에 시사하는 더 큰 위기는 노동자의 더 나은 삶을 위해서 무엇이 우선이어야 하는가에 대한 생각을 멈추게 만든다는 데 있다.

한나 아렌트가 사회적인 것과 정치적인 것을 구별한 것은 근대사회가 공적이지도 사적이지도 않은 영역에서 사리사욕과 결합한 사회이기 때문이다. 그리하여 남은 것은 정치적 인간(자유, 연대, 복수성)이 아니라 노동하는 동물(생존, 재생산)이다.[17] 1980년대 후반부터 90년대 널리 통용되었던 '중산층'이라는 말이 인간의 정치적 행위가 삭제된, 오직 사리사욕만 남아버린 현실을 뜻하는 것이나 다름없다. 당시 국민의 70~80퍼센트에 달하는 사람들이 자신을 중산층이라 인식했다고 하니 중산층은 노동자의 삶이 개선된, 가난에서 탈출한 사람들의 자기위안적인 용어라 할 것이다. 공교롭게도 중산층의 기준은 직업, 교육수준, 가구소득, 주택소유이다. '경제적 생활 개선'이 사람들의 모든 욕망을 마치 블랙홀처럼 흡수해 버린 것이다. 소득이 증가하고 고등교육 확대, 집집마다 백색가전(냉장고, 세탁기, 에어컨, 전자레인지)과 갈색가전(TV, 오디오, 비디오)을 들여놓을 수 있게 되면서 사람들의 삶은 '먹고살기 위해' 전쟁을 벌였던 이전보다 훨씬 여유 있고 편리하고 윤택해졌다. 삶의 질이 나아졌는가는 곧 상품을 소비·소유할 수 있는 경제력을 갖추고 있는가와 같은 문제였다.

이러한 경제제일주의는 '부동산 불패신화' '아파트 투기열풍'을, 고위공직자·고소득자의 부정축재(蓄財)를 위한 수단만이 아니라 노동자, 회사원, 주부 할 것 없이 거의 모든 사람들의 '상식'으로 만들었다. 무슨 일을 하든, 어느 정도의 노력과 열정을 다하든, 그 결과는 반드시 경제적 이익으로 환산할 수 있는 것이어야 한다는 것이다. 오직 자신의 신체만을 이용해, 부지

런한 성품으로 근검절약을 신조로 살아온 노동자의 억척스러움은 자산의 축적, 즉 '강남아파트' '노른자 땅 빌딩' '수백 평 대지'로 환원되었다.

TV와 같은 대중매체는 최신 유행에 대한 새로운 정보를 제공해 주고 변화한 시대를 살아가는 데 필요한 지식을 손쉽게 얻는 창구가 되어주었다. 안방 드라마에는 가난한 사람들이 엉켜 살아가는 현실을 밀어내고 더욱 화려하고 고급스러운 가구로 치장한 거실을 배경으로 한 '평범한' 사람들이 등장하기 시작했다. 또한 광고는 '개성' '자기만족', 현재의 '쾌락'을 중시하며 소비의 주체를 호명하고 상품은 이전보다 더 새롭고 더 편리한 것으로 더 빠르게 변화하며 사람들이 가까스로 소유한 것들을 쉽게 구식으로 만들어버렸다. 대중매체가 제공하는 세상이 소비를 조장하는 것 이상으로 사람들에게 끼친 영향은 새로운 세상에 대한 지향점을 물질적이고 경제적인 조건에 한정하고 그 이상의 바람직한 세계를 위해 전복할 수 있는 상상을 제한한다는 데 있다.[18]

교육은 가난한 노동자들의 일상적 전통을 단절시킨 일등공신이다. 알다시피 서구 추수적인 한국의 근대교육은 철학, 문학, 역사, 과학 등 학문적 영역은 물론 음악, 미술 등 예술적 감각에 이르기까지 '내 것'일 수 없는 것을 학습하는 것이다. 근대적 교육은 과거의 경험을 전해 주지 못했고 그러는 사이 '내 부모' '내 이웃'은 고루하고 시대감각이 뒤처진 열등한 존재가 되었다. 뒤이은 세대에게 모범 혹은 규범이 되지 못한 앞선 세대의 관념·사상·생활가치는 하루빨리 타파하고 벗어나야 하는 인습이었다. 특히 합리적인 개인의식과 민주주의 교육은 계급 간, 세대 간의 권위주의를 타파하고 평등한 인간관계를 이루게 했지만 역설적으로 '가진 자'와 '가지지 못한 자', '구세대'와 '젊은 세대'라는 이분법적 관계를 더욱 공고히 했다.

이렇듯 노동문학이 노동자에게 당위적인 주체성을 부과하는 동안 노동자의 일상은 가족, 경제적 차원에 수렴되고 있었다. '나는 노동자'라는 떳떳함과 이 사회를 민주사회로 이끄는 '민주노조 쟁취'[19] 그리하여 '인간답게' 살고자 하는 희망과 '역사의 주인'[20]이라는 자긍심은 경제적 안정으로 쉽게 대체되었다.

3 노동문학 다시 읽기

노동문학에서 재현된 노동자의 이상이 현실과 얼마나 괴리되어 있는가는 노동자의 일상문화 연구에서도 찾을 수 있다. 한국 노동자문화의 성격을 대중문화와의 관계를 통해 해명한 박해광은 '순수한 노동자문화', 즉 전적으로 노동계급집단에 속하는 문화가 있다는 것이 얼마나 신화에 불과한 것인가를 밝힌 바 있다. 그는 노동자계급의 문화를 문화산업적 형태가 아니라, 그들이 역사적으로 공유해 온 내부의 민중문화에서 찾아야 한다고 말한다. 이에 노동운동의 경험이 노동자문화를 어떻게 규정하고 있는가를 살핀다. 그의 연구에서 흥미로운 사실은 노동자문화를 구성하는 데 핵심적인 역할을 한 탈춤, 풍물, 율동과 같은 문화패 활동에 노동자들이 그리 우호적이지 않았다는 것이다. 그들의 음악적 취향은 민중가요로 총칭되는 운동가요(노동가요)가 아니라 대중가요, 트로트였다.[21]

> "내 말은 으째서 나는 보리술 한잔도 안 주고 떠들어대뻔지라고만 난리냔 것이요잉. 누구는 맥주 드시는데 쐬주 먹는 나가 기분이 나겄소."
> 그제서야 사람들은 개발과장과 노조위원장, 주임 들이 앉은 자리에

는 맥주가 돌고 있음을 확인했다. 니기미, 누구는 인삼 먹고 누구는 무 먹냐, 하는 소리가 터져나왔다. 그러나 그 소리는 결코 상석까지 들리지 않을 정도의 크기였다.[22]

"울려고 내가 왔던가. 웃으려고 왔던가…"

역시 낮고 건조했지만 듣는 이를 침울하게 만들었다. (…)

'울려고 내가 왔던가'는 해포조선소의 주제가였다. 아무리 소문난 음치라도 이 노래만큼은 제대로 알았다. 힘들고, 서럽고, 외롭고, 개 같을 때면 하루에도 몇 번씩 불러보는 노래였다. 더럽고 아니꼬울 땐 뒤돌아서서 고래고래 악을 쓰며 불렀고, 제 신세가 처량스러울 땐 혼잣소리로 흥얼거렸다. 때로는 반항이고 때로는 외로움이고 때로는 절망인 그런 노래였다. 조선소 사람들은 누구나 그 노랫소리에서 묻어나오는 감정을 읽을 줄 알았다.[23]

방현석 소설의 노동자들은 연극과 학습, 토론을 통해 계급의식을 각성하고 세계를 이해하고 투쟁의 현장에서 〈노동해방가〉 〈임을 위한 행진곡〉 〈꽃다지〉 〈파업가〉를 부르며 공동의 정체성을 구현한다. 그들의 '웃음과 한숨, 눈물과 분노'를 담은 연극은 곧 자신들의 삶이었기에 대사를 잊어버려도 '쌓인 가슴의 응어리'가 저절로 대사가 되어나온다. 그들의 분노와 열정을 담은 연극과 노래·시는 공연자·관객 구분하지 않고 '눈물' '한풀이'의 공동체를 형성한다. 그에 비해 일상적 소재인 '트로트'와 '소주'는 그들의 삶이 가장 최악에 이르렀음을 드러내는 기호이다.

'윗사람들'은 노동자들이나 마시는 '소주' 대신 '맥주'를 마시며 그들과 구분 짓는다. '윗사람들'이 맥주를 통해 신분을 구분 짓는 것 이상으로 노동자는 스스로 자신들의 차별받고 인간대접을 받지 못하는 처지를 소주에 투사하고 있다. 소주와 트로트는 "힘들고, 서럽고, 외롭고, 개 같을 때" "제 신세가 처량스러울 때" "외롭고 절망적인" 열등하고 비루한 것, 부정의 대상이다. 1960~70년대 기계산업 노동자의 여가생활을 분석한 신원철의 연구도 이와 같은 맥락에 있다. 생산직노동자들은 고유한 여가와 소비 양식을 추구하기보다는 대졸 화이트칼라계층을 모방하려는 경향이 두드러졌다는 것이다. 기업 사보에 사원들의 가정을 탐방하는 기사에서도 계층 간 차이가 뚜렷하게 나타난다. 과장급 이상 관리자들의 경우 자녀들에게 피아노, 바이올린 등 예능교육을 시키는 것을 과시하는 반면, 생산직노동자는 가정탐방의 대상이 되지 못했고 '저축수기'나 그들이 집 한 칸을 마련하기까지 얼마나 눈물을 흘렸는가라는 '고생담'의 주인공으로만 등장한다.[24]

노동자들은 형편이 좋아지면, 경제적 여건이 뒷받침되면 언제든 나도 맥주를 마실 수 있는, 자식들에게 피아노, 바이올린을 배우게 할 꿈을 꿀 수는 있었지만 '윗사람들'과 자신들을 구별 짓는 소주와 트로트는 그들의 문화가 되지 못했다. 따라서 가족의 안정, 경제 중심주의적 노동자가 '실리적'이고 '이기적'으로 '변한' 것이 아니다. 오히려 노동문학의 정치적 혁명성에 비해 노동자 일상의 문화적 조건을 구성하지 못한 데 있다.

노동문학은, 노동자가 주인 되는 새로운 세상을 꿈꾸는 진보이념은 권위주의를 타파하고 평등의식을 확장했지만 정작 노동자는 자신이 처한 현실을 부정하고, 마침내 그곳을 '탈출'하고자 했다. 그러나 사이 공동의 이상은 사라지고 노동자들이 타파하고자 한 '윗사람'의 문화를 욕망하는 취향의 획일화 과정을 거쳐 무기력하고 비루한 일상만 남았다. 노동문학의 좌절을 초래한 것은 노동문학의 전형이라 할 그 믿음 내부에 있었던 것이다.

1980년대 노동문학이 계몽성, 교조적 서사의 전형으로 몰락을 초래했다는 비판은 이미 활발하게 이루어지고 있다. 김원은 노동문학의 전형, 즉 가난한 노동자의 '비참한 현실―주체 각성 촉구―투쟁'이라는 전형에 나타난 급진적 지식인의 과도한 대리의식을 비판했다. 노동계급을 혁명을 위한 집합적인 주체로 구성하려는 정치적 기획의 결과, 노동자가 체험한 삶의 구체성을 과도하게 전형적으로 묘사했다는 것이다.[25] 그럼에도 노동'문학'은 노동자의 경험과 삶, 마음을 표현·전달할 수 있는 매체였음은 분명하다.[26]

> 나는 무엇인가. 세광물산에서 나의 의미는 무엇인가. 세광물산에서의 나의 7년은 무엇인가.
> 사무실의 모든 것들이 갑자기 낯설게 느껴졌다. 근면·자조·협동, 벽 높은 데서 내려다보는 사훈이 낯설었다. …7, 8년 동안 흐려져 있던 것이 한순간에 명확해졌다. 결코 사장과 자신들은 같은 줄에 서 있을 수 없음을, 7, 8년이 아니라 70년 80년을 다녀도 그들이 서야 할 줄은 노동자의 대열임을 뼈아프게 확인하였다.[27]

민영이 미정, 철순과 함께 잔업특근을 거부했다가 사직서를 쓰게 되는 이 장면에서 민영은 그간 자신이 일해 온 세광물산은 과연 무엇이었는가를 인식하기 시작한다. 최고참인 그녀들이 일을 해온 7, 8년 동안 공장건물, 도자기 가마가 늘어나고 생산직 사원도 70명에서 300명으로 늘어났지만 변하지 않은 것은 그녀들의 월급과 언제든 대체 가능한 그녀들의 위치이다. 오랜 기간 결근, 조퇴 한번 없이 일해 온 일터에서 느끼는 이 '낯섦'은 민영으로 하여금 자신은 사장과 다르다는 것, 경쟁적으로 작업량을 완수해도 그녀들은 '가족'이지도, '내 일'도 아니라는 것을 확인하게 해준다.[28]

자본가의 요구에 맞춘 노동자의 상이 결코 자신들의 현실일 수 없음에 대한 자기인식은 반(反)이데올로기적 투쟁으로, 일대 혁명이고 사건이었다. 이에 역사의 주체로서 노동자라는 인식은 노동문학을 이끄는 가장 강력한 동력이었다. 노동자 스스로 자신들의 삶을 형상화한 노동문학은 그간의 지식인 중심주의를 비판하며 그 권위를 거부·해체한 것이다. 권위를 해체하고 '나의 삶은 내가 개척하는 것'은 자유로운 개인의 적극적인 의지이다. 그런데 모든 권위를 불신·해체하는 것이 개인의 활력·생동감을 보장하는 것은 아니다.

20세기 초 영국 노동자계급의 일상문화를 분석한 호가트는 권위에 대한 불신이 회의주의를 거쳐 '누구도 믿지 않아'라는 냉소적 태도와 결합한다고 분석했다. 그들의 냉소적인 태도는 누구도 신뢰할 수 없는 세상이라는 것, '윗사람들'과 접촉할 때 '우리'의 전략이라는 것이다. 이 전략은 노동자들이 자신을 방어하기 위한 것으로 정당화되기도 하지만, 호가트는 노동자들의 이 냉소적 태도가 "바깥세상과의 '연결'에 실패"하는 경우가 늘어나고 "개인적인 뿌리가 약해졌거나" "자신의 삶에 물을 대고 있던 샘들이 오염"되어 버렸기 때문이라고 말한다.[29] 비유적인 표현이긴 하지만 개인과 개인을 연결할 수 있는 장을 모조리 잃어버린 오늘날, 일상에서 작은 문제가 발생했을 때조차 서로의 관계 속에서, 연대 속에서 논의할 수 없고 오직 더 큰 권위, 즉 국가의 해결력에 의존할 수밖에 없는 현실이고 보면 이해가 되지 않는 것도 아니다.

현재 우리는 국가적 복지서비스가 필요한 자녀교육, 의료, 노후보장뿐만 아니라 이웃 간의 분쟁을 해결하는 것부터 잡다한 생활상식까지 경찰력이나 방송에 출연하는 전문가의 권위에 의존하고 있다. 전통적 지식이라 할 삶의 경험과 지혜는 매일같이 생겨나는 새로운 것들에 의해 버려지고 이웃을 돕는 일을 판단하는 것까지 국가의 해결력에 의존한다. 사람들이 살기 위해 맺어온 다양한 관계들을 '국가'로 대체하는 동안 '나'를 둘러싼 관계

　　　　　　　　　　　노동문학을 넘어 일상적 노동의 회복으로

는 사라지고 결국 세상에 믿을 곳이 없게 되어버렸다. 이제 우리가 기댈 수 있는 유일한 것은 가족, 가족의 친밀감밖에 남지 않은 듯하다. 그러나 이 친밀감은 곧잘 희생, 폭력, 단절, 소외를 묵인·조장한다. '국가'와 '가족'만이 폭력적으로 관계하고 있는 오늘날 우리는 파편화된 개인을 연결할 공통감각을 회복하는 일이 절실하다.

노동은 인류가 생긴 이래 거의 모든 사람들이 공통으로 경험하는 활동이다. 사람들은 노동을 통해 자신의 정체성을 만들어왔다. 그럼에도 오늘날까지도 노동운동이라 하면 광장과 깃발, 구호가 떠오른다. 그러나 구호와 함성, 검게 탄 피부에 탄탄한 근육의 (남성)노동자문화는 그 문화 속에 있지 않은 사람들로부터 외면받거나 이익집단의 강경한 요구를 드러내는 방법이되었다. 그런 점에서 오늘날 노동운동은 서로 등을 돌리게 만들고 연대를불가능하게 만들고 있다. 그럼에도 우리가 놓치지 말아야 할 것은 앞서서나간 사람들의 소중한 노력이다.

누군가는 자신을 '인간 아님'의 존재로 만드는 부당한 권력에 분노하고, 슬퍼하는 것에 머물지 않고 적극적으로 개혁해 나갔다. 해고와 협박, 구타와 테러, 모멸감을 견디며 자신과 동료, 자식 들이 "가장 많이 생산하는 자들이 가장 풍요롭게 살아가는 내일을 위한 집"[30]에서 살 수 있도록, 그것이정의로운 것임에 공감하고 분연히 일어섰던 것이다. 이러한 노동운동의 성취를 가능하게 만든 것은 변화하는 삶의 근거에 대응하여 그들의 일상에서새로운 공동체를 꾸려온 오랜 경험들에 있다.[31] 노동운동은 그런 경험들을주체각성 전의 무지하거나 야만적인 행태로 여겼다. 그리고 주체의 의지로이를 극복하는 과정을 재현했지만 사람들은 오랜 세월에 걸쳐 그들의 필요와 요구에 따라 원칙과 질서를 만들어왔다.

4   근대적 삶을 반추하는 접경지대, 우묵배미

문학, 소설의 운명은 문제적 개인이 사회와의 분열을 극복함으로써 성장·성숙하는 것이다. 이에 문학은 개인을 둘러싼 현실의 부조리를 성찰하고 자신의 삶의 조건을 탐색하는 주체를 반드시 생성해야 한다. 노동문학, 노동자의 자기재현 서사의 주체는 노동자로서 자기각성이 필연적이다. 이전에는 "용기도 자존심도 없는 천대받는 노동자"[32]였지만 부당한 착취구조를 '학습'하고 노동자로서의 주체성과 인간됨을 위해 투쟁할 용기를 획득한다. 그러나 당대 노동자들의 일상적 세계는 도시적인 가치들로 빠르게 전환되고 있었다. 다시 말해 도시노동자의 성장은 경제적 근대화와 상동성을 갖게 되었다는 것이다.[33] 그러나 잊지 말아야 할 것은 노동문학은 주체가 '타락한 세계'에의 편입에 그치지 않고 현실을 개혁할 운동의 주체들을 생산했다는 점이다. 문학은 사람들을 정직하게 관찰하고 기록함으로써 사람들의 삶, 일상 그 자체로 미적 가치를 획득할 수 있는 여지를 마련하는 것이기도 하다.

박영한의 소설 『왕룽일가』(1988)와 『우묵배미의 사랑』(1989)은 농촌과 도시의 접경지역 사람들의 삶 그대로를 기록하는 노동문학의 창작방법에 부합한다. 그러나 박영한의 소설을 노동문학이라 볼 수 없다. 이는 박영한의 초기작 『머나먼 쏭바강』(1977)과 『인간의 새벽』(1980)에 보여주었던 열광적인 관심에 비해 비평가들의 주목을 받지 못한 이유이기도 하다.[34] 많은 비평가들은 그의 주제의식이 변화한 데 당혹해하면서도 애써 소설 저층에 흐르는 민중문학적 의의를 찾았다.

소설의 비평적 분석은 대체로 한국의 산업화과정에서 빚어지는 농촌사회, 농민의 세태변화를 작가가 '직접 체험'하여 '풍자와 해학'의 대중적인 문체로 서술하고 있다는 측면에 한정되었다.[35] 산업사회가 배태한 세태변화는 단연 물질 중심주의, 윤리의식 상실이다. 이에 비평 역시 작은 이익에 인간다움을 저버리는, "농민들조차 돈에 대한 유교적 체면의식을 완전히 벗어던져 버렸다"는 것, "농민들이 노동자로 변신하여 본래적 정체성과 윤리적 기반을 상실하게 되었다"는 것, 그로 인한 '왜곡된 애정행각', 공동체의식의 붕괴 그리고 "서로간의 삶에 대한 이해나 포용력도 잃어가고 있다"[36]는 데 집중된다.

물론 박영한의 소설은 점차 도시화되어 가는 농촌에서 충돌하는 가치관과, 긍정만도 부정만도 할 수 없는 인물들의 이해관계가 얽힌 당대 풍속을 그리고 있다. 그러나 그것이 산업화·근대화로 인해 변화한 세태라고 할 때 우묵배미의 사람들은 외부의 힘에 의해 "원하지 않지만, 어쩔 수 없이 변할 수밖에 없는" 수동적인 존재들에 불과하게 된다. 때문에 우묵배미는 도시에서 밀려나 더 이상 갈 곳이 없는 '밑바닥인생', 이기적이고 약삭빠른, 자기밖에 모르고 '왜곡된 애정행각'을 벌이는, 도덕과 윤리의식을 상실한 '처참한' 아수라장이 된다. 그러나 이러한 관점은 산업화의 최후 보루로서 농촌이 순수하게 보존되어야 하는데 결국 이곳마저도 무너졌다는 '불순한' 절망적 인식에서 출발하는 것이다.

> 걘 치말 이렇게 올리구선 보지를 내놓고 오줌을 눈대요. 쬐끄만 계집애가 얼마나 깜찍한지 몰라요…. 고개를 돌린 순간 아내와 눈이 마주쳤는데 아내 눈이 그만 침착성을 잃고 깜짝깜짝 여닫히고 있었다.
> "방금 무슨 소리 했지, 이모?" (…)
> 그건 미애뿐이 아니라 제 아버지 경우도 비슷했다. 나리 아부지, 저놈 불알 차암 잘생겼지? 저놈 자지가 얼마만한 줄 알아? 팔뚝만 해여…. 어느 날은 내 아내가 곁에 서 있는데도 개의치 않던 필용씨였다. (…)

그러므로 미애의 그런 대목에서 수치심을 느끼는 우리 부부 쪽이 오히려 외설에 갇혀 있는 인물일지도 모르며 어찌 생각하면 미애의 가장 때묻지 않은 부분이 그런 대목이 아니었을까.[37]

우묵배미에 들어와 비육우사업을 시작한 주인공 부부가 주인집 필용씨 부녀의 외설스런 언사에 놀라는 한편으로 그것이 농촌에서 얼마나 자연스럽고 건강한 것인지를 새삼 느끼는 장면이다. 작물의 수확만큼이나 농가소득과 직결되는 농사가 다름 아닌 가축의 교미이고 보면 농사꾼 아버지는 물론 서울의 한 중소기업에서 비서일을 하는 딸 미애에게도 인간의 성기는 생식기이지 여기에 외설적이고 음란함이 끼어들 틈은 없다. 성기를 신체의 일부로 지칭하는 부녀와 달리 주인공 부부의 수치심은 도시적인 성윤리, 근대적 사회윤리에서 생겨난 것으로 실상 '때'는 부부에게 있는 것이다.

농촌사회의 순결한 정직함은 생명을 대하는 태도에서도 목격된다. 요셉 아버지의 환갑잔치를 맞이해 옹색한 살림이지만 암퇘지를 잡는 날 과수원 지기 홍씨가 도축하는 장면이다. 신주단지같이 모시는 칼로 돼지를 내리그어 내장을 들어내고 살을 발라내고 뼈를 추리는 작업에 몰두하는 홍씨의 모습은 마치 예술가를 연상시킨다. 홍씨의 엄숙함은 짐승을 죽이는 일을 두려워하면서도 삶아 꺼내놓기만 하면 앞다투어 널름 집어먹는 사람들의 비겁함과 대조를 이룬다. 억척스러운 왕룡영감 필용씨가 땅을 대하는 태도는 숭고하기까지 하다. 그는 땅에서 난 것이면 돌멩이 하나도 예사로 보는 것이 없다. 패랭이꽃이며 달래, 고사리, 약초뿌리 등, 뿐만 아니라 말 못하는 짐승에게 지닌 그의 사랑에 그를 지켜보는 주인공은 감동할 수밖에 없었다.

우리는 손쉽게 외설적이니 타락이니 잔인함이니 변질이니 하며 우묵배미

노동문학을 넘어 일상적 노동의 회복으로

사람들의 도덕과 윤리의식을 재단한다. 그래서 우묵배미를 시대의 타락상을 보여주는 창으로, 이 비참한 '지옥'에서 우리를 구해 줄 주체, 영웅을 기다렸는지도 모른다. 그러나 '더 나은 삶을 향한' 진보·발전의 기대는 지배계급의 통치술일 수는 있어도 노동자의 것은 아니었다. 이제 비루한 일상으로 전락한 노동자의 위상을 회복하기 위해 필요한 것은 농촌의 성과 생명에 대한 건강함과 숭고함과 같이 농민의 삶, 일상적 차원에서 그 심미성을 획득하는 일이다. 박영한 소설의 미덕은 지식인을 주인공으로 내세우면서도 철저히 관찰자적 시선을 유지하는 것, 인물의 삶을 평가하지 않고 "생짜배기의 알몸뚱이 그대로, 충분히 열린 시선으로 바라보려는 노력"[38]을 함으로써 우묵배미 사람들의 일상의 미적 가치를 재현한 데 있다. 이는 도덕이니 윤리니 하는 관념의 허상을 넘어 일상의 구체성을 회복하는 작업이다.

'근대화'에 대한 관념만큼 일상과 불일치하는 것도 없다. 흔히 근대화라 하면 전통사회의 '인간성 상실' '풍속의 변질' '윤리적 타락'이라는 부정적이고 추상적 관념을 떠올린다. 하지만 실상 사람들에게 그 변화는 매우 구체적인 경험이다. 서울 며느리를 들이는 소원을 성취한 필용씨가 바바리에 선글라스를 척 걸치고 들어오는 며느리를 바라볼 때의 충격, 필용씨가 보기에 며느리가 혼수로 가져온 소파며 냉장고, 세탁기, 컬러TV는 전기세를 잡아먹는 괴물이나 다름없다. 즉 근대화는 지금까지 억척스럽게 절약하면서 살아온 필용씨의 상식으로는 도저히 용납될 수 없는 상황 앞에 강제로 서게 만드는 것이다. 그러니 우묵배미 사람들에게는 산업화·근대화는 인간성 상실, 윤리적 타락을 논하기 이전에 '눈치 빠른 디스코 리듬' '맵시 있는 홈드레스' '신식 양옥 베란다' '아마릴리스 화분'이 기왕의 삶을 '비웃고' 마치 제가 주인인 양하는, 그럼에도 어찌할 수 없이 자신의 영역을 내어줄 수밖에 없는 나약함·절망감을 안고 살아가는 일이다. 그럼에도 우묵배미에서는 세계의 변화 앞에 선 나약함과 절망감이야말로 사람들을 결속하게 하는 매개가 된다.

> 각서를 쓴 그날 저녁에도 이웃들이 여주댁 안마당을 다 나간 뒤까지 마노씨는 어둠속에 어정대며 남아 있었다. 마노씨는 소줏내 섞인 한숨을 불어내며 나직나직 말했다.
> "차라리 나한테 주정을 허게. 없는 게 죄지. 다아 없이 사니까 술 먹으믄 짜증이 나는 게야. 대섭이 이제부터락두 매앰 단단히 잡숫게."
> 그 어둠속에서 마노씨가 투박진 손을 들어 연신 얼굴에서 뜯어 뿌린 건 내 보기에 단순히 콧물 정도가 아니었으리라. 콧잔등이며 눈두덩이 부어올라 눈도 제대로 못 뜨고 방구석에 웅크려 있던 홍씨 입에서 이윽고 오열이 터져나왔다.
> "하이고, 내가 죽우뿌야지 이리 살아 머할 것꼬. 아이씨, 면목 없심더. 다시는 술을 입에 대몬 내가, 내가, 개아들놈이지러. 하이고오 내 신세야. 사변 때 중공군한테 붙잽힛을 때 고마 칵 뒤지뿔거로. 이늠에 이 찔긴 목심이 원쑤이더."[39]

술에 취하면 행패를 부리는 홍씨의 주사가 급기야 사람을 다치게 하는 정도에 이르자 마을사람들은 그런 일이 일어나지 않도록 또 술을 미시면 마을에서 떠나겠다는 '금주 각서'를 쓰게 한다. 그런데 예상치 못한 일이 생겼는데 각서에 입회인 손도장을 아무도 찍지 않으려 한 것이다. 후환이랄지, 마을사람들에게도 여러 사정이 있을 테지만 최연장자인 마노씨의 설득으로 홍씨의 주사사건은 일단락된다. 박영한의 해학적 문체가 돋보이는 대부분의 장면들[40]이 그러하듯 갈등과 충돌을 그리면서도 그 해결방법은 언제 그

노동문학을 넘어 일상적 노동의 회복으로

랬냐는 듯이 무마, 해결되는 것이다. 농민의 체험을 뒷받침할 관념의 체계, 극적 리얼리티나 사회구조의 종합적인 총체성을 기대하는 독자들로서는 다소 맥빠지는 결론이 아닐 수 없다.

이러한 해결법에 비평가들은 박영한 소설이 해학과 풍자라는 민중적 전통과의 친연성은 보여주지만 리얼리티·전망·총체성 부재라는 한계를 지적했다. 권성우가 박영한의 소설이 "재미는 있어도 감동적인 작품이 될 수 없다"[41]고 판단한 이유도 여기에 있다. 체험의 직접성이 적절한 관념체계의 뒷받침을 받지 못함으로 해서 체험이 혼자 고립적으로 활동하는 형국이라는 것이다. 이처럼 박영한 소설에 대한 관심은 어디까지나 민중/노동문학의 연장에서 이루어졌고, 때문에 박영한의 소설은 민중/노동소설에 미달하는 것이었다.

그리하여 박영한의 소설은 극적 제시를 통해 리얼리티를 획득하거나 전망을 제시하는 것, 구조악과 행태악 모두를 종합적이며 변증법적으로 인식할 수 있는 총체성을 요구받았다.[42] 하지만 이 해결방법이야말로 우묵배미가 가난하고 힘없는 사람들이 파탄으로 내몰리지 않을 수 있는 유일한 피난처이자 세상의 모든 작고 힘없는 것들에게 무한정 열려 있는 이유가 된다.

우묵배미의 인물들은 대부분 타지에서 들어온 사람들이다. 고향에서 실패하고 우묵배미로 들어온 주인공부터 마노씨, 홍씨, 여주댁 대문간 안에 세든 주리네와 재단사 배서방과 쌍과부집 홍화댁, 은실네까지 모두 녹록지 않은 삶을 살아온 사람들이다. 남편과 아내, 이웃 간의 관계는 서로 찬밥도 나눠먹다가도 제 잇속이 틀어지면 여지없이 서로를 경멸하고 폭행도 마다하지 않는 활극을 벌인다. 그러나 평소 홍씨의 술주정에 핀잔을 주던 마노씨가 결정적인 국면에서 홍씨를 두둔하는 것은 마노씨나 홍씨가 모두 '없이 사는 사람'이라는 것, '서로의 형편을 헤아려야' 할 수밖에 없는 상황이 자주 발생하기 때문이다.[43] 알다시피 농사를 짓고 소를 키우는 일, 고추를 수집하는 일, 병자를 돌보는 일이나 아이를 키우는 일, 장례와 결혼 같은 큰 행사는 끊임없이 이웃의 협력을 요구한다. 서로를 경멸하면서도 살기 위해 이웃의 노동을 필요로 하는 반농·반도 우묵배미의 생리가 이들을 화해하고 끌어안도록 만드는 것이다.

우묵배미의 결속은 의도적으로 만들어진 공동체의식, 사회운동을 위한 동료애와 다르다. 우묵배미 사람들의 결속은 삶을 개선하려는 의지에서 나온 것이 아니다. 오히려 현재의 삶을 유지하고 존속하게 하는 일상의 관습적 규범이라 할 것이다. 이들은 "함께 잘살기 위해 노력해야 한다"는 '운동'의 필요성을 느끼지 않는다. 자신들을 이 변두리까지 밀어낸 사회악·구조악을 인식하고 '전망'을 제시하려고 하지도 않는다. 애초에 노동은 예나 지금이나 사람들의 현재 삶, 그 자체이다. 시류에 따라 그것을 소외시키거나 신성시하는 것은 외부에서 이루어진 일이지 사람들의 삶, 일상영역은 아닌 것이다.

5   일상문화의 회복

일찍이 노동자계급의 고유한 문화가 뿌리 내린 영국에서 대중문화가 그들에게 끼친 영향을 분석한 호가트의 문화연구는 한국의 1980년대 '진정한' 노동·노동자 문화론을 촉발시켰다. 그러나 영국과 달리 한국의 노동자계급은 스스로 문화적 정체성을 찾으려는 시도와 함께 상업대중문화 시장이 급속도로 개방되었다. 한국의 경우 대중문화는 중앙 집중적이고 획일적이라는 부정적 측면만 있는 것이 아니라 사람들은 대중문화를 적극적으로 수용함으로써 자신의 문화적 경험을 확장했다.[44] 이러한 한국적 상황을 이해하는 데 대중문화에 비판적이었던 호가트의 연구가 반드시 적합한 것은 아니지만 그의 관점은 한국의 노동운동 이후 대다수 노동자들이 순응적으로 변모하고 개인이 맺는 사회적 관계가 오직 국가와 가족밖에 남지 않은 오늘날 상황에 큰 시사점을 제공해 준다.

노동자의 현실개혁 의지에 체제 순응적인 노동자를 양산하는 요소가 함께 내재되어 있다는 것이다. 앞서 우리는 노동문학에서 이것이 어떻게 재현되고 있는가를 보았는데, 동료와 연대하여 인간해방, 노동자가 주인이 되는 세상을 이루는 목표가 곧 경제적 안정으로 쉽게 대체되었다. 문제적 개인이 자신의 계급을 각성함과 동시에 현실이 개선되기를 바라는 욕망의 주체로 전환되었고 "우리도 똑같은 사람이다"라는 권위해체와 평등의식은 노동자로 하여금 지배계급의 생활수준에 따르도록 촉구했기에 노동자의 현실은 부정되고 탈출해야 하는 것이 되었다.

이제 우리는 과거 노동자의 기대와 희망이었던 '더 나은 삶'이 과연 무엇인가라는 질문을 가져와 다시 무엇이 우선되어야 하는가라는 질문으로 전환해야 한다. 호가트는 노동자의 정신인 관용, 진보주의, 개인성, 회의주의와 냉소주의가 전통적인 노동자공동체를 어떻게 와해시켰는지를 분석하면서, 동시에 그 정신들에서 노동자문화를 회복할 수 있는 힘을 찾는다.

노동자들의 '개인의식'은 획일화되고 있는 오늘날 중요한 가치를 지니며 '회의주의'와 '반항적인 태도'는 막강한 외부의 영향력을 무시 혹은 '참고 견디며' 자신을 지킬 수 있다. 강한 '자존감'을 바탕으로 한 특유의 '유쾌함', 과거 사람들의 생활태도를 이어나가는 것 그리고 자신의 몸을 움직여 무언가를 '만들어내는 능력', 무엇보다 노동자들은 다양한 '공동체 활동'을 하고 있다는 사실이다.[45]

박영한의 소설은 한국의 일상을 총체적으로 전환하는 과정에서 전통적인 미덕의 상실, 타락을 그린 것이 아니라 그 변화 앞에 선 가장 나약하고 절망적인 인간상을 재현한 것이다. 노동운동, 노동문학의 주체가 인간해방, 평등을 향한 연대·집단화할 수 있었던 것은 가난한 이웃들과 함께 살아온 일상적 관습이 건강하게 유지되어 온 데 있다. 억압받고 핍박받는 것은 '나'만 곤란한 문제가 아니라 나의 '이웃'과 '동료'가 '함께' 처한 문제인 것이다.

　물론 우묵배미의 사람들은 낭만적이거나 이상적이지 않다. 주인공 역시 고추를 매입하는 과정에서 함께 고생한 인물에게 사기를 당하고 서둘러 우묵배미를 떠나려 한다. 그러나 여주댁 문간방에 세들어 있는 사람들은 가난에 지겨운 삶을 '참고 견디고' 있다. 가난은 사람들로 하여금 많은 것을 참고 견뎌내도록 만든다. 호가트의 논의에 의하면 노동자의 '참고 견디는 능력'은 단지 수동적인 태도가 아니라 노동자 자신의 삶의 출발점으로 삼는 것이라고 한다. 자신의 현실을 부정하지 않는 것, 어떻게든 벗어나야 할 비참의 수렁으로 만들지 않는 것이야말로 오늘날 요구되는 공동체의 물꼬를 전환할 중대한 가치이다.

　'공동체'는 개인의 생존을 위협하는 국가적 폭력을 방어하고 개인을 보호하는 보루로서 혹은 개인의 일상이 순식간에 전환되는 시점에서조차 삶의 근거·가치로서 작용한다. 이에 리프킨의 '제3부문'은 새롭게 만들어진 것이 아니라 이미 사람들의 경험 속에 존재하고 있다는 점에서 흥미롭다. 학교, 대학, 교회, 수도원, 청년단체 등의 공공 영역이 미국사회를 고도로 발전된 근대사회로 전환시키는 것을 도왔다는 것이다. 오늘 우리가 지난날의 일상 경험과 질서를 찾아내려는 이유는 천재지변 혹은 사회변화로 생겨난 새로운 위협의 순간에도 자신들을 지켜왔던 역사적 경험을 회복하여 현재 노동하는 사람의 가치와 위상을 회복하기 위함이다.

주

1 1980~90년대 노동문학을 옹호·지지했던 『창비』조차 2016년 만해문학상(이인휘, 『폐허를 보다』, 실천문학) 선정이유로 "노동자들의 열악한 근로환경과 억압적 정치현실을 핍진하게 그려낸 소설집으로 기존 노동소설의 경직된 형식이나 교조적 입장에 구애받지 않고 사실과 허구의 절묘한 배합을 통해 절절한 감동을 안긴다" 했을 정도로 80년대 청산에 적극적으로 가담했다. 천정환 2017, 138쪽.

2 최원식 외 1992, 23쪽.

3 이선영 1989, 121쪽.

4 전승주는 이러한 진단이 문학의 정치성·이념성이 노동문학이 좌초한 이유이기도 하지만 그러한 관점 역시 문학이 현실에 대응해 이론과 전망을 제시할 수 있다는 문학의 역할을 강조하는 것이어서 문학의 정치적 프레임을 강화하고 있다고 판단한다(전승주 2013).

5 천정환 2017, 155쪽.

6 이혜령 2016, 314쪽.

7 조정환 2000.

8 김예림의 표현에 따르면 '쓸려나간 것들'은 "집합적으로 환원되지 않는 미세한 심정, 순진한 꿈, 자기 자신에 대한 번민과 부정, 비참함의 솔직한 토로, 용기 없음의 부끄러움, 자기 자신도 잘 알지 못하는 열망과 같은 주체를 계속 흔들리게 하고 갈등하게 하는 내면"이다. 이것들은 "늘 유보되고 존중받지 못"했다. 김예림 2014, 374쪽.

9 백낙청 1985, 22쪽.

10 박현채 1985, 37쪽.

11 이재현 1983, 196쪽.

12 김도연 1989; 백진기 1989, 389쪽.

13 "꿈 가진 근로자는 피곤하지 않아요: 모범근로자로 선정된 18세 소녀가장 신경순양", 『동아일보』 1987. 3. 10.

14 바바라 크룩섕크 2014, 123쪽.

15 정화진의 「쇳물처럼」 역시 노동자계급의 가족을 투쟁의 공간으로 그려낸다. 중산층 핵가족 모델을 기반으로 한 노동자계급의 가정은 "노동자계급에게 사회구성원으로서의 권리를 부여하는 동시에 노동자를 정상성의 규범으로 수렴시키는 이데올로기적 장치"이다(이혜령 2016, 310쪽).

16 구해근의 『한국노동계급의 형성』은 한국의 산업화과정에서 산업노동자들의 등장에서부터 노동자의 권리의식과 집단적 정체성을 획득하는 과정을 살피고 있다. 노동운동은 그 열정과 강인함, 공동선을 위해 하나로 뭉치는 끈끈한 공동체정신이라는 큰 의의에도 불구하고 마지막 장은 '기로에 선 노동계급'으로 '사라져가는 골리앗노동자'이다. 구해근 2015, 295~97쪽.

17 한나 아렌트 1996, 279~82쪽.

18 리처드 호가트 2016, 252쪽.

19 방현석 1991, 124쪽.

20 같은 책, 143쪽.

21 박해광 2008.

22 방현석 1991, 「내일을 여는 집」 104쪽.

23 같은 책, 「지옥선의 사람들」 146쪽.

24 신원철 2005.

25 분노·투쟁하는 혁명적 영웅서사로 구성된 내용은 남성노동자의 현실과 거리가 멀 뿐만 아니라 노동계급의 낭만화·이상화가 사회변혁에 복무하는 문학의 정당성을 보장해 주는 것이 아니다(김원 2011).

26 그러나 알다시피 문학은 교육뿐만 아니라 사회·문화적 아비투스의 산물이다. 자아의 세계인식, 논리적인 사건전개, 서술자, 스토리와 내러티브 구분 등 지배적인 문학개념은 근대적 국민교육을 통해 문해(文解)능력을 획득한 대다수의 노동자들에게 높은 진입장벽이다. 때문에 일하는 사람들의, 일하는 이야기는 문학이 아니라 '글쓰기'의 위상을 갖는다. 글쓰기가 노동자가 저항할 수 있는 거의 유일한 매체가 될 수 있었던 것은 글쓰기의 역능, 즉 '민중(서발턴)의 자기재현성'에 있다. 장성규 2012, 263쪽.

27 방현석 1991, 「새벽출정」 58, 59쪽.

28 '나'의 위치가 '사장'이 아니라 노동자대열임을 자각할 때 이 땅의 많은 민영이'들'은 자신의 이야기를 자신의 입으로 하고 자신의 손으로 쓰고자 했다. 많은 연구자들은 소수 문화적 엘리트집단에 의해 구성된 '문학'에서 배제된 노동자의 '글쓰기'를 통해 '아래로부터의 문학사' '다른 문학'으로서 지배적이고 권위적인 문학사 혹은 사회관념에 저항할 수 있는 가능성을 찾고 있다. 그러나 '문학사'의 보편성, 선조적 세계인식 포섭과 배제의 권력으로부터 자유로울 수 없고 '다른 문학'은 (권위적인) 문학사'를 대타적으로 참고해 구성될 수밖에 없기에 기존 문학사의 권위를 더욱 강하게 만들 여지가 크다. '아래로부터의 문학사' '다른 문학'에 대한 기대가 오히려 필요 이상으로 노동자의 특성을 부풀리고 현실로부터 유리되도록 만든 것일 수 있다는 것이다. 김현·김윤식의 『한국문학사』 역시 세계문학의 대타적 성격에서 탄생했다. 김현은 서구식 진보·보편성에 종속되지 않는, 세계 주변이라는 '후진성'으로부터 벗어난 '한국문학'을 기획하며 보편과 나란한 위치에 두고자 했다. 그러나 이와 같은 자기규정은 세계의 이분법적 분할을 전취하는 것이었고 김치수는 이러한 문화의 우열을 말하는 논법이 '종족 중심주의적'인 발상이라 지적했다. 『한국문학사』 논쟁과 문학사 방법논의는 허선애(2018) 참조.

29 리처드 호가트 2016, 406~33쪽.

30 방현석 1991, 111쪽.

31 톰슨은 노동자문화의 특징을 이전의 민중문화 혹은 공동체적 문화와의 연속성에서 찾았다. 이는 근대자본주의의 금욕적 노동윤리와 충돌하는 것이다. 오랜 시간 그들의 노동시간은 자연의 시간과 일치했기에 공장시간표와 같이 규율화된 체제에서 보자면 때로 비윤리적이고 나태하기까지 하다. 산업자본주의 질서와는 전혀 다른 시공간, 다른 윤리

를 갖고 있기 때문이다.

32 방현석 1991, 214쪽.

33 김한식 2012, 407쪽.

34 반면에 박영한의 소설을 원작으로 한 동명의 TV드라마(KBS 미니시리즈 〈왕룽일가〉 1989. 2. 8~4. 27)와 영화(〈우묵배미의 사랑〉 장선우 감독, 1990. 2018 재개봉)는 사람들에게 큰 화제가 되었다. 〈왕룽일가〉는 오락부문 〈전국노래자랑〉과 함께 드라마부문 '올해의 방송프로그램'으로 선정되었다.

35 당시 드라마의 인기를 분석한 기사도 이 같은 견해와 일치한다. 농촌과 도시 문화가 어색하게 공존하고 있는 접점지대를 무대로 산업화과정을 겪는 농촌의 갈등을 그리고 있다는 것이다. 드라마의 주요 갈등은 도시빈민계층의 소외나 빈부격차가 심화되면서 겪은 분배의 갈등이다. 80년대에는 이데올로기의 갈등, 노동문제 등이 주요 이슈로 등장해 산업화에 따른 소외문제는 퇴색한 느낌까지 주고 있음에도 이 드라마가 공감대를 형성하고 재미도 안겨주는 이유는 한국인 정서의 마지막 보루로 여겨온 농촌 생활가치가 파괴되면서 오는 충격 때문인 듯하다고 분석했다. 「KBS 수목 미니시리즈 〈왕룽일가〉 갈등 속의 해학과 공감 불러」, 『경향신문』 1989. 4. 3.

36 조정래 1998.

37 박영한 1988, 91~94쪽.

38 박영한 1990, 270쪽.

39 박영한 1988, 151쪽.

40 필용씨에게 찾아온 늦바람 상대 여인이 재산의 일부를 훔쳐 달아나고, 그녀를 찾아내지만 그녀의 궁핍한 살림을 보고는 그저 빈손으로 돌아온다(「왕룽일가」). 제 형을 배반한 여자(미애)에게 복수하겠다고 미애를 성추행한 동생을 마을사람들은 경찰에 넘겨야 된다고 하지만 그를 용서하는 사람은 다름 아닌 미애 자신이다(「오란의 딸」). 연작 「지옥에서 보낸 한 철」은 아마도 갈등을 해학적으로 가장 잘 나타내는 연작일 것이다. 나리아빠도 이해되지 않는 것이, 임금인상을 놓고 홍씨가 여주댁과 폭력이 오가는 활극을 벌였음에도 다시 여주댁의 일을 하는 것이다. 나리아빠는 백중령 일당에게 고추대금 사기를 당하는데 정작 이들은 나리아빠의 이삿짐을 날라주기까지 한다(「후투티의 여름」).

41 권성우 1988.

42 우찬제 1989, 257~61쪽.

43 리처드 호가트 2016, 114쪽.

44 이규탁 2017.

45 리처드 호가트 2016.

공동체를 꿈꾸다

타자와의 만남,

■■■■■

1 타자의 출현, 외국인노동자와 대면

외국인노동자의 수가 해마다 증가하면서 이들이 더 이상 방문자가 아니라 함께 살아야 할 사회구성원으로 인정해야 한다는 인식이 늘고 있다. 그런 중에도 그 충돌과 갈등은 사그라지지 않고 있다. 임금체불, 열악한 노동환경, 강제추방 등 해결해야 할 문제들이 산적해 있고, 한편으로는 2012년 오원춘 살인사건, 그 2년 뒤 박춘풍 살인사건, 칠곡에서 일어난 태국인 살인사건, 외국인 집단패싸움 등 외국인노동자들에 의한 범죄로 한국인의 불안감은 혐오로 전개되고 있다.

한국인의 외국인노동자들에 대한 혐오감은 자극적인 언론보도 태도도 한몫하고 있다. 이주노동자 관련 키워드를 분석한 결과에 따르면 '불법' '범죄' '혐의' '열악한' '어려운' 등의 단어의 언급빈도가 높은 것으로 나타났다.[1] 또한 '2015년 국민 다문화수용성 조사'(여성가족부)에서 한국국민의 31.8%가 "외국인 노동자·이민자를 이웃으로 삼고 싶지 않다"에 동의했다고 한다.[2] 언론은 외국인노동자들이 밀집한 곳이 우범지대를 형성하고 있다거나, 무리지어 다니는 이들에 대한 경계심 그리고 집단패싸움 등에 대한 우려를 나타낸다. 그리고 이들은 적은 임금으로도 고강도의 일을 하기 때문에 임금인상이 어렵고 자연스럽게 한국인노동자의 고용기회마저 빼앗아간다고 분석하고 있다. 이러한 결과에는 부족한 '일자리'에서 오는 경제적 역

차별과 '범죄'에 대한 불안과 두려움이 내재해 있다.

한편 외국인 범죄사건의 통계자료를 분석해 내국인 범죄에 비해 적게 일어난다거나 피해범위가 과장되고 있다는 분석도 있다. 그러나 이 역시 이미 외국인노동자들이 잠재적으로 범죄를 저지를 것을 상정하고 있는 사회적 분위기를 반영하고 있는 터라 외국인노동자들에 대한 한국인의 불안과 공포를 해결하기 위한 대책으로 제시될 수 없다. 외국인노동자와 관련한 선정적인 보도와 함께 SNS에서는 확인되지 않은 괴담이 떠도는 등 외국인노동자에 대한 한국인의 불안과 공포심이 더욱 가중되고 있다.

한국에 외국인노동자가 본격적으로 유입된 것은 1993년 산업연수제도 시행 이후부터이다. 2004년 고용허가제와 함께 취업 그리고 결혼이주 등으로 국내에 유입된 외국인의 수가 크게 증가했다. 현재 그들을 단순한 이방인으로서가 아니라 이들과 어떻게 공존·공생할 것인가에 대한 연구가 활발하게 이루어지고 있다. 언어교육을 통한 의사소통의 활성화 방안, 이주노동자 운동, 문화 적응과 갈등, 자녀교육, 한국사회의 다문화·다양성 교육 등 미시적 차원의 분석에서부터 TV드라마, 다큐멘터리에 재현된 외국인이주자상에 대한 연구가 그것이다.

그런데 외국인노동자의 범죄를 보도하는 언론기사나 SNS의 공포·혐오 글들 그리고 이주민과의 소통과 공존을 기대하는 연구에서도 이들을 해당 지역의 '지역민'으로 인식하는 태도는 발견하기 어렵다. 외국인노동자들이 거주하고 활동·작업하는 공간은 지역인데도[3] 우리 사회는 이들에 관한 한 지역민, 지역구성원으로서 대하지 않는다는 것이다. 주요 언론들은 외국인노동자가 유입됨으로써 달성되는 경제적 효과를 보도함으로써 그들의 필요성, 그들이 한국경제에 얼마나 도움이 되고 있는가를 피력하기에 주력한다. 그런데 문제는 '한국'경제의 활성화를 위한 기대 이면에 있는 이 낯선 타자에 대한 두려움과 공포가 해당 지역의 한국원주민의 몫으로 남아 있다는 것이다. 이들의 두려움 역시 지역민으로서가 아닌 '한국인'의 입장으로 수렴된다. 직접 그들과 대면하고 있는 지역민의 불안과 두려움은 한국이 다문화 사회로 진입하는 과정에서 발생하는 진통쯤으로 여길 뿐이다.

우리 사회는 외국인노동자와의 관계에서 '한국인' vs '외국인'이란 이분법적 대결구도를 당연시한다.[4] 이때 한국인은 단일민족의 이미지로, 외국인노동자는 가난한 나라에서 온, 닥치는 대로 일을 하는 이미지로 형상화된다. 그리하여 한국인에게는 외국인노동자를 이해·포용하는 서사를, 외국인노동자에게는 하루빨리 한국어와 한국문화를 익히는 노력이 필요하다는, 아주 손쉬운 결론에 이른다. 그러나 그 어느 것도 근본적인 해결방법이 아니라는 것은 앞서 발생한 여러 사건들로 확인할 수 있다.

한국인의 배타적 태도에 대해 일반적이고 광범위하게 동의를 얻고 있는 분석은 일제강점기, 해방, 전쟁과 경제성장기를 거치면서 다져온 '단일민족주의'이다. 그리하여 최근에는 한국사회의 혼종성에 대한 논의가 이루어지고 있다. 그런데 이것만으로는 외국인노동자에 대한 배제·배척에 대한 논의가 충분하지 못하다. 단일민족주의에 의한 것이라면 한국 외 모든 외국인에게 배타적이어야 하지만 실제 그렇지 않다. 때문에 우리는 이 단일민족주의의 논리를 살펴보고 어떻게 개개인이 외국인노동자를 바라보는 태도로서 '단일'하게 되어있는가를 고찰해 볼 필요가 있다.

이 글의 최종적인 목적은 외국인노동자를 비롯한 사회적 타자와 관련한 문제를 지역적 현안으로 전환해야 한다는 데 있다. 한 지역사회가 건강하다는 것은 구성원들의 갈등을 해소할 수 있는, 즉 사회적 문제를 공동화할 수 있는 장(場)의 기능이 활성화되어 있다는 것이다. 이렇게 마련된 장에서 문제해결의 주체로서 한국원주민과 외국인노동자가 지역민이라는 주체가 될 수 있다. 따라서 새로운 가능성으로서 로컬리티란 지역민, 그 자신이 발 딛고 있는 공간에서 새로운 전망을 찾는 일이다. 전체와 더불어 자신이 함께 존재할 수 있는 공동의 기반을 마련하는 일, 그곳에서 사는 사람들의 주체적 행위의 가능성을 로컬리티 인식에서 탐색하고자 한다.

2 한국인과 이주민의 불가능한 공존

한국사회를 지배해 온 경제·성장제일주의 지배체제에서 지역은 중앙정부에서 입안한 정책을 수동적으로 수행하는 내에서 부분적으로 이익을 취득해 왔다. 뿐만 아니라 중앙정부의 일방적인 정책수행으로 말미암은 모순도 떠맡아온 것이 사실이다. 한국경제의 재활성화를 기대하며 유입된 외국인노동자 역시 다르지 않다. 때문에 외국인노동자를 피해자 혹은 가해자로 대상화하지 않고 지역공간과 지역민의 관계라는 문제설정으로 전환해야 한다.

많은 연구들 중에서도 이선화, 한정우, 차철욱·차윤정, 조민경 등의 논의[5]의 방향은 외국인노동자와 부대껴 살아야 하는 지역민에게로 향해 있다. 이들의 연구에 따르면 안산시 원곡동, 서울 광진구 자양동, 경남 김해시 등 외국인 밀집지역에서 발생한 주요 갈등은 경제적인 것에서 비롯되었다. 안산 원곡동의 경우 1980년대 형성된 반월공단·시화공단의 주거지역으로 1990년대 초반까지 인구가 급증했다가 후반에 들어 3D업종 기피현상과 더불어 인구가 급격히 감소한 곳이다. 이 빈자리에 외국인노동자가 입주하면서 주변 근린환경, 상권이 변화하기 시작했다. 이 과정에서 외국인노동자를 상대로 상행위가 가능한 부동산, 다세대주택 소유자, 슈퍼마켓과 할인잡화점, 정육점, 휴대폰 가게, PC방, 국제전화카드 판매점, 전화방 등은 이런 변화에 신속히 대응했다. 반면 주요 공장이 이전하면서 많은 한국노동자들은 새로운 일을 찾아떠났고, 상대적으로 높은 가격의 물건을 거래하는 업소는 이 변화를 그리 반기지 않았다고 한다.[6]

외국인 밀집지역의 한국인주민들은 그들과 함께 사는 방법을 택할 수밖에 없었다. 상대적으로 긍정적인 이 변화도 처음부터 이루어진 것이 아니다. 집주인은 금방 떠날 외국인이 달갑지 않았지만 한국인 세입자가 줄어드는 데 어쩔 수 없는 선택이었고 상인들은 외국인종업원을 고용해 의사소통의 어려움을 해소하고 그들의 발길이 자신의 가게로 향하도록 애쓴 결과이다.[7] 외국인노동자와의 원만한 관계를 형성하는 데 강조된 것은 연구에서 밝힌 바대로 타문화에 대한 상호간의 '이해'와 '소통'이다. 그러나 외국인노동자에 대한 배제와 차별이 경제적 이해관계 측면에서 서로의 필요(needs)를 충족시키는 것으로 해소되지 않을 것임은 분명하다.

송현호는 '다문화' '이주민'을 그린 서사에 나타난 한국인의 배타적 태도를 그간 한국사회가 중심과 주변으로 이원화되어 온 역사적 궤적에서 찾았다. 세속적 성공과 상층사회 진입을 위한 경쟁을 통해 '서구' '서울' '일류' 중심주의가 지배하는 동안 우리 사회는 중심부와 주변부로 이원화되었고, 경계 안과 밖의 차이가 뚜렷하게 구분되었다는 것이다.[8] 한국인과 외국인이주자의 구분 역시 이러한 경계 안과 밖의 구분과 일치한다. 그러나 한국의 중심(서울, 강남 등), "중심부에 위치한 사람들로부터 인격적 모독, 학대, 민족적 수치심", 차별받는 외국인이라는 설정은 부분적으로만 유효하다.

외국인노동자와 불화를 겪는 인물은 이른바 '중심부에 위치한 사람'이 아니다. 그들은 외국인노동자와 같은 일자리를 놓고 '먹고살 자리가 자꾸 없어지는 것'을 걱정해야 하는 사람들(홍양순 「동거인」)이다.[9] 또한 이들이 어우러지는 공간 역시 남루하고 더러운, 비위생적인 공단지역으로 서울의 주변부 위성도시(천운영『잘가라, 서커스』와 박범신『나마스테』의 배경이 된 부천, 이명랑『나의 이복형제들』의 영등포 쪽방촌, 공선옥「가리봉 연가」의 가리봉동 등)이다.

이들은 주변부로 내몰린 사람들이지만 외국인노동자와의 관계에서는 경제적으로 부유하고, 가난한 나라에서 모두 가고 싶어하는 선진국 한국의 국민이다. 카투사시절 흑인장교에게 겪은 수모를 갚겠다고 외국인노동자들에게 자신의 권위와 권력을 과시하는 영업부장(박범신『나마스테』)의 횡포가 용인되는 것도 그가 '한국인'이기 때문에 가능한 일이다. 그가 한국인으로서의 정체성을 앞세우는 순간 그의 피해의식과 열등감이라는 개인적 자질은 드러나지 않는다.

가난한 노동자가 경제적 선진국으로 이동하는 것은 새로운 현상이 아니다. 즉 국내노동자의 절반에 해당하는 임금이지만 고국에서는 큰돈이 되는, 그래서 닥치는 대로 일을 하는 억센 이미지의 외국인노동자 서사가 한국에서 처음 목격되는 일이 아니라는 것이다. 외국인노동자의 모습은 경제성장기 독일·미국 등지로, 중동으로 '돈을 벌기 위해' 탄광이든 병원이든 사막이든 전쟁터든, 가리지 않고 젊은이들을 내보내야 했던 한국의 과거이다. 외국인노동자는 과거 한국, 한국인이 그랬던 것처럼 '가난함'과 '미개함' '후진국'의 표상이다. 다시 말해 그들은 '한국'(우리)의 내부에서 배제해 버리고 싶은 존재, 그 자체이다.

또한 그들은 산업화시기 돈을 벌기 위해 가난한 고향을 떠나 서울로 이주한 지역민이다. 그러나 고국 경제성장의 주축이 될 '산업역군'으로 호명된 이들에게서 가난한 지역민의 자질을 발견하기는 어렵다. 경제성장을 이룩한 공동의 기억은 비루한 개인의 과거를 삭제하고 현재 외국인노동자를 불러들일 수 있을 만큼의 성장을 이룬 '한국인'의 위상을 제 것으로 만들기가 더 쉽다.

한국, 한국인이란 중심과 주변을 구획해 온 억압적 권력관계 내에서 발생한 자신의 주변성·타자성을 지우고 자신을 중심으로 상상하며 폭력의 주체로 전환한 것이다. 더구나 언론은 한국인과 외국인노동자라는 대결구도를 통해 한국인 간의 계급적·계층적·지역적·성적 차이를 지우는 데 일조하고 있다. 언론이 외국인노동자 유입에 긍정적인 태도를 취할 때조차 그들의 존재는 한국경제가 성장하는 데 얼마나 도움이 되는가에 있다.[10] 따라서 현재 외국인노동자를 '적'으로 삼는 '한국인'이라는 정체성이 형성된 것은 그들이 가난하다거나 피부색이 다르다거나 문명화되지 못해서가 아니다. 그것은 '우리' '한국인'을 형성해 온 한국 내부의 지우고 싶은, 기억하고 싶지 않은 기억에 있다.

3 단일민족주의의 '의사(疑似)중심주의'

단일민족주의는 외국인노동자에 대한 한국인의 배타적 태도의 원인으로 많은 연구결과에서 밝혀진 사실이다. 익히 아는 바대로 근대국가의 출현과 함께 '민족'이란 "구성원 각자의 마음에 친교(communion)의 이미지가 살아 있는 상상의 공동체로 제한되고 주권을 가진 것으로 상상"[11]된 것이다. 특히 한국의 경우 전통적 사회에서 유지되어 온 혈연중심주의 그리고 국가건설과정에서 자유와 평등이라는 새로운 가치의 변용 또한 전통의 단절 혹은 재창조 과정에서 단일민족주의를 구체화해 왔다. 그런데 외국인노동자와의 갈등 원인을 단일민족주의와 그 배타적 성격으로 결론짓는 것은 너무나 간편한 일이다.

단일민족주의 내에서 '한국인' vs '외국인노동자'라는 구도는 자연스럽게 그들이 '나(우리)'에게 이익을 주는가 아니면 어떤 손해를 끼치고 있는가로 이어진다. 나와 우리에게 끼칠 손익 이해관계 내에서 어느 정도 허락된 공간 내의 공존·공생이란 그 이해관계가 약간이라도 벗어나게 될 때 훨씬 더 큰 강도의 배제와 폭력이 가해질 것이 분명하다. 경제적 이해관계 내에서 지역 역시 서울과의 제한적인(종속적인) 공존·공생을 이루어왔던 것이 한국의 근대화과정이지 않은가.

문제는 왜, 어떤 경로로 단일민족주의를 국민 개개인이 외국인노동자를 비롯한 사회적 약자를 대하는 자신의 태도로 결정하게 되었는가 하는 것이다. 이는 다시 말해 우리는 어떤 경로로 외국인노동자에 관한 한 '한국인'으로서의 위상을 내세울 수 있게 되었는가 하는 것이기도 하다. 이에 '수도 서울'이 구성되는 과정에서 '지역 발견'은 우리에게 큰 시사점을 준다.

1960~70년대 전지구적 자본주의 질서에 편입하는 과정에서 발전의 효율성·합리성에 따라 서울을 중심으로 수도권을 위성도시화하고 영남지역을 공업화한 것이 이른바 지역의 발전이다. 중앙정부의 지배전략에 따라 기획된, 만들어진 지역이란 곧 식민지나 다름없다. 그 속에서 지역의 자율성과 독자성을 강조하는 것은 기대하기 어려운 일이다. 이제 지역도 '잘살 수 있게 되었다'고 했을 때 그 자랑스러움의 자리는 지역이 아니라 중심—한국—서울이기 때문이다.[12] 더구나 지역발전의 성과가 축적되고 있다는 현재도 지역민들의 서울에 대한 열망은 그 어느 때보다도 강력하다.

그렇다고 서울 중심의 논리가 지역의 가치를 배제함으로써만 이루어진 것은 아니다. 오히려 지역은 지역민 스스로 서울의 내부로서 '발명', 더 나아가 지역민에 의해 특정 정체성을 증명해 왔다. 고향 하면 떠오르는, 편안하고 고요하고 인정이 넘치고 여유로운 휴식·치유의 공간으로 농촌마을은 지역의 정체성이 늘 외부를 향해 있다는 뜻이다. 마치 신경숙의 『외딴방』에서 '고향집'으로 표상되고 있는 지역 정읍은 도시(서울 구로공단)에서 상처받은 고독하고 불안한 내면에 의해 편안하고 고요한 위로와 치유의 공간으로 발명된 것처럼 말이다. 이때 서울로 이주한 사람의 시선으로 만들어진 정읍의 이미지는 현재 정읍이라는 지역정체성의 기원이 된다.[13] 그러므로 지역의 생산기제는 중심 서울과의 종속적인 관계에서 지역을 철저히 배제함으로써 구축되는 것이다.

　한국의 경제성장 담론 내에서 수도권을 비롯해 영남권 공업도시는 중심 진입 욕망, 중심으로부터 소외되어 있다는 박탈감만 남았다. 때문에 현재 외국인노동자와의 갈등이 고조될 때 "그들은 한국경제에 도움을 주는 사람들이다" 혹은 "한국도 과거 선진국에 나가 돈을 벌었던 외국인노동자였다"라는 식의 주장은 자아의 또 다른 반영일 수밖에 없다. 여기에 외국인노동자의 자리는 마련되지 않는다. 따라서 외국인노동자를 배제하는 것에는 한국사회에 강력한 지배질서로 중심으로부터 주변을 배제하는 원리가 작동하고 있다. 물론 개인들에게 허용되는 것은 더 강력하게 중심을 욕망하는 것뿐이다. 한국사회에 함께 살게 된 타자에 대한 낯섦과 놀라움 그리고 어떻게 대해야 할지 불분명할 때 단일민족주의만큼 자신의 태도를 결정짓는 데 분명한 것은 없다.

　2000년대 초반에 쏟아져나온 외국인 노동자와 이주민을 다룬 소설은 이 낯섦과 놀라움, 민족주의적 태도를 반영하고 있다. 또한 소설은 한국사회에 개입해 온 이 타자의 얼굴을 통해 아주 당연시해 온 중앙집권적·민족적 특권의 타성을 반성하고 타자를 환대할 수 있는 방법을 모색하기도 했다. 박범신의 『나마스테』는 한국에 이주한 외국인노동자의 현실을 보여주면서 주체적 의지로서 부당한 세상에 정면으로 저항하는 네팔 청년 '카밀'

을 그려내고 있다.

> 소형 전기난로 하나를 놓고 한국직원과 외국인노동자 간에 심각한 대거리가 벌어졌다. 전기난로가 고장 났다고 해서 이쪽 방의 난로를 빼앗아가려고 한 발상 자체가 문제였다. 회사가 기울기 전까진 비교적 한국사람과 외국사람의 사이가 좋은 편이었다고 했다. … 왜 우리 난로를 내주어야 하느냐, 라고 카밀은 따져물었다.
> 왜는 짜샤, 우리가 주인이잖아!
> 한국인직원 중 한 명이 소리쳤다.
> 그것이 그들의 명분이었다. 추우면 너희 나라로 가라는 말도 나왔고, 너희들은 원래 난로 같은 것 없이 살아왔지 않냐는 말도 나왔고, 급기야 까불면 모조리 신고해서 붙잡혀가도록 하겠다는 말까지 나왔다. (…)
> 우리는 직원, 너희는 노동자.
> 우리는 주인, 너희는 노비였다.[14]

카밀이 한국에 와서 처한 자신들의 현실은 범법자, 잠재적 혐의자 그리고 한국노동자 이하의 노동자, 즉 하인·노예와도 같다. 『나마스테』가 보여주는 것은 외국인노동자의 현실, 그들에 대한 차별적 상하관계, 같은 노동자가 아님으로 '취급'한다는 것을 드러내 보이는 것만이 아니다. 그 이상으로 『나마스테』에서 주목하고 싶은 것은 한국노동자들의 태도이다. 인물들은 외국인이건 한국인이건 상관없이 회사가 잘될 때는 서로 사이가 좋았다. '나마스테'라고 인사를 하는 유순한 사람도 있었다. 안동의 한 시골에서 올라온 청년은 방글라데시에서 온 알리를 꼭 형이라 부르며 의형제처럼 지내기도 했다. 그러나 갈등의 순간에 '서로 이해'하고 '유순했던' 한국청년은 누구보다도 큰소리로 외국인에게 "너희 나라로 돌아가라"고 외친다.

노동현장에서 자신들이 배제될지도 모른다는 불안감, 분노가 저항할 대상을 찾지 못할 때 힘의 방향은 내부로 향한다. '나(우리)'가 배제되지 않기 위해서는 '나(우리)'의 우월성을 증명 할 수 있는, 보다 약한 자를 생산하는 것이다. 그리하여 (상상적) 주체의 자리에 서는 것, 이것이야말로 자신의 주변성, 타자성을 지우는 손쉬운 방법이다.[15] 때문에 외국인노동자에 관한 한 한국인노동자는 자신이 처한 고통을 함께하고, 자신이 사는 이곳에서, 지금 함께 살아야 할 개인이 아니다. 외국인노동자를 대할 때만은 가난하고 함께 노동해야 하는 개인이 아닌, 경제적 성취를 이룩한 한국국민으로서의 정체성을 드러낸다. 한국인이 내세우는 '단일민족'은 이 같은 맥락에 있다. 이때 '한국인' '국민'은 이전과는 달리 훨씬 강력한 방식으로 순혈의 정통성이 강조된다.

> 언젠가 명동에 다녀온 그가 입술을 비틀며 말했다. "한국사람들은 단일민족이라 외국인한테 거부감을 갖는다고? 그래서 이주노동자들한테 불친절한 거라고? 웃기는 소리 마. 미국사람 앞에서는 안 그래. 친절하다 못해 비굴할 정도지. 너도 얼굴만 좀 하얗다면 미국사람처럼 보일 텐데… 그 뒤로 나는 저녁마다 물에 탈색제 한 알을 풀어 세수했고 저녁이면 내가 얼마나 하얘졌나 보려고 거울 앞으로 달려갔다. (…)
> 내가 바라는 건 미국사람처럼 되는 게 아니었다. 그냥 한국사람만큼만 하얗게, 아니 노랗게 되기를 바랐다.[16]

타자와의 만남, 공동체를 꿈꾸다

산업연수생 신분으로 입국한 '쿤'이라는 25세의 청년이 한국에서 깨달은 것은 한국인이 단일민족이기에 모든 외국인에게 불친절한 것이 아니라는 사실이다. 오히려 한국인들은 "미국인이라면 비굴할 정도"라는 것이다. 세계 어느 곳보다도 한국에서 피부색은 권력이다. 한국인이 욕망하는 것은 선진국·발전·성장의 최종 지점으로서 서구, 미국, 미국인, 백인이다. 우리는 외국인노동자의 시선에서 한국인의 백인선망을 확인받은 셈이다.

피부색, 머리색이 다르고 어눌한 말투, 유행 지난 화장법, 허름한 옷차림 등 그들이 외부인이라는 표지는 그들의 신체가 증명한다.

> "중동사람들 신체조건 때문에 한국여자들이 빠져들면 헤어나지 못해요. 혼혈아들이 본국으로 가지도 못해요. 싱글인 상태에서 우리 집 딸들을 데려가느냐? 그렇지도 않아요. 파키스탄, 나이지리아, 가나 사람들 질이 안 좋아요. 이런 사람들이 후손을 낳으면, 갈 길이 뻔해요. 범죄자 되는 거예요."[17]

많은 사람들이 경제적으로 낙후된 국가 출신의 이주노동자들이 한국사회를 '오염'시킨다고 생각한다. 앞의 인터뷰에는 한국을 오염시키는 이방인의 부적절한 신체에 대한 불안과 공포가 잘 드러난다. 응답자는 60대 초반의 출입국 업무관련 공무원이라고 하는데 그의 '상식'에는 방탕한 외국인, 철없는 한국여성이라는 인식이 깔려 있다. 우리는 검은 피부에 부착된 '열등'하고 '더러운 것'이라는 지식이 서구열강의 식민제국주의로부터 생산된 것임을 잘 알고 있다.[18] 서구의 성장과 발전을 모델로 지속적으로 경제성장을 이룩해 온 한국도 예외는 아니다.

'세계 속의 한국, 서울'이라는 선진국의 지표에 다다르고자 할 때 가장 먼저 하는 것은 자신의 옛것을 부정하는 것이다. 이어 훨씬 더 강력한 방식으로 타자의 자질을 부각하고 억압한다. 그리하여 획득한 것은 '서구와 유사한', 그러나 결코 서구일 수는 없는 '의사(疑似)중심'의 시선이다. 이는 서울의 기능적 배치에 의해 강제적으로 정체성을 부여받아 온 지역, 지역민이 외국인노동자에 관한 한 자신을 '한국인, 단일민족'으로 손쉽게 전환할 수 있게 한 것이기도 하다.

4 나(우리)와 타자의 의식의 스며듦

결국 단일민족주의, 혈연중심주의가 외국인노동자들을 혐오·배제한다는 것은 외국인노동자 문제의 표면일 뿐이다. 표면, 현상에 천착할 때 타자를 포용하고, 그들을 이웃으로 인정해야 한다는 다소 손쉬운 결론에 닿는다. 문제는 이러한 결론이 '한국인 주체'를 더욱 강화하는 데 있다.

서구의 시선을 통과해 선진한국을 상상해 온 한국사회는 스스로 성찰할 수 있는 기회를 갖지 못했다. 그런 점에서 외국인노동자는 한국이 어떻게 중심을 형성하고 주변을 배제해 왔으며, 주변에서 어떻게 의사(疑似)중심의식을 획득하는가를 성찰하게 하는 타자의 얼굴이다.

사르트르가 타인을 '지옥'이라 한 것은 주체의 실존이 일체의 타자성을 부정, 초월함으로써 존재하기 때문이다.[19] 사르트르가 보기에 인간관계란 서로를 대상으로 인식하는 과정이다. '내'가 주체일 때 타인은 대상에 불과하고 타인이 주체가 될 때 '나'는 대상이 되는 관계이다. 우리는 주체와 대상 사이에서 늘 전쟁을 치르고 있다. 그리고 '한국' '민족'이라는 정체성은 외국인노동자를 철저히 타자화하고 있다. 그렇다면 나와 타인이 동시에 주체가 될 수는 없는가. 그것이 가능하다면 그들 역시 하나의 인격체라는 것, 즉 인권 차원에서 우리와 동등함을 주장할 수 있을 것이다. 그러나 동시에 주체가 되는 것은 불가능하다. 여전히 주체와 대상이라는 이원구도 내에 존재하기 때문이다.

> 과연 이 서류가 관리들에게 통과될지, 그래서 불안하지 않은 마음으로 거리를 돌아다닐 수 있을지, 그 사이에 법이 바뀌는 거나 아닌지 하는 불안 위에, 이곳에 머무를 수 있게만 해준다면 금지된 일은 하나도 안할 사람들임을 알아달라는 겸손한 표정을 덧바르고.
> 난 작은 도마뱀보다도 무력하고 무해한 인간이랍니다. 그저 당신네 땅에서 잠시 숨쉬는 것뿐이에요. 깨끗한 종이 같은 표정으로 두근거리는 가슴을 감추던 정오의 하얀 볕. 공회당에 매달린, 빨간 고추 모양으로 만든 커다란 목각품이 그의 시선을 당겼지만, 그는 그쪽으로 돌아가려는 눈길을 가누고 있었다. 누군가가 그의 손에 슬쩍 무언가를 쥐어주고, 그걸 두드린다면… 그러면 그는 성한 몸으로는, 어쩌면 살아서는 그 자리를 빠져나가지 못할 수도 있었다. (…)
> 최소한 오늘 이 자리에서만큼은 그는 떳떳해도 좋았다. 그는 합법적인 연수생이었고, 상대적으로 적은 임금과 고된 일을 감수하면서도 근무지에서 벗어나지 않았으므로.[20]

이방인으로 존재하며 관찰의 대상이었던 외국인노동자를, 이혜경의 「물 한 모금」에서는 산업연수생 '아밀'이 직접 이야기한다. 불법체류자 신분인 동료 샤프를 위해 자진신고 기간에 서류를 제출하러 온 앞의 장면에서 아밀은 자신에게 한국에서 어디까지나 '잠시 숨쉬고 있는 것'뿐이라고 생각한다. 그러니 자신들이 결코 '금지된 일은 하나도 안할' 사람임을 알아주기를 바란다. 특히 고향에서 도둑질하다 마을사람들에게 맞아 죽어버린 동생을 떠올리면서 자신을 지켜줄 유일한 무기는 '합법적인 신분'과 자신의 '근면하고 성실함, 겸손함'이라는 사실을 잘 알고 있다.

'작은 도마뱀'과 같이 무해하고, '깨끗한 종이 같은 표정' '그 어떤 불법이나 금지된 일을 저지르지 않을 것'이라는 아밀의 간절한 맹세가 불편한 것은 그 맹세가 어디로 향해 있는가 하는 것 때문이다. "뿌린 대로 거두리라"는, 한 노인의 말을 믿고 있는 아밀은 힘든 노동을 견디는 것뿐만 아니라 겸손해야 하고 거기에 자신의 운까지 좋아야 겨우 고향에서 땅을 살 수 있다. 그러나 묵묵히 일하고 겸손한 아밀의 간절한 소망은 아밀의 것이 아니다. 아밀의 소망은 외국인노동자가 순진무구하기를, 근면하고 성실하고 무해한 존재로 있다가 '조용히' 자신의 나라로 돌아가기를 바라는 한국인의 욕망이다.[21] 성실한 외국인노동자의 간절한 소망은 한국인의 이해와 포용력 내에서 겨우 이루어질 수 있다는 점에서 한국인과 외국인노동자 간의 위계 관계는 더욱 강화된다.

어느 누구도 주체나 대상이 아닌 상태, 실존이란 것이 나 자신만의 고유한 존재를 드러내는 것이 아니라 세계와 상황 속에 언제나 함께 존재(공실존 la coexistence)하는 상태란 어떻게 가능할 것인가.[22] '함께 존재'한다는 것이 '나'와 '타인'을 마구 뒤섞어 서로를 구분할 수 없는 것이 아니라 동시에 자신, 서로의 독자성과 자유를 포기하지 않을 수 있는 방법은 무엇인가.

우리는 흔히 타인의 행동을 통해서 타인이 있다는 것을 안다. 타인의 행동을 '내'가 이해하기 위해서는 세계를 이해하는 지반이 동등할 때 가능하다. 그런데 타인에 대한 나의 이해는 어디까지나 나의 문화적 경험으로부터 출발할 수밖에 없다. 한국인의 문화적 지반에서 구성된 아밀의 존재는 존재하지 않는 것이나 다름없는 것처럼 나의 이해에 따라 구성된 타인이란, 그 것이 완벽하게 재현된 것이라도 나 이외에는 아무도 존재하지 않는다.

타인의 존재는 나의 존재와 동등함을 전제하고 타인의 의식을 나의 경험 으로 유추하지 않을 때, 오직 '신체의 수준'에서의 만남으로부터 시작된다. 특히 언어는 타인과 나 사이에 중요한 공통 지반을 구성한다. 언어는 나와 타인의 사고를 '하나의 직물'을 만들어내는 '공통 작용'이다. 언어를 통해 나 와 타인은 '완전한 상호성의 협력자'로 "서로에게 스며들며, 동일한 세계를 공존"할 수 있다.[23] 김연수의 「모두에게 복된 새해」는 서로 통하지 않는 언 어로, 오히려 언어가 통하지 않기 때문에 서로를 이해할 수 있는 순간을 포 착한다.

> "이 피아노, 긴 시간 안 노래했습니다. 그치?"
> 그제야 나는 이 친구가 궁금하게 여기는 게 뭔지 알 수 있었다.
> "맞아요. 나한테 이 피아노를 준 사람도 그렇게 말했어요. 딸이 열한 살 때 치던 피아노라고."
> "안 노래하면 안 삽니다."
> "그래서 공짜로 얻었습니다."
> "공짜는 없습니다." 내 말에 이 친구가 단호하게 얘기했다.
> "벼룩시장 잘 보면 공짜 있습니다." 나도 그만큼 강한 어조로 말했 다. 그러자 이 친구는 어딘지 모르게 화가 잔뜩 난 사람처럼 나를 쏘 아봤다.[24]

인도 펀자브에서 한국에 노동자로 온 이 외국인은 아내가 한국어교실에 서 만난 대화상대, '말하자면 친구'이다. 한 해의 마지막 날, '나'는 집에 있는 피아노를 조율하기 위해 친구가 올 것이니 그를 대접해 달라는 아내의 부탁을 받았다. 지금 '나'는 한국어를 배운 지 이제 5개월 됐다는 이 친구와 어색한 시간을 보내고 있는 중이다. 그는 핑크빛 터번을 쓰고 수염을 길렀으며, 터번과 수염 때문에 '알카에다'라고 사람들이 놀리는 것을 견디고 피아노 조율을 위해서 한 시간이나 버스를 타고 왔다. 더구나 그는 아내의 언어습관인 '그치?'라는 여성스럽고 다정한 말투를 따라 한다.

'나'와 인도청년 사트비르 싱의 대화는 놀라움과 오해의 연속이다. 오랫동안 연주하지 않은 피아노를 둘러싼 이들의 오해는 자신들의 독자적인 의식으로부터 발생한 것이다. '안 노래'하는 피아노가 '안 산다'(死)는 것은 이 인도청년의 의식이고, '그래서 공짜로' 얻었다는 것, '벼룩시장에 공짜가 있다'는 것은 순전히 '나'의 의식이다.

언어라는 공통 지반이 부재할 때 '나'는 피아노가 어째서 우리 집에 오게 되었는가를 이 외국인에게 이해시킬 방법이 없다. 심지어 '나'는 아내가 이렇게 말이 통하지 않는 외국인과 '대화'하고 있다는 사실을 믿을 수 없어한다. 그래서 아내는 외국인을 앞에 두고 넋두리, 누군가 잠자코 자기 이야기를 들어줄 사람이 필요했던 것이 아닌가라는 결론을 내린다. 그러나 그들의 대화는 이제부터이다. '나'는 그에게 피아노가 왜 긴 시간 '안 노래'했는가를 '어떻게' 설명해야 할 것인가 고민하지 않을 수 없다.

'내'가 고민을 시작하자 피아노를 '공짜로' 준 노인, 노인의 기억 속에 남아 있는 어린 딸, 피아노의 주인이었을 이민 간 딸의 편지에 쓰인 서툰 한국어가 차례차례 떠오른다. 그리고 그때는 알지 못했지만 모든 관계가 죽어가고 있었음을 이해한다. 이민을 가 이제 딸에게 효용이 없는 한국어, 연주되지 않는 피아노, 그녀를 기다리는 노인 그리고 무엇보다 나와 아내의 관계 역시 죽어가고 있는 중이었다.

173

대화를 한다는 것은 자신의 의식을 타인에게 이해시키는 것만이 아니다. 아내와 친구 외국인의 대화처럼 '서로서로 배우고, 고쳐주는' 것이다. 이후 '나'는 외국인과 대화하면서 '나'의 의식을 강제하거나 '내'가 믿는 것에 복속시키려 하지 않는다. '나'는 "영어로 혜진은 무슨 이야기를 합니까? 그럼 당신은 무슨 이야기를 합니까? 혜진이 내 얘기 같은 것도 했습니까?"라고 한국어를 외국어처럼 말함으로써 언어의 위계를 넘어서려 한다. 이때 피아노의 외로움, 혼자인 아내의 마음, 피아노를 조율하고 라흐마니노프를 좋아하는 이 인도청년의 외로움과 고독이 이 세계에 모두 공존한다.

타인의 슬픔, 고통은 그것을 인식하는 '나'와 타인의 의식으로 인해 의식의 공동성 혹은 복수로 존재하게 한다. 그러나 행동, 말, 의식이 타인 그 자체를 의미하지 않는다. 타인의 슬픔과 고통, 분노를 이해하는 '순수'한 노력 또한 '나'에게서 나오는 것이다. 때문에 그 어떤 감정이라도 타인과 나에게 동일한 의미를 갖는 것은 아니다. 단 우리는 '나'의 존재를 인식하는 타인의 의식을 통해서 '나'의 존재를 회복할 수 있다는 것, 복수로 존재하는 의식이란 '나'의 자유가 타인의 의지를 억압하는 것이 아니라 타인들에 대해 동일한 자유를 요구하는 것임을 이해해야 한다. 그러할 때 '나'와 타인 사이에서 단 하나를 선택해야만 한다고 믿었던 과정, 즉 타인을 대상화하고 부정하는 시선이 의사소통의 한 양상임을 인정할 수 있다.[25]

한국사회에서 외국인노동자는 타인으로서의 문제가 아니라 타인의 시선을 불편해하는 주체의 의사소통의 문제이다. 한국, 한국인이라는 단 하나의 시선은 외국인노동자 역시 하나의 시선으로 마주한다. 지역민의 소외되고 배제된 좌절감, 저소득자의 절박함 등이 거대한 국가 뒤에 숨어버릴 때 자신이 가지고 있던 열등한 부분에 더 큰 폭력이 가해진다. 자신을 부정하고 '의사권력'에 기댄 채 가한 폭력적 시선으로 인해 한국사회는 그 속에 내재한 불평등의 문제(지역, 빈부, 성)를 반성·해소할 수 있는 공동의 장을 마련하지 못하고 있다.

5   타자와의 공존을 위한 로컬리티

외국인노동자는 현재 한국의 자본주의적 질서 속에서 배태된 여러 문제, 민족·인종·성·계급 등의 이데올로기를 다시 직시하도록 요구하고 있는 한국사회의 타자이다. 고명철은 이 타자들을 통해 민족, 계급이라는 서구 중심의 근대자본주의적 질서의 병폐에 대한 문제점을 인식하고 그것을 넘어서는 '복수의 근대성 추구'라는 생성의 힘을 강조한 바 있다.[26] 허정은 이질성에 적대적인 한국사회에서 역동적인 연대의 고리를 찾을 수 있는 지점으로 '스스로의 타자성'을 강조한다. 제3세계의 빈곤화를 가속화시킨 신자유주의 세계화가 양산해 낸 인간부초들, 여기에 한국인들 역시 예외일 수 없다는 것이 타자와의 연대를 위한 싹이 될 수 있다는 것이다.[27]

이들 연구는 타자를 직면하는 현실에서 우리는 어떻게 그들과 연대해야 하는가를 논하고 있다. 우리가 지향할 연대란 민족적 차별에 맞서는 아시아적 연대, 계급적 차별에 맞서는 타자성의 연대이다. 외국인노동자라는 타자가 한국의 자본주의 발전과정에서 양산돼 '일국적' 모순을 직면케 하고, 그에 맞서 한국인 개개인이 이질성·타자성의 연대공동체를 구성하는 일원임을 인식하는 것이 중요한 현안이다. 한국사회에서 외국인노동자에 대한 폭력성은 한국인 한 개인이 타자성과 이질성에 대한 인식이 부족해서가 아니다. 외국인노동자, 타자의 얼굴은 낯설고 두려운 것이나 그것을 드러내 공동화할 수 없었던 역사적 과정이 있었다.

근대화시기 통치이데올로기로서 단일민족의 신화는 정부의 정책과 제도로 확산되었겠지만 개인의 일상의 영역으로부터 더욱 확정, 견고해져 온 것이다. 이를 간과할 때 한국인과 외국인이라는 대립구도 내에서 한국인과 외국인노동자 양자에 동일하게 이해, 포용, 동정, 조화가 강조된다. 이는 오히려 각각의 의식만을 강화하게 될 뿐이다. 이러한 동일성의 논리 내에서는 한국인이 모든 외국인에게 차별적이 아니라는 사실, '백인' '미국' '미국사람' '유럽' 앞에서는 "친절하다 못해 비굴할 정도"(김재영 『코끼리』, 17쪽)인 이유를 밝힐 수 없다. 따라서 타자로서 외국인노동자와 '내(우리)'가 복수로 존재하기 위해서는 상상적 중심으로서 '한국인'이 아니라 개개인이 마주할 수 있는 일상적 공간을 마련하는 일이다. 그러할 때 이익뿐만 아니라 '나(우리)'와 '그들' 사이에서 일어날 수 있는 문제를 해소할 수 있는 공동의 장(場)을 마련할 수 있다.

'로컬공동체' '지역주민권' '공간적 시민권'은 최근 '국가 주도'의 다문화정책의 한계로 인해 '지역적 차원'에서 행정정책과 그 실천방안을 모색하는 과정에서 생겨났다. '혼종성' '상호주체성' '소수성' '타자성' '주변성' 개념이 다문화주의 실현의 바탕이 되고 있다. 이 같은 인식은 외국인노동자를 비롯한 이주민들이 '공적 삶' '공동세계' '공적 공간'에 참여할 수 있는 토대의 가능성을 밝히는 것이라 할 수 있다.[28] 그리고 가장 기본적인 토대는 '지금 여기'라는 '로컬'이다. 로컬은 단순히 한 국가 내의 지리적 경계, 구분된 땅이 아니라 국가를 매개로 전지구화의 작용 내에 존재하는 '장소'이다. 이것이 전지구적 자본이 추동한 노동력의 이동 결과로 빚어진 외국인노동자 문제를 로컬로 전환[29]해야 하는 이유이다.

외국인노동자는 '한국에 돈을 벌기 위해' 혹은 '한국의 경제'를 위해 온 사람들이다. 동시에 그들은 한 연구자의 말처럼 노동자이자 우리 사회의

'소비자, 납세자, 학부모, 세대주'이고 '안산'사람, '김해'사람이다. 이러한 사실은 그들이 '우리'에게 요구하는 '권리'이기 이전에 먼저 '우리'가 인식해야 할 것들이다. 그리하여 이 글의 '타자와의 공존을 위한 로컬리티'란 이해, 공존, 포용이라는 이념적 가치를 실천할 수 있는 물질적 토대로서 지역사회, 자기준거점으로서 자신이 발 딛고 있는 세계(지금 여기)를 정의하여 타자와 공존할 수 있는 공공의 장(場)을 회복하는 것을 말한다.

그러할 때 한국사회는 외국인노동자, 이주민이라는 타자의 얼굴을 통해 개개인의 일상영역을 훈육·통제해 온 '한국 중심주의'를 반성할 수 있다.[30] 즉 한국의 근대적 발전이라는 역사적 맥락을 우회할 때 비로소 한국사회는 '스스로 타자성'을 인정할 수 있다는 것이다. '가짜'로 가득한 천운영의 「눈보라콘」은 '진짜' '중심'에 대한 욕망을 부정하지 않으면서 스스로의 타자성을 드러내는 방식을 보여준다.

하봉은 나이키와 가장 비슷한 스티커를 구하기 위해 영도다리 건너 문방구까지 샅샅이 훑고 다닌다. 하봉은 필통이나 도시락, 가방, 공책까지에도 나이키를 그려넣는다. 아무리 가짜라고 놀려도 개의치 않고 꾸준히 그려대는 하봉의 모습은 신념에 찬 선각자로 보일 정도다. "진짜랑 똑같제?" (…)
아무리 눈보라콘이 부라보콘과 비슷하게 생겼어두 부라보콘을 따라갈 수는 없다. 서걱거리는 아이스크림의 질감하며 허여멀건 콘과자 색깔부터가 다르다. …하지만 나는 눈보라콘을 좋아한다. 눈보라콘 속에는 부라보콘을 향한 욕망과 열망이 들어 있다. 눈보라콘도 나처럼 부라보콘을 숭배하고 있는 것이다. 눈보라콘이 부라보콘의 대용물밖에 될 수 없겠지만 그래도 눈보라콘에는 다른 가짜들과는 구분

타자와의 만남, 공동체를 꿈꾸다

되는 무언가가 분명히 존재한다. 나는 눈보라콘에게 동지애까지 느낀다.[31]

브라보콘의 대용물인 눈보라콘, 가짜 나이키 스티커를 신봉하는 두 소년의 세계에는 '가짜'가 가득하다. 영도다리를 받치고 있는 것은 콘크리트가 아니라 팔뚝만한 담치이고, 녹을 떨어낸 배들은 마치 새것인 양 바다로 나간다. 소녀의 아버지는 진짜 휘발유가 많이 들어간 가짜 휘발유를 팔다 감옥에 가 있으며, 어머니는 가짜 무당, 자신도 가짜 딸일 거라고 말한다. 하봉은 택시에 발을 끼워 다친 척 연기를 한다.

아무리 '내'가 눈보라콘을 브라보콘처럼 먹는다고 해도 결코 눈보라콘은 브라보콘의 맛과 촉감을 따라갈 수 없다. 그러나 눈보라콘에는 브라보콘에 없는, 브라보콘을 향한 욕망과 열망이 있다. '내'가 브라보콘을 선택하는 순간에는 이 욕망과 열망이 사라진다. 그러나 이 욕망과 열망이 사라져서는 '내'가 될 수 없다. 브라보콘을 브라보콘이게 하고 '내'가 '나'일 수 있는 것은 눈보라콘을 선택할 때만 가능하다.

가짜로 가득한 영도는 '진짜'가 굳건한 가운데 '가짜'가 끼어들어 뿌리내리는 곳이 아니다. 또한 '가짜'를 '진짜'로 뒤바꿔 속이는 것도 아니다. 이미 '진짜'와 '가짜'를 위계적으로 구분하는 것이 무용한 세계이다. '진짜'의 가치가 사라지는 것이 아니라 '가짜'와 구분되면서 '가짜'의 '진짜'에 대한 욕망과 열망을 포용하는 영도는 '진짜' '중심'에 대한 부글거리는 열망을 포기하지 않고도 오히려 '중심'에 포섭·환원되지 않고, '동지'로서 그 '차이'를 드러낼 수 있는 장소이다. 애초에 '진짜'란 존재하지 않는, 상상적인 '진짜' '중심'에 대한 욕망으로 가득한 곳이 부산[32]이고 보면 천운영의 「눈보라콘」은 오직 '가짜'만을 이야기함으로써 자신의 타자성을 확연하게 드러내 보여주고 있다.

한국은 오랫동안 자신의 타자성에 대해 직시할 수 있는 자리를 마련하지 못했다. 외국인노동자를 대하는 태도로서 '한국 중심주의'는 '나(우리)' 내부의 타자성의 흔적을 혐오·배제한 것이다. 여기에는 "나는 가난하지 않다" "나는 열등하지 않다" "나는 지역민이 아니다"라는 오인(pseudo)의 과정을 동반한다. 이를 상기시키는 타자의 시선은 마치 '내(우리)'가 '지옥'에 있는 것처럼 불편하게 만든다. 그러나 그 중심에 대한 욕망 역시 '나(우리)'를 구성하는 것이라면 그 욕망을 포기하지 않고 오히려 스스로 드러내야 할 것이다.

'지금 여기'를 성찰하는 것으로 '로컬리티'란 "삶의 터로서의 로컬(공간)과 거기에 살고 있는 사람들이 역사적 경험(시간)을 통해 만들어가는 다양한 관계성의 총체"[33]이다. 로컬은 다양하고 이질적인 욕망들이 포개진 공간이다. '다양한' '이질적인' 욕망들이 모두 동일한 힘의 관계 내에 있는 것은 아니다. 한국인 vs 외국인노동자라는 일방적인 힘의 관계 내에서 사회적 약자에 대한 인정은 다시 한국인 중심을 강화하기 쉽다. 그렇다면 그 인정의 방향은 한국 내부의 타자성으로 향해야 할 것이다. 타자와 함께 살기 위해서는 '나(우리)'는 어떻게 살아왔고, 어떻게 살고 있는가에 대한 성찰이 필요하다는 것이다. 그리하여 로컬리티는 타자의 존재를 존중할 수 있는 공간, 그보다 자신의 존재가 타자를 존중함으로써 존재할 수 있는 공간을 생성하는 일이다.

주

1 "아직도 이주노동자 연상어는 '불법·범죄'", 『한국경제신문』 2016. 2. 4.

2 이 수치는 독일 21.5%, 미국 13.7%, 스웨덴 3.5%에 비해 아주 높은 결과이다. "일자리가 부족할 때 자국민을 우선 고용해야 한다"에서도 한국은 60.4%로 미국(50.5%), 독일(41.5%), 스웨덴(14.5%)보다 높게 나타났다. "한국인 32% '외국인노동자와 이웃 싫다'", 『조선일보』, 2016. 3. 15.

3 2015년 한국 거주 외국인은 174만 1919명으로 이 수는 한국인의 3.4%에 해당한다. 지역별로는 경기도(55만, 31.8%), 서울(46만, 26.3%), 경남(11만, 6.2%) 순으로 수도권에 집중되어 있으며 경기도 안산시에 가장 많은 외국인이 거주하는 것으로 집계됐다.

4 많은 연구들에 따르며, 외국인노동자들과의 관계의 주체는 '한국인'이고 대상은 '외국인노동자'이다. 때문에 타자와의 공존·공생을 모색하고자 하는, 연구들의 공통된 노력에도 불구하고 '착한' 외국인노동자, '나쁜' 한국인이라는 현상에 천착하거나 '동화'정책으로 귀결되는 결과를 보여주고 있다. 알다시피 동화정책은 타문화에 대한 학습·이해 없이 일방적으로 한국사회에 적응, 그렇지 않으면 떠나야 한다는 선택지만 제시하기에 외국인노동자를 그야말로 '생존'의 위협에 놓이게 만들 뿐이다.

5 이선화 2007; 한정우 2008; 박세훈·이영아 2010; 송도영 2011; 차철욱·차윤정 2013; 조민경 2014.

6 이선화 2007, 23~26쪽.

7 반면 외국인노동자와 경제적 이해관계가 적은 주민들은 외국인과 관련한 범죄가 동네에서 일어날 가능성을 불안해하며 그들을 위협적인 존재로 여긴다. 또한 상인들 역시 외국인들의 출입이 많아지면서 제품의 질이 낮아지고, 언젠가 돌아갈 소비자들이기에 장기적인 고객이 될 수 없다고 판단하고 있다. 외국인에 대한 불편한 시선은 김해시가 '아시아 다문화 거리 조성' 사업이 차질을 빚으며 이 사업의 명칭을 '가야역사 공공디자인 사업'으로 이름을 바꾼 데서도 알 수 있다. 차철욱·차윤정 2013, 29쪽.

8 송현호 2010, 192쪽.

9 외국인노동자가 느끼기에 가장 차별을 많이 하는 사람은 직장의 관리자와 사장으로 나타났지만 관리자보다도 더 극심한 차별대우를 하는 사람이 동료 한국인노동자라고 대답한 조사가 있다. 한국노동자들은 외국인노동자를 자기보다 낮은 존재로 위치시키고 자신의 우위를 확립한다. 설동훈 2001, 369쪽.

10 가장 두드러지는 보도는 저임금의 이주노동자를 고용하여 기업이 비용을 절감, 이윤을 획득하고 지역경제 성장에 기여한다는 것이다. 그런데 지역사회가 산업재구조화에 직면하여 지역경제의 대안을 강구하기보다 이주노동자를 고용하는 편이 훨씬 용이하기에 오히려 생산설비 자동화, 기술혁신 투자 감소 등 지역산업의 고도화를 지연시키고 있는 것이기도 하다. 최병두 2009a, 371쪽.

11 베네딕트 앤더슨 2003, 26, 27쪽.

12 한국사회에서 서울에 대한 열망이 그친 적은 없었다. 조선시대에도 벼슬자리는 모두 서울에서 부여받았으며 일제강점기에서 해방까지 모든 문화·예술의 중심지는 서울이었다.

그러나 근대화 이전 서울은 지금과 같은 지역(고향)과 위계적 관계는 아니었다. 지금의 서울과 지역의 위계관계는 1960~70년대 전지구적 자본주의 지배질서 내에 편입하는 과정에서 지배체제 강화·효율화를 위해 전국을 기능적으로 배치하는 과정에서 탄생했다. 김옥선 2015a.

13 김옥선 2015b.

14 박범신 2005, 192, 193쪽.

15 중심은 필연적으로 주변-타자를 생산한다. 하지만 중심은 타자를 생산하는 데만 있지 않다. 타자의 정체성을 타자 스스로 타자화하는 것, 중심으로부터 생산된 타자성을 스스로 획득하는 데 있다. 외국인노동자가 많이 거주하는 지역의 주민들은 "외국인노동자가 들어오기 전에는 조용하고 살기 좋은 동네였다"고 말한다. 인구가 늘어나고 인간관계가 다양해지면서 그로 인한 갈등이 복잡해지고, 사건·사고가 발생하기 때문일 것이다. 지역민이 자신이 살고 있는 지역을 '조용함' '편안함' '안전함'이라고 표면화할 때 그 기준은 거대도시의 '복잡함' '시끄러움' '위험함'에 있다. 거대도시의 기준에 의해 지역의 성격이 호명될 때 지역의 야만성에 대한 불편함은 겉으로 드러나지는 않는다. 그러나 오히려 지역에 대한 낭만화·신성화야말로 문명에 대한 동경을 증명한다.

16 김재영 2005, 17, 18쪽.

17 한건수 2003, 172쪽에서 재인용.

18 타인들이 편집한 흑인의 역사에서 가장 먼저 발견되는 것은 흑인의 식인행위와 성적인 관련성이다. 파농이 보기에 이 식인행위의 토대가 아주 '친절'하고 '명료'하게 기술되어 있다고 한다. 과학은 흑인들이 식인행위자들의 염색체·유전자와 동일하다는 것을 증명한다. 그런데 더 어처구니없는 것은 이 한심한 과학이 '상식'이 되는 것이다. 프란츠 파농 2003, 153쪽.

19 "…지옥은 바로 타인들이야." 사르트르의 희곡 「닫힌 방」의 등장인물 가르생의 대사이다(장 폴 사르트르 2013, 82쪽). 무대는 사후세계로 창문 하나 없이 밖에서 잠긴 지옥 방이다. 산 자들이 지옥을 무서운 형벌이 내려지는 곳으로 상상하는 것과 달리 사르트르가 그린 지옥은 이 닫힌 방에 갇힌 세 사람이 서로를 '언제까지나' 지켜보아야 하는 곳이다. 그들은 죽었기에 죽일 수도 없다. 사르트르에게 주체는 타자성을 부정하고 그것을 초월함으로써 존재한다. '나'와 타자 간의 목숨을 건 투쟁 속에서 타자와의 공존을 위한 여지는 상상하기 힘들다.

20 이혜경 2006, 21쪽.

21 소수자로서 외국인노동자는 한국사회의 안녕을 해치지 않는 범위 내에서 존재해야 할 사회적 약자 그 이상도 이하도 아니라는 정치적 인식이 자리하고 있다. 한국사회의 질서에 조금이라도 위협이 될 때 그들은 바깥으로 추방될 운명에 처해 있는 존재들이다. 고명철 2010, 84쪽.

22 퐁티에게 실존은 나 자신만의 고유한 존재가 아니다. '세계에의 존재'인 실존이기에 나의 실존이라 할지라도 그것은 넓게는 세계, 좁게는 상황과 연결되어 있다. 상황 내지 세계에 타인들이 속해 있다는 것은 설사 나의 실존이라 할지라도 그것은 '공실존'이다. 여기서 익명적 실존, 즉 나의 실존 혹은 너의 실존 혹은 그의 실존이라는 식으로 인칭으로

분류할 수 없는 이른바 선인칭적인 실존을 언급한다. 나의 몸이지만 타인들의 몸과 분리되어서는 결코 존재할 수조차 없는 것, 마치 내 몸의 부위들이 서로 유일한 하나의 체계를 이루듯 나의 몸과 타인들의 몸이 유일한 하나의 전체를 이루는 가운데 그것을 관통하는 익명적인 실존이 성립된다. 조광제 2004, 384, 385쪽.

23 메를로 퐁티 2002, 530쪽.

24 김연수 2009, 128쪽.

25 퐁티가 든 예로 설명해 보면, 개의 시선이 '내'가 불편하게 느끼는 경우는 없다. 그러나 낯선 사람의 시선을 받을 때 그것이 의사소통을 대신하는 한에서만 참기 어려운 것으로 느껴진다. 의사소통을 거부하는 것 역시 의사소통의 한 방식인데 나와 타인 속에서 모든 공감의 한계를 나타내는 온갖 형태의 자유, 사고하는 자연, 떨어질 수 없는 토대 등은 실로 의사소통을 중단하거나 무효화하지 않는다. 낯선 사람과 관계한다면, 나는 그가 다른 세계에 살고 있다고 믿는다. 그러나 그와 말을 하게 되면 그는 나를 초월하기를 중지한다. 메를로 퐁티 2002, 535~41쪽.

26 고명철 2010.

27 허정 2010.

28 한국사회에서 이주노동자는 치안·통제의 대상이다. 이는 그들을 공적 공간에서 배제하는 것이다. 이들은 일상 속에서 '권리를 가질 권리'를 박탈당한 것이다. 때문에 이들에 대한 권리문제는 그들의 정치적인 권리, 법적 참여의 권리로부터 시작해야 할 것이다. 심승우 2010, 100, 101쪽.

29 다문화주의의 로컬 인식을 위한 논의로 부산대학교 한국민족문화연구소(2015)가 있다.

30 근대국가 건설과정은 '지역의 국민화'를 수반한다. 국민국가 이전에 존재하던 다양한 형태의 폭력을 국가장치를 중심으로 일원화하고 경계가 불분명한 지역을 국가 내부로 영토를 통합해 단일한 행정체제를 구축하는 것이다. 지역의 국민화과정은 정치·사회·경제·행정적인 문제에만 국한되는 것이 아니라 시민을 고도로 규율화된 국민공동체 속으로 끌어들인다. 한국에서 국민의 모습은 조국근대화의 역군으로 국민화되었다. 특히 부산은 용두산공원의 '부산타워' '충무공동상', 대청공원의 '충혼탑', 시립박물관 앞의 '유엔참전기념탑' 등 각종 기념비와 기념탑, 기념조형물이 요지에 자리 잡고 있으면서 기념일이나 사건이 발생했을 때마다 특정 주체, 국민 주체로 전환케 한다. 박훈하 2002b; 김용규 2003.

31 천운영 2001, 205, 206쪽.

32 부산이라는 도시는 태생적으로 오랫동안 거주해 온 지역구성원의 요구나 계획을 통해 만들어진 것이 아니다. 부산은 국가 혹은 외부세력이 요구하는 기능성과 합리성에 따라 그때그때 해당 공간을 해체·변화·확장해 기형적으로 생산되었다. 이 과정에서 시민적 주체의 자율성은 차단당했고 발전국가에 종속된 존재로 정체성을 호명 받아왔다.

33 문재원 2016, 308, 309쪽.

김주영 소설의 이중 전략

근대를 성찰·전복하는 ──

'반(反)성장'의 문학 생산력

■■■■■■

1 축적체제 전환에 따른 소설양상의 변화

1) 김주영 소설의 변화

김주영의 『홍어』(1998)와 『멸치』(2002)는 전작들에 비해 매우 독특하다. 『홍어』는 간밤에 내린 폭설로 고립된 산골마을에서 어머니와 아들 세영이가 집 나간 아버지를 기다리고 있다. 그러나 아버지가 돌아온 다음날, 어머니는 돌려 신은 신발 발자국만 남긴 채 떠나고 만다. 『멸치』에서는 멧돼지 사냥에 골몰하는 아버지와 그의 아들 대섭이 집 나간 어머니를 기다리고 있다. 그러나 어머니는 돌아오지 않고 어머니 대신에 의지한 외삼촌마저 떠나버린다.

 두 작품의 배경이 대략 1950·60년대로, 아직 산골마을에는 전통적 가부장제가 유지되고 있고 마을공동체의 규범이 여전히 건재한 상황이고 보면, 어머니의 가출은 환상적이며 비현실적인 탈주이다. 특히 김주영은 한국의 1970~80년대 자본주의적 가치체계가 확산되는 과정에서 발생하는 모순과 심각한 계급적 갈등에 천착한 작가이다. 그가 도시의 주변부에서 혹은 역사적 사실로 그 영역을 넓혀 역동적인 서사로 가장 '남성적인' 형식을 구현해 온 작가임을 상기하면 이 같은 김주영 소설의 변화가 분명해진다. 김주영 소설의 변화는 단지 소설의 기법이나 내용의 변화가 아니라 보다 더 근본적인 차원으로부터 필연적으로 발생한 변화이다.

소설은 근본적으로 현실에 가장 밀접한 장르이다. 근대소설을 지배한 형상화의 원리는 현실의 정확한 재현을 지향하는 리얼리즘이었던 것이다. 때문에 문학작품과 사회현실의 연관관계에 대한 논의가 대부분 소설의 내용이나 주제라는 내적인 형식에 치중되는 한계를 지니고 있다. 그러나 현실의 반영으로서 소설은 현실이 변화함에 따라 그 형식 또한 변화할 것임은 분명하다.

김주영의 소설에서 보이는 이 변화를 추적함으로써 한국사회에서의 삶이 어떻게 변화했는지를 되돌아볼 근거를 제공받을 수 있다. 달리 말하면 김주영 소설의 변화는 역사이행의 징후로 읽을 수 있으며 이러한 변모가 무엇을 의미하는지 알려주는 효과적인 텍스트가 되는 것이다. 따라서 근대를 다양한 층위에서 고찰하고 이를 통해 소설의 변화를 탐색하는 작업은 지금-여기를 풍부하게 살필 수 있는 계기를 제공할 것이다.

루카치는 소설이 '부르주아 시대의 서사시'라고 말한 헤겔의 논법을 빌려와 소설을 '근대 자본주의 시대의 산물'[1]이라고 보았다. 이는 소설이라는 장르가 자본주의의 발전양식과 무관할 수 없다는 것을 뜻한다. 그렇다면 소설의 내적 형식 역시 자본주의 양식의 변화와 민감하게 관련되어 있을 터이다. 따라서 자본주의 축적방식의 변화는 소설의 형식적 근간을 바꿀 것임이 분명하다.

이렇게 볼 때 김주영의 소설을 크게 두 부분으로 구분해 살필 수 있다. 첫번째는 초기 단편소설과 『객주』로 대변될 민족수난사이다. 그가 활발하게 활동한 1970년대는 전후(戰後) 복구와 함께 경제성장을 위한 강렬한 열망이 이 땅을 새로운 규율체계로 정비하고 있던 때이다. 그의 단편소설은 이 과정에서 배제·소외된 인간상에 초점을 맞추어 우리 사회가 극복해야 할 지점이 무엇인가를 풍자적으로 제시했다. 또한 심각한 계급모순을 드러냈던 1980년대를 관통하면서 그는 과거로 회귀해 한말 '보부상'의 민중적 성격을 추적하며 당대 사회가 내장한 사회구조적 차원의 문제를 총체적으로 드러내고자 했다. 다시 말해 보부상이라는 전근대적 계층을 통해 당대 현실의 첨예한 문제인 계급문제를 제기하면서 80년대 사회의 구조적 모순에 정면으로 대응한 것이다. 권위주의적 권력의 억압적인 근대화정책과 이에 대항한 민중적 저항이 성장 중심의 근대 일반 논리를 동시에 내포하고 있다는 의미에서 이 시기는 '성장'의 문학이라 할 것이다.

두번째는 김주영의 『홍어』와 『멸치』에서 보듯 민족이나 국가라는 초월적 기표를 상상할 여지는 제공되지 않으며 이제까지와는 전혀 다른 방식으로 현실의 구성원리를 드러내고자 한 것이다. 김주영이 선택한 방식은 '반(反)성장' 서사이다. 김주영 소설에는 어린아이 화자가 두드러진다. 그들은 성장 중지상태에 머물러 있다. 우리의 삶에 면면히 유지되어 오던 전통적인 삶의 방식들이 새로운 가치체계로의 전환에 의해 내동댕이쳐질 때 혼란의 틈새에서 지워져 이제는 말할 수 없고, 말할 방법조차 잃어버린 것에 목소리를 빌려주고자 할 때 작가의 관심은 여성 혹은 성장하지 않는 아이라는 이 시대의 타자에게로 향한다. 이들의 저항이 공허하지 않기 위해서 우리는 그들이 딛고 있는 완강한 근대적(남성적) 질서를 함께 볼 수 있어야 한다.

김주영의 '반성장' 서사는 성장의 최종 단계로 제시된 성숙한 남성상을 비웃고, 전통적인 가부장의 질서를 교묘히 비켜서는 어머니의 지혜로움으로 완강한 지배질서의 틈새를 만들어낸다. 김주영 소설의 악의적인 세계인식과 패러디 기법, 반어는 우리의 삶을 규정지어 온 완고한 가치체계를 의심하게

'반(反)성장'의 문학 생산력

하고, 그 근본으로 향하게 하여 근대성의 허약한 실체를 낱낱이 드러내 보이고 있다는 것이다.

2) 김주영 소설을 읽는 세 가지 관점

(1) 세계의 전환과 소설양식의 변모

그간 김주영 소설의 연구는 대개 초기 단편소설과 역사소설, 성장소설에 나타난 우리 사회의 산업화·근대화에 따른 모순의 비판적 인식과 근대성 인식의 좌절이라는 주제, 내용만을 읽어내는 데 치중해 왔다.[2] 이는 우리 시대의 리얼리스트로서 그의 소설이 전후복구와 경제성장이라는 강렬한 열망으로 들끓었던 시기부터 근대적 자본주의 스스로 제 몸을 변화시키는 과정을 그때그때마다 다양한 방식으로 재현의 폭을 넓혀왔기 때문이다.

그러나 김주영의 소설에서 쓰이는 소재나 내용을 통해 김주영 소설의 변화를 읽으려고 하는 비평적 태도는 가장 피상적인 수준에 머문 해석이다. 가령 『홍어』를 성장소설로, 이를 그의 초기작에서부터 보여주었던 소설 쓰기의 연장선에서 이해하며 리얼리즘의 확장이라는 차원에서 다루는 것은 그의 소설의 변화를 제대로 보여주지 못한 것이다. 즉 김주영이 민중의 삶을 그렸다고 해서 김주영의 소설로 변화한 일상적 삶을 그릴 수 있다는 도식적인 이해는 극복되어야 한다. 동시에 성장소설이라는 모티브를 통해 김주영 소설의 일관성을 부여하려는 시도도 넘어서야 하는 것은 당연한 일이다.[3]

김주영이 현재에도 여전히 30여 년 이전의 과거를 지속적으로 소설의 모티브로 제공받고 있다는 사실을 미루어보아 소재와 내용이 그리 큰 편차를 보이지 않는다. 이는 김주영 소설의 변화를 다른 층위에서 이해해야 함을 의미한다. 그러나 문제는 소설의 형식의 변화가 실제 현실의 변화를 직접적으로 지시하지 않는다는 데 있다. 문학이 현실을 반영한다는 것은 한 사회가 성숙의 시기에 이르렀을 때야 제도화과정을 거쳐 신비화되기 때문이다. 하지만 기존의 제도와 관습, 위계적 전통에 변화가 초래되는 시기, "단단한 모든 것이 대기 속으로 녹아 사라지는" 급격한 사회변동의 순간에 문학과 현실이 맺고 있는 허구적 관계가 고스란히 드러나게 된다.

한국 현대사에서 1970~80년대는 급격한 경제적 성장을 이루어낸 '신화의 시대'이자 근대사회로의 총체적 전환이 이루어진 시기이다.[4] 근대사회가 작동되는 가장 근본적인 토대는 시·공간의 균질화와 인식의 표상화이다. 근대적 가치체계로의 전환은 개인의 물적·심리적 차이가 소멸되고 개인 간의 경험을 통합하는 공적 체험 영역이 전제된다는 것이다. 한 사회를 전환시키는 새로운 가치체계는 정치·경제적 차원의 변화뿐만 아니라 도덕, 가치관, 규범으로서의 제도 등 일상 영역에서의 변화를 수반한다. 발전적 경제성장으로 소득의 증대, 교육의 기회가 늘어나면서 절대적 빈곤이 아닌 상대적 빈곤으로 대체된 것처럼 말이다.

세계 어느 나라보다도 빠르게, 압축적으로 근대화를 이룩한 한국은 제 스스로 몸을 변화시키는 자본주의의 급물살에 또 한번 휩쓸리게 된다. 이것이 90년대 이후 하비가 유연적 축적체제라 불렀던 축적체제의 전환이다.[5] 축적체제의 유연성이 몰고 온 가장 큰 변화는 중심을 해체함으로써 하부구조이 자율성을 획득하는 데 있다. 이제까지 초월적 기표에 의해 배제될 수밖에 없었던 여성과 인종적·성적 소수자들을 부각시키는 결과를 양산해낸 것이다. 이 때문에 견고한 것에서 유동적인 것으로, 영원한 것에서 일시적인 것의 강조는 더 이상 집단적인 행위양식들을 거부한다. 또한 진보를 향한 선조적인 시간인식은 과거와 미래를 현재에 수렴하지만, 선적인 구조가 포기되면서 다양한 시간인식을 가능케 했다. 마찬가지로 공간적 인식 역시

'반(反)성장'의 문학 생산력

근대적 공간이 신체에 가하던 폭력적 통제를 비판하고 자기 스스로의 자생력을 주목하게 되면서 다양한 공간에 대한 관심을 촉발한다. 따라서 사회적 총체성 구현을 위한 일련의 작업들은 새로운 국면을 맞이하지 않을 수 없게 된 것이다.

(2) 전통의 회복과 가부장에의 탈주

어머니와 아들 세영이 아버지를 기다리는, 간밤에 내린 폭설로 사람의 발길이 끊긴 산골마을의 풍경으로 시작하는 『홍어』는 중심을 향한 총체적 인식과는 무관한 듯 보인다. 이는 더 이상 초월적 기표를 통해 총체성을 구현하는 것이 불가능해졌기 때문이다. 김주영은 문학적 관심을 산골마을로 옮겨오면서 남성이 아닌 여성을, 그것도 아이의 시선에 의지한다. 그런데 세상에 초연한 듯 집 나간 아버지가 돌아오기를 지고지순하게 기다려온 어머니는 아버지가 돌아오자마자 집을 나간다. 그것도 보란 듯이 거꾸로 발자국을 남기면서 말이다. 어머니의 기다림과 가출이라는 서사는 우리 사회가 일구어낸 왜곡된 근대성이 삼킨 전통성을 회복함과 동시에 악성화된 남성중심주의로부터 벗어날 심미적 거리를 제공해 준다.

전통의 회복, 동시에 악성화된 남성중심주의의 일상적 차원에는 가족이 있다. 가족은 근대사회로의 전환과정에서 그 위기 때마다 호출되는 집단적 주체이다. 가족은 현실세계의 변화에 따른 위기감과 절박함으로 탈출구를 찾게 되고 구원이 가능한 보상의 공간으로 존재한다는 것이다. 사회의 불안, 위기로부터 초월해 있는 가족은 현실과는 다른 이상적인 현실을 구축하고자 하는 욕망의 발현이다. 상상적 공간으로서 가족은 사회의 불안정 요소로부터 배타적인 요새로 구축된다. 한편 가족은 다양한 사회의 모순과 이데올로기에 맞닿아 있지만 가족 그 자체로 재생능력을 충분히 지니고 있다. 불안정한 현실의 모순과 질곡 속에서 가족은 언제나 지켜야 할 최후의 보루로 여겨져 왔다. 최근 이러한 가족의 신성함을 보다 역사적으로 규명한 논의가 주목된다.

권명아는 가족을 근대적 관계의 상상적 준거에서, '근대 극복'의 기획으로서 가족로맨스를 분석해 "가족의 품은 따뜻한가"라고 질문한다. 그런데 가족을 가장 자연적이고 본질적인 인간의 가치로 등치시키는 구조는 단지 봉건적 이데올로기에 대한 복고적 지향에 의해 형성된 것이 아니라고 한다. 가족은 근대의 상상력이 근대 기획의 현실적 작동방식에서 여전히 주요한 가치범주이자 상상적 근거로 작동하고 있다. 근대의 구조 속에서 가족은 여전히, 그러나 새롭게 본질적인 가치로 구성되기 때문이다.[6]

이종영은 가족 내 가부장의 가족구성원에 대한 '지배'관계를 역사적으로 고찰하였다. 가족은 사회적 수준에서의 가부장들의 연합적 지배를 바탕으로 가족 내에서의 가부장의 지배가 실현되는 장소이다. 근대국가는 '가문' 중심의 공동체적 생산양식의 상대적 자율성을 인정하지 않는다. 국가는 개인과 직접 대면하고자 하며, 단일한 의지의 통합된 주체를 생산하는데 이것이 가족 내의 가부장이다. 근대국가의 가장을 중심으로 한 새로운 가족구성은 곧 국가권력이 가족 내 개인에게 내면화되는 것이기도 하다.

국가는 모든 구성원 개개인과 대면할 필요 없이 가장에게 권력을 부여해주기만 하면 지배를 관철할 수 있다. 불균등한 분배에 따른 계급 간의 갈등관계에서도 그 지배력은 뚜렷하게 관철된다. 불평등한 사회구조에 저항하는 '민중'은 남성적 영웅 또는 이상적 남성성으로 사적 영역인 가족 내에서 그 지배가 실현된다. 가족은 친밀감으로 구성된, 공적 영역의 모순과 부당함으로부터 그 순수성을 지키고 보호해야 할 사적 영역으로 인식된다. 그래야만 공적 영역을 회복할 수 있기 때문이다.[7]

70년대 김주영의 소설들이 가족의 붕괴, 아버지의 부재를 그리고 있는 것은 우연이 아니다. 근대적 가족, '스위트 홈'에 대한 환상을 비트는 그의 소설은 한국의 근대가 사회구성원 공통의 문화적 지반에서 이룩된 공적 가치에 기반하고 있지 않음을 의미한다.

(3) 공적 가치 부재 시대, 반(反)성장소설

소년이 세계와 만나고 세계를 탐색하면서 겪는 내면적 갈등과 정신적 성숙의 과정을 담고 있는 성장소설은 교양소설(Bildungsroman), 발전소설(Entwicklungsroman), 입사소설(Initiation novel)의 개념을 포함하고 있다. 교양소설은 미성숙한 주인공이 성숙한 어른으로 성장하는 자서전적인 양상을 띠고 있으며, 주인공의 성장과정이 보편적이고 조화로운 단계에 이른다는 점에서 발전소설의 의미를 포괄하고 있다. 한편 성장소설은 입사소설(통과의례)이라고도 하는데 이는 주인공이 죽음, 성(性), 선과 악, 도덕과 관련한 충격적 경험을 수용하면서 성숙해 가는 과정을 다룬 것이다.[8]

낯선 세계와의 만남에서 그 충격을 극복하고 발전적 성숙을 지향한다는 점에서 성장소설은 발전하는 문화로서 직선적인 전진과정을 거쳐 보다 높은 차원의 자기 자신에 복귀하는 서사이다.[9] A. 하우저가 지적하듯이 성장소설의 규범으로서 괴테의 『빌헬름 마이스터의 수업시대』는 발전적 가치로서 부르주아계급의 현실주의적 생활공동체 이념을 지향·구현하고 있다. 이는 곧 자본주의체제 이행과정에서 부르주아적 사회이념이 유일한 공적 가치로 수용되었음을 뜻하고, 이를 방법적으로 구현한 문학장르가 성장소설이라는 의미를 함축하고 있다. 따라서 성장소설은 사회가 급격히 변화하며 인간의 삶이 그 근간에서부터 뒤흔들리는 충격이 초래될 때, 새롭게 변화하는 가치를 지향하는 근대적 문학양식이다.

그 어느 곳보다 급격한 변화를 요구받았던 한국사회에서 세계의 비참함
과 참담함을 극복하고 그 속에서 긍정적 가치를 발굴·지향하는 소년의 성
장기를 기대할 수 있을 것이다. 그러나 그러기 위해서는 세계를 객관적으로
바라볼 수 있는 개인, 자아의 확립이 우선되어야 한다. 그러나 오랫동안 유
지되어 온 한국의 봉건적인 유교문화는 집단적 관계에 따른 도덕이 우선시
되었다. 여기에 개인적 자아의 자리는 확보되지 않았고, 그럴 필요도 없었다.
봉건적 삶 속에서 아이는 이미 '작은 어른'으로, 기존의 가치체계에 순응하
는 것으로도 충분히 성숙한 어른이 될 수 있었다. 하지만 자본주의적 개인
주의가 일상화되고 근대 교육제도가 보편화된 근대에 이르러 아이는 미성
숙한 존재가 되었다. 아이는 교육과 모범대상을 본받아 어른으로 '만들어
져야' 하는 존재에 불과해진 것이다.[10]

김병익은 한국사회에서 개인의식, 내면의 자각을 일으킬 수 있었던 충격
이 내적 동기에 의한 것이 아니라 식민지 체험이나 전쟁과 같은 외적 사건에
의해 가해지고 또 세계를 경험할 수밖에 없었다고 지적한다.[11] 그의 지적은
한국의 문화적 기반은 서구적 개념의 교양, 입사로서의 성장소설을 생산할
수 없음을 재확인하는 것이다. 그의 논의를 감안하더라도 남는 문제가 있
다. 사회·문화적 기반이 아이가 성장할 수 없는 상황이라 하더라도 '아이는
성장한다'는 것이다. 이에 장경렬의 논의에 주목하는 것은 그가 김주영 성장
소설을 규정지은 '반성장'이라는 개념 때문이다.

장경렬은 한 소년의 성장이 정지하는 데는 포괄적인 의미에서 문화적 가
치와 이념조차 부재(不在)하기 때문이라고 보았다. 성장하기를 멈춘, 성장
할 수 없는 세계의 소년을 다룬 소설에서 통념적인 성장소설의 특징을 기대
하는 것은 무리이며, 성장이 불가능한 세계에서 어린 시절을 보내야만 하는
아이는 필연적으로 『고기잡이는 갈대를 꺾지 않는다』(이하 『고기잡이』)와

'반(反)성장'의 문학 생산력

같이 나타나며 이를 '반성장'이라 정의한다.[12]

황종연 역시 아버지의 부재로 야기된 형제의 정신적 방황에 주목한다. 형제의 영웅인 삼손은 우직함과 순진함 때문에 놀림감이 되고, 술도가 파수꾼 노릇을 하고 있는 것, 형사의 취조에 무력함은 그가 살고 있는 세계의 진실함과 믿음이 더 이상 이 세계와의 관계가 유지될 수 없음을 드러내는 것이다. 이제 '천연(天然)의 영웅의 시대'는 사라지고 기왕의 인간적 덕목을 유지할 수 있는 소통과 유대가 상실된 세계인 것이다.[13] 삼손으로 대변되는 신화적 세계, 초월적인 가치의 세계가 사라지자 김주영 소설의 어린 인물들은 삼손이 떠난 세계에서 새로운 '아버지 찾기'에 나선다. 그러나 시계포 '최씨'로 대변되는 간계와 약삭빠른 현실의 세계 속에서 아이들은 성장이 멈춰버린다.

그런데 성장소설이 미성숙한 아이가 성숙한 어른에 이르는 길을 제시할 때, 소설 속의 주인공은 항상 '남자아이'이며 도달해야 할 성숙한 어른은 오직 '남성'이다. 이 경우 아이의 성장은 미래를 통해 기획되고 그에 따라 현재의 고통을 감수해야 하는 매우 단선적인 시간관(효율성에 근거를 둔 근대 부르주아적 시간관)을 통해 이루어지게 된다. 그런 의미에서 지금까지의 성장소설이란 다양한 사회구성체들에게 단일한 공적 가치, 다시 말해 (남성적) 지배이데올로기를 매우 효율적으로 내면화하는 기제로서 작용해 왔다고 말할 수 있다.

따라서 김주영의 '반성장'소설은 성장소설의 규범적 형식을 반복하지만 차이를 내포한 반복이라는 의미에서 성장소설의 패러디이다. 성장소설이 단일한 가치, 중심으로부터 들려오는 이야기에 따라 수동적인 성장을 요구하는 것이라면, 김주영의 성장소설은 어머니나 거지처녀, 아이들과 같은 이 시대의 타자에게 향하면서 아이의 성장 자체를 조롱하고 있기 때문이다. 이렇듯 김주영 소설은 한국의 현대사에서 변화의 기복이 가장 큰 그 중심에 위치함으로써 우리 사회의 무분별한 근대화과정에서 초래된 정신적·문화적 황폐함을 극명히 드러내고 있다.

2   자본의 '성장'에 대응하는 풍자와 민중의식

1) 자본주의의 팽창과 문학적 실천

(1) 근대자본주의의 팽창

1970년대의 유신체제는 전후(戰後)경제 회복과 조국의 근대화라는 목적을 조기에 달성하는 압축성장을 이루어냈다. 한국의 산업은 식민지체제하에서부터 노동집약형 산업에 치중하고 있었다. 그런데 1970년을 전후로, 선진국의 탈공업화 현상에 따라 중화학공업의 생산라인이 후진국으로 이동하게되었고 이에 한국은 중화학공업화 과정에 접어들게 된다. 공장건설을 비롯해서 기반시설 확충에 이르기까지 한국의 역할은 노동력을 제공하는 것이었고, 산업유치과정은 다국적기업과의 합작이나 대규모 차관에 의지할 수밖에 없었다. 차관의 도입은 수출 중심의 경제체제로 재편되기 마련이다. 수출 지향적 중화학공업으로의 재편은 국가의 개입이 필연적이었고 이전보다 훨씬 강력한 국가권력이 작동한 결과였다. 이러한 국가독점자본주의의 재편과정에 따른 급속한 발전은 곧 국가의 폭력 아래서 저항이 봉쇄된 저임금·저곡가 정책체제를 기반으로 한 것이었다.[14]

낙후된 농촌에서 생산력 확대를 위해 시행된 새마을운동은 다수확 품종인 통일벼 보급을 통해 식량증산과 동시에 농가소득 획득에 새로운 계기를 마련하였다. 그러나 새마을운동은 정부 주도 아래 '유능한' 지도자 중심의 발전 가능성을 중요한 전략으로 확립시키고자 한, 철저히 관료 중심의 권위주의적인 정책이었다. 농민의 자발적인 의지를 기다리기에는 시간이 많이 소비되었고 이를 정부가 적극적으로 주도하여 농민을 깨우치고자 하였으므로 그 방식이 정부 중심이 될 수밖에 없는 것은 뻔했다. 마을마다 할당된 목표량을 채우기 위해 강제적인 집행 역시 뒤따랐다. 그러나 새마을운동이 본격화된 것은 제도가 정비되고 농민의 자발적인 참여가 이루어지기 시작하면서부터이다.

농촌에서 시작된 새마을운동은 단순한 환경개선사업에서 점차 사업이 다양해지면서 소득증대, 복지로 확대되었고 공간 역시 도시, 공장으로 확대되었다. 이 같은 전국토의 새마을운동화에 전국민의 참여를 이끌어낼 수 있었던 것은 경제적 빈곤을 탈피하기 위한 개인과 국가의 의지에 의한 것이다. 새마을운동이 낙후한 농촌을 근대화하는 데 하나의 기회로 작용함으로써 도시 소규모 공장 등으로 확산되어 갔던 것이다.

결과는 곧 각종 경제적 지표의 신장으로 나타났으며, 경제성장은 국력의 신장과 연결되었다. 그러나 국가독점자본의 주도로 이루어진 성장은 사회적 불평등을 가속화했다. 주요 기업에 국가보조금, 금융·세제 혜택과 같은 특권이 주어졌고, 기업은 무엇보다 저임금의 노동력을 확보함으로써 성장해 나갔다. 이러한 국가 중심적 목표달성은 소득의 분배나 복지 문제를 등한시하면서 지역·계급·계층 간의 불균형을 가속화한 것이다.

물론 새마을운동이 농촌사회를 개방화하고 조직적 활동을 통한 능동적인 참여를 이끌어냈다는 긍정적인 성과를 무시할 수는 없다. 그러나 국가 주도 아래 지역적 차이를 무시한 획일적인 정책으로 인하여 전국민을 표준화해서 보편적인 국민을 생산했다는 데 더 큰 모순이 있다. 누대에 걸친 가난을 벗어나 미국을 비롯한 서구 선진국의 풍요로움과 안락함을 따라잡기 위한 전국민의 열망이 새마을운동에 담겨 있는 것이다. 그리고 국민적 통합을 이끌어내기 위해서는 반드시 배제를 기반으로 한다.

　무노동, 게으름, 즉 노동에 직접 참여하지 않는 것은 또다시 가난을 반복하는 것으로 단죄되어야 할 대상이 되었다. 경제성장 지표는 언제나 그 우열을 가리도록 만들어 열등한 자는 대열에서 이탈되는 공포를 심어주는 것이다. '전락'(轉落)의 공포는 낙오되지 않기 위해 서로의 경쟁을 부추기게 만들고 그 결과 경쟁 속에서 모든 사람들은 익명화된다.[15] 개인의 노동은 그것이 국가의 이익을 보장할 때만 의미가 있었고, 개인은 개성을 상실하고 국가의 이익을 생산하는 '국민'이라는 이름으로 익명화되었다.

　한국사회에서 1970년대는 60년대 후반부터 진행된 자본주의적 산업화가 가속도를 내는 시기로 어느 때보다 발전이데올로기 역시 첨예한 시기였다. 근대적 발전이데올로기가 미래의 청사진을 제시할 때, 공동의 목표를 달성하기 위해 다수의 희생이 강요되었다. 동일한 목표설정은 개인의 주체성을 상실케 하고 물질적 다양성 역시 소멸시키기에 개인은 소외를 경험할 수밖에 없다. 이처럼 자본주의적 욕망의 실현과정은 개인을 획일화된 이성으로 도구화한다. 근대사회는 이성의 도구화뿐만 아니라 교환원리에 따라 각각의 질적인 차이를 소거하고 양적인 등가원리로 균일화하는 것이다. 따라서 인간의 욕망의 실현은 전체의 동일성으로 포섭되는 결과이며 인간은 자기실현에 이를 수 없고 끊임없이 미끄러지는 욕망을 반복한다.

　(2) 새로운 계층 형성과 이야기의 몰락

세계와 개인의 통합을 욕망하는 서사는 구조적으로 완결성을 꾀한다. 그러나 개개인의 경험적 사실들이 파편화되고 서로의 경험으로 공유되지 못할 때 서사는 주도적인 특정 계급의 목소리에 의해 구조화되어 완결될 수밖에 없다. 특정 계급이란 변화하는 사회의 체험을 공적으로 만들 수 있는, 사회적·역사적 전망을 제시할 수 있는 집단을 말한다.[16] 즉 서술자는 개인의 파편화된 경험을 공유할 수 없는 시대에 이들 경험의 간극을 매개해야 하는데 이때 특정 계급의 지배이데올로기가 서사에 투사된다. 그럴 경우 자본가의 지배논리에 억압받는 노동자와 도시빈민의 이야기는 이들의 목소리에 통합되어 단일해질 수밖에 없다. 때문에 사회적 타자로서 억압받는 노동자와 도시빈민들이 자신의 상황을 서술하거나 이들을 형상화하기 위해서는 형식과 내용 면에서 변용이 이루어져야 한다.

ㄱ 내가 청량리역이란 델 도착한 것은 새벽 여섯시가 실히 넘었을 때였습니다. 스팀장치란 게 신통찮아 밤새 사람을 떨게 하던 그놈의 기차는 어찌 그리도 삐걱거려 쌓던지, 태백산 중허리를 한참 감아들 때는 와짝 무너질까 봐 겁날 정도로 들입다 용깨나 쓰더군요.[17]

ㄴ 나는 이제 도둑놈이 아닙니다. 그럼 뭐냐구요? 강간을 전문으로 하고 있다구요. 기가 차시겠지요? 윤리도덕이라구요? 여보시오, 좀 작작 웃겨주십시오. 배꼽 터진다구요. 내가 윤리도덕쯤을 어떻게 알고 있는지를 아마 댁은 잘 모르실 겁니다. …윤리도덕 작살나게 찾는 놈치고 도둑놈 아닌 작자 없습니다. …욕지거리는 왜 그렇게 심하냐구요? 용서하수. 이 사람이야 본래 소싯적부터 나발이 좀 드센 편이었어요. 우리 아버지가 내게 물려준 유산이 딱히 이것뿐인 바엔 그 버릇 애용한다 해도 욕될 것 없잖아요.[18]

ㄱ은 시골에서 무작정 상경하여 중국집 '시다바리'로 있으면서 노래대회

에 나가기도 하며 가수로 성공할 기대에 부풀어 있는 '기한'의 이야기이다. 그는 "요새 유명한 사람치고 이혼 안한 사람 있냐"며 중국집에서 만난 난옥이의 위자료까지 생각하지만 난옥이는 중국집 주인아저씨와 야반도주해버린다. ㉡은 전과5범인 도둑이 도둑질하기에 알맞은 집을 사전답사중 아름다운 주인여자를 보고 그 집에 들어가 그녀를 강간하고 나중에는 자신의 아이를 가졌을 거라고 상상하면서, 이 여자에게 사랑을 고백하는 이야기이다. 두 작품은 공통적으로 고백체 형식을 차용하고 있다.

고백체는 근대 서사문학에서 주체를 모색하는 데 유용한 방법이다. 공적 영역화가 되지 않는 '나'의 체험을 일부러 독자를 호출하여 말함으로써 주체화를 경험할 수 있기 때문이다.[19] 그러나 김주영 소설에서 보여주는 고백체는 독자가 아닌 청자를 상정하고 자신의 이야기를 주저리 풀어내는 듯한 '이야기체'에 가깝다. 알다시피 '이야기'는 소설의 발흥과 함께 몰락한 서술양식이다. 농사나 베짜기 등과 같은 공동의 노동이 이루어질 때 이야기를 하는 재능은 노동과 함께 생산된다. 때문에 듣는 사람 역시 남에게 다시 전할 수 있는 재능이 저절로 생겨난다. 이러한 '의사소통의 수공업적 형태'가 '이야기'인 것이다.[20] 그런 '이야기하기'가 몰락한 것은 근대적 삶의 양식의 확대에 따라 새로운 의사소통이 필요해졌기 때문이다.

개인의식의 성장, 경제적 산업화와 도시화, 분업화로 인한 공동체의 소멸은 더 이상 과거로부터 선해 오는 이야기나 먼 곳에서 오는 새로운 이야기에 대한 욕망을 불러일으키지 않는 결과를 가져왔다. 더구나 가난한 '상경민' '도둑놈'의 이야기를 귀담아듣는 사람은 아무도 없다. 그러나 농촌의 몰락과 함께 도시로 모여든 많은 가난한 사람들의 서사는 고백이라는 근대적 형식이 아니라 그들에게 익숙한 '이야기하기'에 있다. 김주영 소설의 '이야기체'는 이제 막 근대사회로 전환하는 과정에서 도시 한 켠에 건재한 공동체적 말하기를 통해 지배적 목소리에 의해 억압되지 않는, 완결되지 않는 목소리들의 다층성을 보여주는 것이다.

(3) 사회적 모순의 비판과 풍자적 고발

풍자는 환상(fantasy)이나 그로테스크함(grotesque) 혹은 부조리함을 기반으로 한 위트나 유머라는 용어와 공격이라는 의미가 결합한 것이다.[21] 풍자가 대상을 제시하고 그를 모방하여 재현하고 공격하는 과정은 설득적인 목적을 지닌다. 그래서 공격할 대상, 즉 악(惡) 혹은 부정적 인물을 모방하고 제시·탐구·분석하는 것이다. 동시에 독자는 부정적 인물과 그의 행위를 비웃음으로써 자신의 도덕적 입장을 견지한다. 풍자의 목적은 새로운 것을 창조하는 것이 아니라 이미 존재하는 것의 악을 폭로하는 것이다.

풍자는 악한 인물을 웃음거리로 만들어 조롱하고 괴롭히고 비꼬아 해를 끼치는 것이다. 악을 징벌하는 것은 풍자가가 희망하는 이상적인 세계가 이미 내재되어 있기 마련이다. 그래서 풍자는 한 사회를 유지해 온 도덕적 가치에 이질적인 상황들이 침투함으로써 혼란이 야기될 때, 서로 다른 입장이 뒤섞여 전도되는 시기에 활용된다. 풍자가 혼란의 시기에 교정자로서의 역할을 할 때 그 효과는 지배적인 관습과 관례의 세계를 분쇄하는 것이다.[22] 역사의 이행기에 풍자가 성행하는 것은 풍자적 방법이 이상적 세계의 기준을 염두에 둔 상태에서 현실을 바라볼 때 생겨나는 모순을 명확히 지적할 수 있기 때문이다. 이상과 현실을 직접적으로 대조시키는 풍자의 방법은 리얼리즘을 실현하기 위한 방법의 하나라고 볼 수 있다.[23]

김주영의 풍자적 단편소설인 「마군우화」(1973)는 '마군'이라는 시골총각이 상경해서 겪는 이야기이다. 일류회사에 입사하여 약육강식의 생존논리를 적극적으로 따르는 마군은 자신보다 약해 보이는 오과장을 지목하여 자신의 출세발판으로 삼으려 하다가 도리어 해고당한다. 「무동타기」(1974)의 박지발은 서울에서 사업을 실패하고 고향에 돌아왔다. 그는 고향에 미군주둔지가 만들어질 것이라는 소문을 듣고 기대에 부풀어 예상지역에 가건물을 짓고 기거하지만 그곳에는 미군의 지원으로 작은 예배당이 들어선다. 두 장의 짧은 이야기로 구성된 「이장동화」(1975) 첫째 장의 황만돌은 미모와 지적인 면을 동시에 겸비한 신부를 구하기 위해 여대 앞으로 하숙방까지 옮겨가며 학교축제 때 어슬렁거리다 만난 여자가 알고 보니 재수생이고, 두번째 장의 한심이 역시 시골에서 상경하여 부잣집에 가정부로 취직해서 주인어른을 유혹하나 그 집 아들의 방문을 받는다는 이야기이다. 마군, 박지발, 황만돌, 한심이는 도시의 생태에 신속하게 적응하는 것처럼 보이지만 자본주의적 논리는 이들에게 관대하지 않다. 그들은 나름 세상을 살아가는 방법을 터득했다고 믿고 세태에 편승하는 교활한 인물들이다. 그러나 도시의 생태는 오히려 이들을 더욱 외곽으로 밀어낼 뿐이다.

이처럼 김주영 소설은 생산수단을 소유하지 못하고 떠돌아다닐 수밖에 없는 도시 노동자나 빈민들에 대한 관심에서 시작해 이들의 삶을 규정짓는 자본주의적 생존논리의 모순을 문제 삼고 있다.

> "사장님께서 약속한 대로 받아주셨으면 고맙겠다고 그렇게 전하라더군요."
> "아 아니? 이 이게 무슨 뜻이죠? 혹시 뭐뭐가 잘못됐는가 본데?" 갑자기 마군은 말을 더듬기 시작했다. 순간 오상철의 표정이 약간 상기되면서 고개를 좌우로 결연하게 내저었다. (…)
> "그 Q상점의 오여사로 말하면, 사장님의 요고란 말에요. 요고 아시죠? 요새 돈 많은 사람들 으레 하나씩 덤으로 갖고 있는 것 말에요."

오상철은 용하게도 말 한마디 더듬지 않고 있었다. 마군은 척추가 각목처럼 쭈뼛하게 굳어졌고, 하여 순간적으로 상대의 따귀를 힘껏 후려치고 싶은 충동이 불같이 일어났다. 그가 조금도 더듬지 않고 있다는 사실이, 수음하다 들킨 때처럼 깊은 모멸과 공허한 배반감을 그에게 안겨주었기 때문이었다.[24]

마군은 세계와의 통합을 욕망하는 인물이다. 세계는 나의 의지와는 상관없이 이미 존재해 있으며 이 세계는 주체로 하여금 해석하기를 강제한다. 세계에 속하기 위해서는 세계의 규칙을 따라야 하며, 결국 이 규칙에 종속될 수밖에 없다. 촌뜨기 근성을 벗어던지는 일에 골몰하는 마군은 "아침에 먹고 나온 시판용 김치 깍두기가 떼굴거리고 굴러다녀도 커피는 블랙으로 마시며" "주대는 그을망정 팁만은 현찰로 던질 줄 아는" 속물적인 도시화와 세련화에 집중한다. 즉 마군은 세계와 직접 맞서지 않고 약한 자를 이용하여 전락(轉落)의 공포로부터 자신을 지키려는 자로, 왜곡된 자본주의적 질서에 집착하는 부정적인 인물이다. 타락한 자본주의적 규칙으로 타락한 인물을 형상화하면서 그들의 난감함·낭패함을 통해 독자는 삶의 가치가 무엇인가를 생각하지 않을 수 없다.

이 난처함은 도시생활 속에서 자신의 개성이나 존재를 망각하는 데서 온다. 마군이 자신의 저의만 노출시키고 망신당하며 소외되는 이 순간 비로소 자아의 정체성을 획득한다. 자본주의적 가치체계에서 마군은 결코 욕망하는 세계에 다다를 수 없기 때문에 늘 다른 대상으로 욕망이 옮겨가고 대체할 수밖에 없다. 결국 마군을 이끄는 힘은 그의 세계에 다다르고자 하는 욕망이 아니라 이 욕망을 발생시키는 '결핍'이다. 이렇듯 김주영 작품의 인물들은 사회적 동일성을 구축하는 과정에서 배제된 타자들이다. 그러니 마군의 난처함은 당대 개개인에게 부여된 동일성의 원리가 본질적으로 환원될 수 없는 이질적인 요소들을 허위적으로 봉합하는 것에 불과함을 여실히 느끼는 데서 오는 것이다.

(4) 김주영식 풍자의 미학과 그 한계

김주연은 김주영 소설의 인물들을 도시화에 따른 나약한 주체의식, 개인의식을 근본에서부터 흔들어대면서 정신적 타락을 재촉하고 있는 것으로 그리고 있다[25]고 보았다. 그러나 김주영 소설의 인물들에게 주체의식이나 개인의식, 지켜야 할 최소한의 윤리의식이 있었는지는 의심스럽다. 이들은 대부분 이전의 생활터전에서 내쫓겨 도시로 이주한 빈민이나 고아들이고 주체, 교양이라 할 근대적 의식과 전혀 무관해 보이는 인물들이기 때문이다.

> ⓒ 그 돼먹잖은 의붓아버지란 작자는, 초저녁부터 어머니와 흘레붙기를 잘하였습니다.
> 양잿물로 절인 김치를 준대도, 먹고 삭일 수 있을 만큼 먹새가 좋은 나는, 초저녁잠이라면 도둑놈이 와서 뱃구레를 밟는대도 모를 지경입니다. 밥을 한 입 문 채 그대로 잠으로 떨어진 적이 한두 번이 아닐 만큼 나의 초저녁잠은 거의 운명적이라 할 수 있겠습니다. 이런 내 잠을 그 두 사람이 곧질 깨워내곤 하였으니까요.[26]

> ⓓ 병신 같은 아버지의 주변머리를 가지고 어떻게 그런 엄청난 일을 벌여놓았는지 궁금한 일이 아닐 수 없습니다. 우리 세 식구가 일용할 양식을 마련하는 데도 아버지와 어머니는 거의 매일 땀을 뻘뻘 흘리지 않으면 안 될 주제였기 때문입니다. …내 아버지가 병신 같든 머저

'반(反)성장'의 문학 생산력

리 같든 간에 박병수(朴炳洙)라는 그의 이름 석 자가 박혀진 문패를 걸 수 있는 12평짜리 집을 마련했다는 건 분명 놀라운 사실이 아닐 수 없었습니다.[27]

고물장사와 도둑질로 연명하는 「도둑견습」의 '이원수 가족'이나 넝마하치장에서 일하는 「즐거운 우리 집」의 '박병수 가족'은 자신이 처한 현실에 대한 고뇌보다 먹고사는 문제가 더 절실한 인물들이다. 그리고 아버지와 아들의 관계는 상식적이지 않다. 아이답지 않은 걸출한 입담은 부자(父子)관계를 더욱 희화적으로 그려낸다. 인물의 과장됨과 희화화의 추동력은 이상적 세계를 향한 작가의 비판적 세계인식에 있다. 현실의 부정성을 왜곡하고 우스꽝스럽게 만듦으로써 그들을 바라보는 시선의 윤리성을 공격, 이상으로 나아가는 것이다.[28]

풍자가 부정적 현실을 공략하기보다 작가 내면의 이상적 기준에서 현실의 질서를 전복시키는 방법으로 활용될 때, 현실에서 권력을 휘두르는 부정적 인물이 희화화의 대상이 된다. 김주영 소설의 인물 역시 타락한 도시에 적응하는 교활한 인물들이다. 그런데 이들은 권력과는 거리가 먼, 오히려 권력에 이용당하는 인물일 뿐이다. 따라서 김주영은 표면적으로 교활한 인물을 풍자의 대상으로 삼되, 오히려 그들의 낭패함과 소외감을 정직하게 드러냄으로써 그들을 절망케 만드는 세계를 부정하고 있다고 봐야 할 것이다.[29]

특기할 점은 「마군우화」의 '마군'이나 「무동타기」의 '박지발」, 「이장동화」의 '황만돌'과 '한심이'가 자신의 계략으로 오히려 낭패함과 난처함에 처하는 상황에서도 반성의 자리가 없다는 것이다. 주인공들의 이 무감각한 도덕심과 부정행각에서 오히려 빈민의 생명력을 상상하고 싶은 이유는 소설 주인공의 경험과 분리된 독자로 하여금 그들의 행위에 공감하도록 요청하는 서술적 효과 때문이다. 뱃속의 아이를 위해 야반도주한 남편에게 욕설을 퍼붓지 못하고 참아내는 주인여자나 그녀에게 얼른 가게문을 열자고 하는 직원 기현이(「과외수업」), 그 역시도 버림받기는 마찬가지이다. 그리고 가정을 꾸리고 싶어하는 도둑의 마음(「외출」)에서는 이들의 부정행각을 비난만 할 수 없게 만든다. 여기에는 경제적·문화적 충격 속에서 궁핍한 삶을 꾸려가는 사람들, 최소한의 지켜야 할 어떤 것도 갖고 있지 않은 이들 도시 하층민의 생명력이 스며 있다.

앞서 살핀 대로 풍자소설은 부정적 인물이 부정적 환경을 살아가는 모습을 과장하여 희화화하는 것이다. 그 근본은 작가의 이상을 비판적으로 형상화하는 데 있다. 풍자소설의 부정적 인물은 부정적인 현실논리에 집착할 뿐 그에 맞서지 않는다. 그러나 김주영의 풍자적 소설은 풍자의 형식을 지니고 있지만 부정적 인물이 권력이나 부(富)를 가진 자가 아니다. 또한 부정적인 현실 속에서 이들이 적응하고자 노력할 뿐이고, 이 노력은 늘 좌절된다. 이들은 자본주의적 가치질서 내에서 배제된 인물들로 오히려 연민과 동정이 더 앞선다.

풍자소설의 부정적 인물은 끝내 부정적 환경에 대해 그 모순을 자각하지 못하지만, 김주영 소설의 주인공은 자본주의적 질서체계 내에 포함되려는 노력이 좌절되는 순간 자신들의 정체성을 획득한다. 그러나 풍자의 형식은 삶의 한 단면을 웃음의 형태로 제시하게 됨으로써 이러한 삶이 왜 부과되는지에 대한 구체적인 인식에 도달하는 것이 가능하지 않게 만든다.

루카치는 소설을 타락으로 지배되는 세계에 대해 타락한 방법으로 가치를 추구하는 상상적인 창조물로 보았다. 그에 따른 초월 역시 그 자체로 타락한 것이거나 추상적·개념적인 것일 수밖에 없으므로 주인공은 단지 세계에 대한 덧없음을 시인하는 자이다. 결국 타락한 세계에서 가치를 추구하는 방법 또한 타락한 방법일 수밖에 없다는 것이다.[30] 그의 논의는 소설이 작가 개인의 전기에 머무는 것이 아니라 동시에 그 사회를 반영하고 있다는 점을 시사한다. 물론 소설은 현실을 단순히 반영하는 것에만 그치지 않고 소설의 내용과 현대사회가 맺고 있는 연관관계를 밝힐 때 의미가 있다.

2) 민중의 등장과 문학적 대응

소설은 이미 존재하는 특정 집단의 의식구조를 상상적으로 전화시킨 것이 아니다. 반대로 어떤 사회집단도 능히 지켜내지 못한 것, 경제가 사회의 모든 구성원들 속에 내재적인 것으로 만들어갈 때 소멸해 버리는 가치들을 추구한다.[31] 그런 의미에서 문학사회학은 문학과 사회구성원의 집단의식의 내용과 관계를 맺으려는 노력이다. 따라서 소설은 현실을 단순하게 반영하는 것이 아니라 특정 상태를 지향하는 집단의식이다. 물론 이때의 집단의식은 현실의 집단의식이 아니라 실현 가능한 의식이다.

　문학사회학은 1970년대 한국의 사회적 상황과 문학의 관계를 규명하는 데 중요한 역할을 한다. 70년대는 타락한 세계에서 가치를 추구하고 총체성을 재현(representation)해 내고자 하는 열망으로 시달리던 시대였다. 문학은 압축적인 산업화·근대화 과정에서 발생한 사회적 모순을 형상화하고, 인간과 사회의 연관관계를 밝히면서 새로운 가치를 추구하고자 하였던 것이다. 당대의 총체성을 구현해 내고자 하는 열망은 김주영으로 하여금 현재 궁핍한 삶의 단편에 머물지 않게 했다. 이후 그는 지배계급에 대항하는 민중의 주체적 인식을 현재가 아닌 역사적 사실에서 찾는다.

(1) 서사와 근대적 주체 생산

'서사'는 특정 계급의 이해관계에 의해 구조화된 언어로 그 형식적 완결성을 유지한다. 가장 근대적 양식이라 할 수 있는 소설장르는 근대적 계몽성을 표면화시키지 않고 내면화하는 계기로 활용[32]되었다. 즉 독자의 주체적 인식을 필요로 하는 소설은 개인의 내면을 형성하는 계기가 되어 근대적 주체로서의 성장을 이끌어내었던 것이다. 반면 근대 이전의 이야기체 서사는 오랫동안 구전되는 것과 먼 곳으로부터 온 새로움이 결합한 것이었다. 이야기는 모든 사람이 같은 경험을 공유하는 것을 바탕으로 하지만 근대 이후 소설양식에서는 개인의 경험이 파편화되는 것을 말한다.[33]

이야기에서 체험이 배제됨에 따라 먼저 소설은 이와 함께 사라져버린 체험주체를 찾아야 한다. 공적 체험을 구성할 수 있는 특별한 계층이 필요하다는 것이다. 이 계층은 새로이 재편되고 있는 현실에서 역사적 전망을 갖출 수 있는 계층이어야 한다. 새롭게 등장한 노동자나 부랑자는 이러한 역사적 전망을 갖춘 계층일 수 없었다. 뿐만 아니라 이들의 삶을 구성하는 것은 불가능하며 스스로 자신의 이야기를 공적 체험화하는 것 역시 불가능했다. 그렇다면 문제는 스스로 자신의 이야기를 공적 체험화할 수 없었던 노동자가 자본가에 저항하여 노동해방을 성취하는가가 아니라 어떻게 노동자의 삶이 민족·국가와 적대적 관계 앞에 주체적으로 맞설 수 있게 되었는가 하는 것이다.

정신분석학은 근대적 주체의 형성과정을 면밀하게 분석해 낸 바 있다. 라캉에 의하면 아이는 자신의 몸을 파편적인 것으로 생각하다가 거울을 통해 자신의 몸이 하나의 유기체임을 깨닫게 된다고 한다. 아이는 이 거울 속의 자신과 나르시스적 관계가 형성되면서 주체와 자아 사이의 동일성을 확립하게 된다. 그리고 세상에서 태어나 처음 보게 되는 타자로서의 어머니와 합일을 상상하게 되는데, 그러기 위해서 어머니에게는 없지만 자신이 가지고 있는 남근(phallus)을 발견하고 어머니의 남근이 되기를 욕망한다. 그러

'반(反)성장'의 문학 생산력

나 어머니의 곁에는 강력한 아버지가 있고, 아이의 욕망은 억압되어 '아버지의 인정'을 받기를 원한다. 이로써 어머니와의 합일이 가능했던 상상적 단계에서 '아버지의 법', 즉 상징적인 질서로 통합된다. 따라서 아버지의 법에 통합된 아이는 상징적 질서 아래서 타자와 관계를 맺으며, 타자를 욕망하는 주체가 된다.

상징적 질서, 즉 언어를 사용한다는 것은 '이미' 형식적으로 구조화된 체계로 인해 주체가 욕망하는 것은 반드시 왜곡과정을 거칠 수밖에 없음을 의미한다. 완전한 만족을 줄 수 있는 대상이 충족될 수 없기 때문에 주체는 끊임없이 새로운 대상을 찾아나설 수밖에 없으며, 단어를 그대로 드러내지 못하고 늘 다른 단어로 대체하여, 상징적 질서의 검열을 피해 왜곡·변형을 통해서만 소원을 성취한다.

근대적 주체로서의 개인은 자발적으로 지배적인 가치질서, 규범들을 따라야 한다. 이데올로기의 담지자로서 '개인'을 주체로 구성하는 메커니즘은 알다시피 '호명'이다. 개인은 자신을 부르는 데 응답하여 주체로 인식하고, 이로써 이데올로기와 개인의 관계는 현상이 아닌 서로의 실존관계를 구성한다. 그리고 주체는 학교나 가족, 병원 등의 제도적 실천들에 의해 재생산된다. 이 과정에서 개인들은 지배이데올로기를 체득하고 이를 '자발적'으로 실천한다.

아이는 타자와의 관계를 인식하고 타자의 욕망의 대상이 되고자 하는, 타자의 욕망을 욕망하기에 아이의 욕망은 늘 지연될 수밖에 없다. 마찬가지로 '개인'은 늘 존재해 왔지만 전근대적 가치질서에서는 '나'와 '너'의 구분이 유동적이었다. 하지만 근대사회로의 전환은 타자의 욕망이 매개된 주체가 확립됨을 의미한다. 따라서 근대적 주체의 탄생은 '차이'를 발생시킨다. 이는 산업화과정에서 계급적 분화를 더욱 공고히 하게 되는데, 자본가-노동자, 지배자-피지배자 등의 분화가 이루어지는 것이다. 이러한 분명한 계급적 인식은 '민중'이라는 저항적 주체를 집단화하는 힘이기도 하다.

1970년대 조세희와 황석영은 도시화·산업화에 따른 인간소외, 윤리의 황폐화, 분배의 불균형, 탐욕스럽고 비이성적인 인간의 내면을 다루면서 민중적 주체의 출발지점을 열어 보여주었다. 김윤식은 『난장이가 쏘아 올린 작은 공』(이하 『난쏘공』)을 두고 "1970년대 한국문학 전체를 폭파하고 남을 듯한 폭약이 장전되어 있다"[34]고 표현한 바 있으며, 『객지』가 가지고 있는 "문학적 선진성은 부랑근로자의 삶의 인식의 핵심을 처음으로 드러내어" 이미 "문학의 노동화와 노동의 문학화라는 실마리가 잠겨 있다"[35]고 평가했다. 두 작품은 자본주의적 산업화·근대화가 진행되고 있는 70년대 초반의 한국사회 구조에서 출발한 것인 만큼 작품과 사회의 대응관계가 분명하고, 특히 『객지』는 '70년대 문학의 어떤 출발점'이라 평가받고 있다.

황석영의 『객지』 「삼포 가는 길」 그리고 조세희의 『난쏘공』에서 작가는 경제적·문화적 충격을 받는 주인공들에게 애정을 가지고 서술하지만 이 소설들의 아름다움은 인물들이 세계에 대한 증오보다는 이해를 앞세우고 있다는 점이다. 이 소설들은 "험악한 세태에 있어 도시로부터 패퇴한 서민계층의 숨통을 터주는 정신적 탈출구로 기능하고"[36] 있다. 그래서 황석영과 조세희의 작품은 70년대 문학뿐만 아니라 한국사회 전반에 산업화의 거센 흐름 속에서 소외된 계층에 대한 진정한 관심을 갖게 하는 가장 중심적인 작품임에 틀림없다.

덧붙이자면 황석영은 농촌의 붕괴로 인해 도시로 유입되어 제대로 뿌리 내리지 못한 채 일용노동자로 살아가는 70년대 민중의 극단적인 삶의 현실을 보여준다.[37] 제도의 관심에서 멀어져 있는 이들의 박탈과 소외의 현장을 형상화하는 것은 궁핍한 현실을 타개할 수 있는 민중의 투쟁의 현장인 것

'반(反)성장'의 문학 생산력

이다. 조세희의 『난쏘공』은 그 기법적 낯섦으로 "문학사의 주변부를 보다 높은 단계의 수준으로 복원하고 동시에 이후의 문학을 앞서 이끈 기념비적 작품"[38]이다. 『난쏘공』은 병치될 수 없는 두 세계, 가진 자와 가지지 못한 자, 자본주의적 세계와 자본주의 이전의 세계가 아무런 논리적 매개고리 없이 어우러져 있으며 역사적 전망 부재의 시대를 형식적 차원에서 극복하고자 하는 의지를 보여준다.

(2) 창조되는 역사, 구성되는 담론

루카치가 소설을 근대 자본주의 시대의 산물이라고 한 것은, 중세 봉건적 생산양식을 무너뜨린 부르주아 시민계급이 새로운 생산양식을 전유하는 과정을 비판적으로 성찰할 수 있게 해주는 계기가 되기 때문이다. 특히 루카치는 근대사회로의 이행과정에서 발생하는 다양한 사회적 변혁운동을 알 수 있게 해주는 장치로서 역사소설에 주목한다. 근대의 선조적인 시간관에서 현재는 과거와의 유기적인 연관관계를 상상하고 과거의 역사를 생생하게 묘사하는 것이 현재에 대한 우리의 인식을 풍부하게 할 수 있다는 것이다.

서구 역사소설의 경우, 18세기 사회소설을 바탕으로 20세기 근대 리얼리즘 소설의 과도기에 위치하는 하나의 특수한 장르로 파악하고 있다. 역사소설은 근대적인 장편소설에 한정되며 등장하는 인물들의 성격과 행동은 그들이 살았던 당대의 역사적 상황 속에서 특별히 이루어진다. 역사적 진실성과 형상화는 다른 서사양식과 구별됨으로써 그 특성을 획득하는 것이다.[39] 장편 역사소설은 과거의 역사적 사건을 통하여 이상적인 전체 상을 구성해 내고자 하는 욕망의 실현과정이다. 세계는 면면이 파편적으로 존재하고 자신에 대한 총체적인 상을 구현하고자 하는 욕망이 현실의 부당한 이유로 인해 좌절될 때, 이상적 가치를 찾아 과거로 회귀하는 것이다.

세계의 모순을 인식하고 그것의 부당함을 단기간에 효과적으로 드러낼 수 있는 단편소설과 달리 장편소설은 '다양한' 언어와 인물, 이념이나 신념 체계를 포함한다.[40] 루카치의 역사소설 이론은 역사소설을 역사와 문학의 보편적 특질 관계에서 해명하는 것이 아니라 특정 사회·경제적 토대에 의하여 발생한 하나의 근대적 문학양식으로 파악하고 있다. 근본적으로 역사소설은 근대 체험을 내면적인 의식, 특히 역사의식의 차원에서 선명하게 드러내는 특수한 장르이다. 주인공에게 '중도적 성격'을 부여하고 인물의 '전형성' 그리고 각 계기들이 결합되어 통일을 이루는 '총체성'이 주요한 구성원리이다.[41]

따라서 역사소설은 근대적 역사의식을 반영한 것이다. 역사소설에서 취급되는 역사적 사실(史實)은 과거를 현재의 전사(前史)로 인식하고 구체적인 현실의 삶과 연결함으로써 문학적인 생동감을 지니게 된다. 이런 의미에서 역사는 그 층위가 이중적이다. 과거에 살았던 인물과 발생한 실제 사건이면서, 또 하나는 인물과 사건을 기록하는 서술 층위이다. 역사소설은 과거에 발생한 사건들을 그대로 반영한다는 측면과 현재의 관점에서 서술된, 구성된 과거의 역사이다.[42]

근대의식이 전유럽으로 확산된 19세기에 역사소설이 성행했던 것처럼 한국에서도 근대계몽기에 역사적 중심인물의 일대기와 그를 둘러싼 정치사적 문제에 중점을 둔 작품들이 양산되었다.[43] 이 시기 역사소설은 작가가 의도한 민족적 이념을 투사하는 수단이었다.[44] 식민통치하에서 민족의 자주의식과 개화사상을 고취하고 우리 말과 글에 우리 고유의 정신을 문학으로 담아내려는 의지에서 역사소설을 써냈던 것이다. 따라서 역사소설을 수용하는 것은 당시 풍습이나 문화를 반영하고 습득하는 것보다 소설을 읽는 '지

'반(反)성장'의 문학 생산력

금 여기'의 문제로 전환해야 가능하다.

과거의 역사를 현재에 구성해 내는 데는 또 다른 문제가 있다. 역사가 누구를 위해 어떤 방식으로 기억하는가 하는 문제이다. 식민지하에서 우리 민족사가에게 과거는 이민족의 침입에 맞서 굳건히 민족과 나라를 지켜내는 항거의 역사였다. 근대계몽기의 민족주의 담론은 자신의 아버지인 조선을 부정하고 그 빈자리에 먼 과거의 아버지, 신화 속의 아버지를 놓고자 하였다.[45] 이는 나라가 망한 현실의 정치적 암울함이 세월을 거슬러 역사적인 사건을 통해 이상적인 현실을 포착할 수 있었기 때문이다. 따라서 역사소설은 생활양식의 기반이 새로운 가치체계로의 전환에 따른 현실의 혼란함을 역사적 사건을 통해 보다 구체화하는 과정이다.

(3) 민중의 혁명적 과거로 귀환

70년대 근대화 기획은 도시 노동자·빈민을 양산해 냈으며, 살기 위해 이들은 낮은 임금에 자신의 노동력을 팔아야 했다. 한국전쟁의 참상에서 벗어나기 위한 국가의 재건과 경제성장으로 일구어낸 이익은 제도권에서 소외되어 있는 이들에게까지 분배되지 않았고, 국가의 재건과 성장을 위해 단일하고 통합된 민족을 구성한 것에 대항하여 민중 중심의 새로운 역사를 쓸 준비가 시작되었다. 이에 동학혁명과 갑오농민전쟁이 재조명되고 민중이 역사의 주체로 부상하게 된다. 유현종의 『들불』, 김주영의 『객주』, 황석영의 『장길산』 등은 민중을 주인공으로 하여 자본주의적 경제성장의 모순된 논리에 대항하며, '아래로부터 역사'의 가능성을 열어놓은 의미가 크다.

『객주』는 19세기 한말을 배경으로 조선에 새로운 생산양식으로의 전환을 보여주면서 조선을 유지하고 있는 근본적인 질서, 즉 신분에 대한 문제를 제기하는 데 그 주요한 목적이 있는 것처럼 보인다. 조선 중반에 이르러 상업의 발달로 도고상인이라는 우세한 자본력과 조직력을 갖춘 상인이 등장했고 이들은 시장을 독점, 이윤을 창출함으로써 막강한 경제력을 가진 새로운 계층을 형성했다. 특히 상업발전의 중추적인 역할을 한 보부상집단은 농민, 재인, 백정과 달리 언제든지 이동 가능한, 즉 양반의 지배력에 포획되지 않는 자율성을 가진 이들이었다. 이 때문에 보부상계층은 지배와 피지배의 억압적 구조에 누구보다도 객관적인 시점을 제공해 줄 수 있는 존재가 될 수 있었다.

김주영이 보부상에게 민중의식을 불어넣은 것은 보부상이 가지는 객관적 시점뿐만 아니라 한곳에 정주하지 않고 그 활동무대를 넓혀 역동적 서사가 가능하기 때문이다.

"시생과 같은 용렬한 위인이 나라일로 상심한다면 경이나 치겠지요. 그러나 오늘날의 책상물림이나 토호라는 사람들이 한심한 것만은 틀림없소이다. 어떤 부류는 호초(狐貂)이불을 덮고 해송(海松)죽을 마시며 백두산 사슴포와 압록강 물고기회로 입맛을 돋구고 지냅니다. 기생·악공을 대동하고 복당(福堂)에 드러누워 천하태평으로 풍월하며 코를 골고 낮잠을 자지요. 또한 다른 부류는 상공처럼 신세를 떨쳐 벼슬을 마다하고 초당이나 사랑에 칩거하며 새울음과 물소리를 벗하는 것을 선비의 기품으로 생각하는 것입니다. 그러나 그 두 가지가 전부 뜻을 가져야 할 사내로선 부끄러운 처신입니다. …환로에 나아가 생사당(生祠堂)이나 짓고 공덕비나 세우기에 혈안이 된 향곡의 방백과 수령들에게 올곧은 소리를 들려주고 가난한 백성들의 고초를 듣고 볼 줄 알아야 한다는 것입니다. 또한 상인도 궁가나 권문세가에 뇌물이나 바치고 복리만을 노릴 것이 아니라 아라사와 왜국의 침식에 대처하는 힘을 기르는 데 눈을 돌려야 하겠지요."[46]

　보부상은 '호초(狐貂)이불' '해송(海松)죽' '백두산 사슴포'와 '압록강 물
고기회' 등 고급 품목을 양반층에 제공하고, 시장독점을 위해 상인과 양반
의 결탁, 그 중심에 위치한 집단이다. 때문에 상업의 국제적 교류가 활발해
지면서 외세열강의 잠식에 따른 대처가 필요함을 정확하게 볼 수 있는 것
이다. 따라서 '제 복리만을 위하는 양반'이나 '칩거하여 유유자적하는 것을
선비의 기품으로 아는 양반'이나 백성들의 고통을 외면하는 데는 차이가 없
다는 지적도 보부상이기에 가능한 통찰이다.
　조선말에 이르러 상품화폐경제와 장시·포구의 발전은 농민을 소상품생산
자로 전화시키는 커다란 요인이 되었다고 한다. 특히 조세금납화는 생산물
을 팔지 않으면 안 되었고, 대부분 소작농이 농업에서 얻는 이득보다 상업
이윤이 더 높았기에 장꾼을 형성하여 큰 장시로 이동하면서 도시와 상인층
의 성장기반을 마련하게 되었다. 대개 영세소상인인 보부상은 조직력을 바
탕으로 대상인이나 국가시책에 대응하여 자신들의 이익을 보장할 강력한
기구를 조직하였다.
　임방(任房)을 중심으로 상호간의 연대감을 조성하고 지방에 산재한 보부
상들을 규합하여 자율적인 조직체계를 만들게 되었다. 열강의 강압으로 개
항하게 된 조선은 청·일 상인들이 국내상권을 침해하자 국내 영세상인을
보호하고 국가재정을 확보하기 위해 상업조직과 상업질서를 재편하기에 이
른다. 이때 보부상의 중요성에 대한 인식이 높아지면서 정책전환을 통해 외
세상인에 대항하면서 국내 상인조직을 지배하고자 하였다.[47]
　김주영이 현재의 모순을 극복하기 위하여 19세기 한말로 향하는 데는 이
같이 이전 시대와는 다른 새로운 생산양식으로의 변환 앞에서 사회의 구조

적 모순, 즉 자본가와 노동자라는 이항 대립적 구조를 분명히 드러내고 이를 객관적으로 바라볼 수 있는 특정 시점을 확보하기 위함이다. 따라서 김주영은 근대자본주의로의 생산양식 이행과정에서 나타난, 1980년대 우리 사회가 갖는 계급적 모순을 비판하면서 분명한 적으로서의 지배계급을 상정하고 역사의 주체는 피지배계급, 곧 민중이라는 의식을 확고히 하였다.

그러나 민중의식의 구현은 당대의 문화와 풍속 등, 생활상만을 재현해 놓는 것으로 이루어지지 않는다. 그 시대의 첨예한 모순을 드러내기 위해서는 지배계급과 피지배계급의 관계를 형상하는 정치·경제·사회·문화·사상의 실상에 대해 구체적으로 묘사가 이루어져야 한다. 김주영은 『객주』를 통해 "이조 후기의 상업자본이 어떻게 형성되어 갔으며, 그 자본이 왜 근대기업으로 이행되지 못하고 그대로 사장되고 말았는가"[48]를 밝히고 싶었다고 한다. 김주영의 보부상에 대한 관심은 단순히 뿌리 뽑힌 자들이라는 민중적 차원에 그치지 않는다. 보부상은 한 사회가 급격히 변화하는 시기에 구조적 모순을 직시하는 객관적인 시점을 보유하고 있는 집단이었고, 특히 보부상은 상업을 통해 부상하여 조선에 긍정적 자본주의 정착에 기여할 수 있었던 유일한 집단이었다.

당대 민중소설이 지배와 피지배의 불균등한 접합관계를 인식하게 하는 데는 성공하였지만 민중이라는 고유한 동일성을 상상하고 허구적으로 구성된 이 동일성이 자신을 오인하는 결과를 낳은 것과 비교해 볼 때, 『객주』는 당대 사회구조적 모순의 기원으로 회귀하여 그 근본문제 해결에 적극적이었다고 할 수 있다. 1980년대의 사회는 근대 이전의 혈연공동체처럼 단순하고 명확하게 구성되지 않으며 사회를 움직이는 메커니즘을 명확하게 바라볼 수 있는 상황이 아니었기 때문이다. 그래서 김주영은 19세기 조선의 보부상을 전면에 내세운 것이며 보부상이 지니고 있던 상대적인 자율성, 객관적 시점을 확보하고자 한 것이다. 보부상이라는 과거의 계층은 복잡하게 변화하는 사회의 다양한 국면을 서사구조 내부로 통합하고 이를 통해 총체성을 구성하는 데 훨씬 효과적인 것임은 분명하다.

(4) 민중적 주체의 한계
문화는 보편성의 원리에 입각하여 한 사회에서 긍정적인 가치를 통합하는 기능을 한다. 지배적 문화는 특정 위치에서 차별적으로 분류함으로써 지배를 실현한다. 문제는 이 지배에 저항하고자 하는 힘 역시 통합과 배제라는 특권을 포기하지 않는다는 데 있다. 이는 결국 지배문화에 저항하고자 하는 노력이 지배문화를 더욱 강화하기도 한다.

민중 중심의 역사관에서 그러하듯이 『객주』도 지식인에 대한 긍정적인 면모를 찾아볼 수 없다. 지식인은 민중을 수탈하고 억압하는 권력자이거나 방관·침묵하는 지사일 뿐이다. 그럼에도 김주영은 하층민이면서도 경제활동에 중추적인 역할을 담당했던 보부상에 주목함으로써 지식인과 농민의 이분법적 역사관에서 물러나 있다. 그러나 모순된 현실을 진단하고 그에 따른 계몽성과 방향성 제시를 필요로 했던 1980년대의 상황에서는 여전히 두 계급을 선과 악으로 나누는 이분법적 윤리관을 피할 수는 없다. 보부상 집단은 지식인과 대면하면서 일반백성의 편에서 양반들의 횡포로부터 보호하거나 외세의 침탈에 대항하며 가난한 자들에게 재물을 나누어주는 등, 그들 역시 선의 입장에서 양반이라는 악을 징치한다.

"때로는 그들에게 당하였읍니다만 때로는 결당하여 그들을 징치하기도 하였소. 이는 나라의 제도가 상인과 공장들을 업수이 여기고 마름집의 상노처럼 부리고자 하기 때문입니다. 나라의 재용이란 농사와 상업이 흥하고 망하는 데 근본이 매달린데도 불구하고, 고리삭은 선비들이 조정을 틀어잡고는 위엄과 위세로 상인과 공장들과 양민에게서 탐학하고 주구할 것만 노리고 있으니 이는 분명 망조가 아닙니까." (…)

"외방의 저자나 돌던 일개 보부상의 지체로 감히 나라일을 나무라고 조정대신을 능멸하는 위인을 일찌기 상종해 본 적이 없네. 그러고도 일신이 무사히 살아남을 작정을 하였던가?"

"사람이 한번 나서 두 번 죽지 않습니다. 제가 일개 뜨내기 상인배였다 하나 보고 듣던 것이 세렴(稅斂)과 탐학에 쫓기는 양민과 유민들뿐이었으니, 올곧은 사내로 가슴에 굳은살이 박히지 않을 리가 있겠읍니까. 그럼에도 외방의 수령들이 진휼하는 정책은 쓰지 않을 뿐 아니라 도적이 봉기하면 그들이 도적이기 이전에 백성이었음을 무시하고 오직 잡아서 족치기만 하니, 백성들은 고향을 버리고 유랑할 생각만 하고 있는 것이오."[49]

양반 출신 유필호와 행수 천봉삼의 대화이다. 거상(巨商) 신석주가 벌인 미곡운송사업에 각각 책임자와 행수로 가담한 것이다. 천봉삼은 양반 유필호 앞에서 자신이 결당하여 양반들을 징치하였다는 이야기와 수탈당하기만 하는 양민과 유민들에 대한 울분을 토로한다. 백성을 핍박하는 양반뿐만 아니라 칩거하는 양반들에게도 비판적 목소리를 높이고 있는 것이다. 그러나 이 장면에서 보부상이 양반을 능멸하고 있다기보다 유필호 역시 양반의 부패상황을 누구보다도 직시하고 있었으므로 오히려 천봉삼의 입을 빌려 신분질서의 모순을 비판하고 있다고 봐야 할 것이다. 그의 이러한 영웅적인 면모는 민중의 대표성은 구할 수 있겠지만 인물의 전형성에서 크게 벗어나지 않는다.

과거의 역사를 재현하는 이유는 현재 사회의 구조적 모순을 구체화하기 위해서이다. 때문에 과거의 사건이라고 해도 그것을 이끌어가는 힘은 결국 현재의 모순일 수밖에 없다. '자본가-노동자'라는 계급적 모순을 통찰할 수 있는 총체적 상을 제공하려고 했던 역사소설은 모순해결(역사변혁)의 주체로 민중을 설정하고 이 기표 아래 사회구성체 전체를 포괄했다. 여기에는 사실상 근본적인 문제가 있다. '민중'이라는 초월적 기표는 동질적인 시·공간 속으로 사람들을 포섭해야만 가능한 것이기 때문이다.[50]

물론 황석영과 조세희가 박탈의 현장의 노동자와 도시빈민의 부박한 삶을 형상화하여 당대 최대의 사회적 문제와 관심을 부각시키고, 현실극복의 의지를 환기시킨 의미가 적지 않다. 그럼에도 자본가와 노동자의 공간을 이원화하여 두 계급의 대립을 극명하게 드러내고 있다.

> 나는 전혀 다른 세상 사람들과 생활하고 있었다. 우리는 출생부터 달랐다. 나의 첫울음은 비명으로 들렸다고 어머니는 말했다. 나의 첫 호흡이 지옥의 불길처럼 뜨거웠을지도 모를 일이다. 나는 모태에서 충분한 영양을 보급받지 못했다. 그의 출생은 따뜻한 것이었다. 나의 첫 호흡은 상처 난 곳에 산을 흘려넣은 아픔이었지만 그의 첫 호흡은 편안하고 달콤한 것이었다. 성장기반도 달랐다. 그에게는 선택할 것이 많았다. 나나 두 오빠는 주어지는 것 이외의 것을 가져본 경험이 없다. 어머니는 주머니가 없는 옷을 우리들에게 입혔다. 그는 자라면서 더욱 강해졌지만 우리는 자라면서 반대로 약해졌다.[51]

『난쏘공』은 자본주의적 삶의 조건을 약육강식의 동물세계에 비유하고 있다. 강한 자는 처음부터 강하게, 처음부터 약하게 태어난 자들의 희생으로 그들의 부와 권력을 유지하고 있는 것이다.[52] 그러나 자본가와 노동자, 가진 자와 가지지 못한 자, 빼앗는 자와 빼앗긴 자라는 대립적 세계관은 전자는 절대 악으로 미움과 불신을, 후자는 절대 선으로 단순화한 것이다. 인간현실을 지나치게 단순화하기 때문에 다양한 모순과 질곡으로 엮인 인간의 삶의 이해관계는 제대로 드러나지 못한다.

루카치의 표현대로 타락한 세계의 타락한 가치를 어느 계급이 획득할 것인가는 유보될 수밖에 없다. 자본주의적 세계관을 그 이전의 가치체계로 되돌리는 것은 불가능하며, 되돌아갈 수 없는 고향은 언제나 아름다우며 동경의 대상이다. 『난쏘공』에서 자본주의적 가치체계와 맞서고자 하는 '사랑' 역시 그 성격이 지나치게 이상적이고 비현실적인 것을 문제 삼지 않더라도 자본주의적 욕망의 틈새를 매끈하게 봉합해 버릴 여지마저 존재한다. 『난쏘공』에서 '사랑'이 실현되는 공간은 세계의 낭만적인 이상향으로 존재할 뿐이다. 세계에 대한 낭만적 미래지향 의식은 『객지』에서도 반복된다.

> 그는 자기의 결의가 헛되지 않으리라는 것을 믿었으며, 거의 텅 비어 버린 듯한 마음에 대하여 스스로 놀랐다. 알 수 없는 강렬한 희망이 어디신가 솟아올라 그를 가득 채우는 것 같았다. 동혁은 상대편 사람들과 동료인부들 모두에게 알려주고 싶었다.
> "꼭 내일이 아니라도 좋다." 그는 혼자서 다짐했다.[53]

'동혁'의 오늘이 아닌 다가올 미래에 대한 낭만적 인식은 서사의 선조적인 시간관념에 기반하고 있다. 전근대적 생산양식에서의 시간은 자연의 원환(圓環)적 순리와 그 맥을 함께하고 있지만 근대적 생산양식에서는 자연의

'반(反)성장'의 문학 생산력

순리를 따를 필요가 없어진다. 공장의 기계는 밤낮이 따로 없이 움직여야 하기 때문이다. 그래서 전자의 경우는 시간이 크게 분화될 필요가 없지만 후자의 경우는 1분, 1초, 더 이하의 단위로 재면서 사람의 활동을 통제하는 데 기여한다.

현재의 시간관은 근대적 삶의 양상과 통제방식에 따라 규정되어 온 것이다. 결국 시간은 공간과 마찬가지로 사회적으로 형성되고 변화하는 것이며, 사회의 변화에 따라 사람들의 삶에 큰 영향을 끼치는 중대한 축이다. 따라서 대략적으로 시간을 인식하는 것과 시간을 분할할 수 있는 인식 간의 차이는 해당 사회를 살아가는 성원들의 사고와 행위, 삶의 양식을 통틀어 이해하는 데 중요한 조건이다.[54] 따라서 삶의 양식의 변화에 따라 시간과 공간의 인위적인 조절, 배치된 체계 내에서는 단일한 원인으로 구성될 수 없다. 다양하고 복합적인 인과요인에 대한 연구가 이루어져야 한다.

세계는 '항상' 이미 주어진, 구조화된 복합적 통일체로 구성되어 있다. 개인의 자각 이전에 존재하는 이 구조는 단일한 본질, 기원을 갖고 있지 않다. 본질로 환원될 수 없는 이질적인 요소들의 복합적인 과정이다. 그러나 실천적 차원에서 동혁(『객지』)이나 영수·지섭(『난쏘공』)으로 대변되는 노동자계급과 그들이 맞서는 자본가·지배자는 사회구성체 내의 동일한 논리를 따르고 있지 않다. 이들의 대립은 균질적인 힘의 논리에 의한 대립이 아니다.

황석영과 조세희의 소설에서 이 지배와 피지배의 관계는 분명한 사실로 드러나 보이지만 이들이 관계할 수 있는 것은 단지 부분적인 현상들일 뿐이다. 지배의 그 근본은 무의식에 뿌리내리고 있다. 그러나 소설에서 감독조와 노동자의 갈등이 어느 정도 협상의 결과를 얻게 되면 노동자 스스로 파업을 중지하는 것처럼 지배는 표면적인 현상에 관여할 뿐이다. '정당한' 임금은 그 지배의 속성을 은폐해 버린다. 사회구조는 이러한 이질적인 요소들,

심급들 간의 위계적 결합관계에 따라 구조화되어 있다.

『객지』와 『난쏘공』에서 빼앗긴 자들의 분노가 지배자 개인의 도덕심에 대한 보복으로 표출될 때, 개인적 원한이 아닌 '사랑'의 실천을 내세우더라도 양 계급의 고유한 동일성을 지니지는 못한다. 소설은 지배-피지배의 관계를 표면적으로 단일한 모순으로 보여주고 있다. 여기에는 현실적인 소외 또는 지배와 착취가 폐지되면 이데올로기적 왜곡과 가상이 사라질 것이라는 전망이 있다.[55]

한편 현실의 모순과 질곡으로부터 민족을 구해 낼 수 있는 '이상적인 영웅상'은 남성이며 여기에는 남성만이 근대적 개인일 수 있다는 논리를 내포하고 있다. '국가' '민족' 담론으로 포섭하려는 폭력에 대항해 '민중' 중심의 새로운 대항담론에는 남성 이외의 존재들, 즉 여성, 아동, 노인 등은 배제되어 있다. 공임순은 그 이유를 지배계급에 의한 민족주의 담론과 그에 대항하는 민중·민족주의 담론이 근대 계몽기의 민족주의 담론을 그대로 이어받았기 때문이라고 보았다. 부연하자면 근대 계몽기의 민족주의 담론은 민족공동체 운명에 기초한 집단적 정체성에 함몰될 수밖에 없었듯이 1970~80년대 민족 담론 역시 폐쇄적인 자기동일성의 논리를 반복·재생산하고 있었던 것이다.[56]

갈등하는 두 집단의 논리가 동일성이라는 한 뿌리에서 시작되었다는 것인데, 이러한 집단의 동일성·순수성의 논리는 왜곡된 형상으로 자신을 비추는 거울의 구조로 이해할 수 있다. 본래 자신이 있어서 비추는 것이 아니라 비춰진 모습을 통해 사후에 구성되는 주체는 자신과 일치한다는 오인에 의한 것이다. 즉 자신의 원초적 결핍을 은폐·봉합하려는 목적에 의해서 만들어진 동일성은 허구적인 동일성에 기인하기 때문에 항상 오인된 동일성이다. 민중은 언제나 어디나 존재해 왔지만 지배계급의 폭력에 저항하고자 하는 대항담론에 의해서 사후적으로 재구성된 것이다. 문제는 오인된 동일성에 의해 재구성된 것을 그 자체의 본질로 규정해 버린다는 데 있다. 국가 혹은 민족이라는 초월적 기표를 상정하여 전국민적 통합을 이루어낸 국가 이데올로기와 마찬가지로 '민중' 역시 상상적 가치에 의해 원초적인 결핍을 봉합·왜곡했다.

김주영 소설이 1990년대 이후 변화한 것은 수렴되어야 할 거대한 기표가 더 이상 유용하지 않게 되었음을 감지한 것이다. 이러한 변화에 보다 일상 영역에서 개인의 삶을 결정짓는 요인들에 대한 고찰이 이루어지는 것은 당연하다. 문제는 일상의 영역으로 향한 김주영의 소설적 시선이 여유로워진 때문이 아니라는 것이다. 김주영 소설의 변화시점에 80년대와 근본적으로 다른 양상으로 현실이 구성되기 시작했다는 사실이며 이러한 현실의 변화가 소설의 중대한 변화를 초래했다는 데 있음을 놓쳐서는 안 된다.

3 '반(反)성장'소설의 자정능력

1) '반(反)성장'의 공간

(1) 도시외곽 변두리

우리 사회를 추동하는 강력한 동력은 근대성이다. 근대사회가 작동되는 가장 근본적인 토대는 시·공간의 균질화와 인식의 표상화이다. 근대적 가치체계로의 전환은 개인의 물적·심리적 차이가 소멸되고, 개인 간의 경험을 통합하는 공적 체험 영역이 전제된다는 것이다. 시간과 공간은 모든 사람이나 장소, 시대에 따라 사회·역사적으로 가변적인 것임에도 불구하고 근대화는 나름의 '일관성'을 강제한다. 이러한 일관성에서 벗어나는 것은 단지 예외적 현상으로 파악될 뿐이다. 사회의 인식적 토대를 이루는 이 일관성은 계급구조나 가족형태, 교육과 이데올로기, 건축구조나 사회적 조직방식 등에서 모두 일정한 지각방식을 통과한다.[57]

이러한 지각방식 내에서 지배와 피지배라는 이분법적 인식으로는 결코 지배이데올로기를 만날 수 없다. 저항의 방식 역시 지배이데올로기와 동일한 논리를 이용할 수밖에 없기 때문이다. 그런데 피지배계급의 저항 불가능성을 근대사회의 부정적인 산물이라 보는 데는 더 큰 문제가 있다. '민중'이라는 정치적 주체세력들이 수동적이며, 지배세력에 어떠한 저항도 할 수 없는 존재인가라는 점이다.

알튀세는 신경증은 다양한 원인들이 '중층결정'되어 있다는 프로이트의 개념을 차용하여 이데올로기를 설명하는데, 지배이데올로기는 다양하고 복합적인 원인들로 얽혀 있다. 따라서 지배이데올로기에 대한 저항은 선험적인 공적 체험 내에서 이루어지는 것이 아니라 다양하고 예외적인 비일관의 인식이 가능한 민중의 일상으로부터 이루어질 수 있다. 이 역시도 직접적인 것이 아니라 지배이데올로기 장 내부의 균열을 통해, 피지배계층의 문화적 헤게모니를 통해서 획득된다.[58]

한국사회에서 피지배계층의 문화적 헤게모니를 획득할 수 있었던 최소한의 영역인 농촌공동체는 한국전쟁 이후 산업화가 가속화된 1960년대 중반부터 그 결속력이 급속히 와해되었다. 가문이나 마을 등으로 환원되지 않는 주체적이고 독립적인 근대적 의미의 개인의식은 이제부터 발생하는 삶의 혼란함이 외부에서 주어지는 것이 아니라 개인의 문제로 환원되어 버리는 것을 의미한다. 물론 여기에는 제도적 장치가 존재한다.

근대사회는 학교와 병원 같은 제도적 장치를 통해 지배를 재생산·확대해 나갈 수 있는 구조이다. 개인은 사회적·역사적 주체임을 자각하면서 지배이데올로기의 담지자 역할을 부여받는다. 철저하게 획일적인 산업화·도시화 과정을 겪어온 한국사회에서 이전의 농촌공동체가 이루었던 공간은 더이상 찾아볼 수 없기에 이른다. 이에 지배의 일관성으로부터 예외적인 부랑자·도둑·고아의 행적을 좇는 일은 전일적으로 가해진 지배이데올로기의 균열지점을 확인하기 위함이다.

> "이것 봐, 이 새끼들아. 새까맣게 타죽었지? 이 맹호가 바로 페스트란 거란 말야."
> 정말 새까맣게 타죽은 쥐의 시체를 본 아이들은 놀라서 입을 다물지 못했다. 그랬다. 선생들은 순엉터리라는 것을 그들은 그제서야 깨달았다. 페스트균은 쥐에서 사람에게로 옮겨지는 것이 아니고 사람이 쥐에게로 옮기고 있다는 산 증거를 맹호녀석으로부터 터득하게 되리라고는 정말 미처 몰랐었다.
> 아이들은, 바지주머니에 양손을 찔러넣고 휘파람을 불면서 저만치 앞서 걸어가고 있는 맹호의 뒤를 재빨리 뒤따라가기 시작했다. 아이들도 맹호를 따라 휙휙 휘파람을 불었다.[59]

순경들도 '염통이 근질거릴' 정도로 나른한 일상에 잠겨 있는 듯한 이촌동의 부유한 마을에 갑작스레 나타난 리어카 장사치 '황노인'과 그 손자뻘되는 동업자 '맹호'는 악령과 같은 존재이다. 동네아이들은 맹호의 공갈과 협박으로 황노인의 음식을 사먹었고, 주민들의 신고로 쫓겨나긴 했지만 맹호는 거기서 그치지 않고, 자리를 옮겨 여전히 아이들을 '악'으로 이끈다.
아이들의 옷은 날로 더럽혀지고, 상처가 생기면서 이촌동마을은 점점 침울해진다. 자식교육으로 부부싸움이 늘어나고, 귀가시간이 넘도록 들어오지 않는 남편들, 종아리에 피가 맺히도록 회초리를 드는 부인들이 생겨나기 시작한 것이다. 끝내 아이들은 더 이상 부모님의 말씀이나 선생님의 가르침을 신뢰하지 않고 부정하기에 이른다. 무엇 하나 부족함이 없이 완벽한, 불순한 것은 감히 접근조차 할 수 없는 이상적인 공간인 이촌동이 고아 한 사람의 등장으로 여지없이 무너질 수 있는 것은 이촌동 사람들이 이상적으로 구축한 문명이 그만큼 허약하기 때문이다.[60]

> "이 원수덩어리가 자나 안 자나 보고 합시다."
> 어찌구저쩌구 하며 바로 내 눈두덩 앞에 바싹 갖다 댄 손가락을 야바우판 돌리듯 팽글팽글 돌려대는 것이었습니다. 나는 그때마다,
> "손 치워, 사람 눈알 까고 말텨?" 하고 바락 소리치곤 합니다.
> "이 원수덩어리는 퍼뜩 죽지도 않네!"
> 픽 한숨 내뿜으며 어머니는 힘없이 돌아눕고 만답니다. 그래도 나 역시 인생이긴 하다고 말씀 던질 때마다 내 이름 석 자는 안 잊고 이원수(李原洙)라고 꼭꼭 불러주는 인정이야 어머니께 있습지요.[61]

「악령」에서 할아버지와 손자뻘 되는 아이가 동업자로 만나 공생하는 것과 마찬가지로 「도둑견습」의 아들과 어머니 사이의 대화 역시 '세련되고 성숙한 도시인'에게 익숙한 것은 아니다. 이것은 한국의 근대사회가 가족복원에 노력을 기울여왔던 것과 대비되어 파생하는 낯섦이다. 가족이 사회를 구성하는 기본적인 단위로 반드시 유지되어야 한다는 인식의 모순됨은 한국의 소설들이 가족의 문제보다 인간 개인의 실존문제나 정치·경제 등에서 파생된 문제를 다루고 있다는 것에서도 알 수 있다.[62] 이는 오랫동안 뿌리내려온 전근대적인 사회의 가치와 서구의 근대적 합리성의 가치에 의한 개인

225

'반(反)성장'의 문학 생산력

의 자율성 사이의 갈등을 나름대로 해소한 방법이기도 하다.

김주영은 가족을 비롯한 기존의 일반적인 가치관을 우회적으로 표현하여 그 유기적 관계의 허상을 드러낸다. 이는 이후에 이어질 그의 성장소설의 기본이 되기도 한다. 주목할 사실은 근대적 가족구성에 틈을 발견하고 그 틈새의 의미를 밝히는 것이 삶의 외곽, 변두리에서 가능하다는 것이다.

> …끝장났다는 말은 이런 걸 두고 이르는 말이란 걸 알았습니다. 언젠가는 이 마이크로버스에 새 기름이 쳐지고 햇볕을 매섭게 반사하는 창문을 끼워달고 서울 시가지 한복판을 향하여 부리나케 달려나갈 수 있으리라던 우리들의 꿈도 역시 산산조각이 났다는 것을 깨달았습니다.
>
> 이제 한쪽 바퀴가 완전히 떨어져나가고 차체가 삐거덕 소리를 내며 기울기 시작하였습니다.
>
> "쌍, 우리는 시방부터 살 집도 없어졌고, 너 엄니와 흘레도 못 붙게 되았어. 이젠. 이것아."
>
> 아버지는 역시 쓸쓸한 웃음을 흘리면서 말을 이었습니다. "케이에스 렛데루 딱 붙인 이 왕자표 좆도 이젠 써먹을 장소가 없어졌다구, 이놈아 흐흐."
>
> 그러나 나는 실망하지 않았습니다. 우리 세 식구가 기거할 집이 헐리는 것을 감수하면서까지 어머니를 음흉한 최가놈에게 넘겨주지 않았던 아버지가 아무래도 거인으로 보였기 때문입니다.[63]

김주영 소설의 아버지는 무능력하다. 주인공 이원수의 죽은 아버지가 폐품수납소의 최가에게 어머니를 허락하는 대가로 마이크로버스를 마련했다면, 어머니를 지키는 대신 세 식구가 살 집이 헐리는 것을 보고 있을 수밖에 없는 의붓아버지도 무능하기는 마찬가지이다. 그러나 고물상이면서 도둑인 의붓아버지가 원수에게는 죽은 아버지보다 믿음직하다. 구두닦이를 하던 원수에게 의붓아버지는 자기를 따라다니라고 하는데, 의붓아버지가 도둑질을 하는 동안 원수는 망을 봐주는 일을 하게 할 목적이었다. 하루는 도둑질을 실패하여 건장한 남자들에게 뭇매를 맞은 날, 두 사람은 서로 비밀을 공유하는 듯한 유대감을 형성하고 아픈 의붓아버지를 대신해 혼자 공갈과 협박으로 도둑질에 성공하면서 도둑의 아들로 인정받기에 이른다.

의붓아버지의 골병은 나을 기미가 보이지 않고, 결국 마이크로버스는 해체되고 마는데, 원수에게 이 버스는 사는 집만의 의미가 아니라 언젠가 새 기름을 넣고 서울 한복판을 향해 달려갈 희망의 상징이기도 하고, 의붓아버지에게는 '대국도둑놈'을 만들어낼 공간이기도 하다. 의붓아버지와 함께 생계문제에 직면한 아이 '원수'는 '이미' 어른과 같은 자리에서 그들을 바라보고 있다.

김주영 소설의 '아이'는 입사소설에서처럼 아버지의 무능력함을 비난하고 부정하는 과정에서 보다 나은 차원의 목표를 설정하고 그곳으로 자기 자신과의 일치를 이루려는 노력을 하지 않는다. 아이는 오히려 '타락한' 의붓아버지에게 순종하면서 그의 인정을 받고자 한다. 그러나 여기서 멈추지 않고 의붓아버지의 무능력함을 드러냄으로써 그의 인정으로 얻은 '자기정체성'마저 폐기해 버린다. 여기에 세상의 이치나 도덕, 인륜을 강요하는 것은 불필요하다. 그리고 그들은 더 이상 그런 것들로 해석하는 것을 거부하고 달아난다.

이들이 가족·도덕·인륜의 확산으로부터 상대적으로 자유로울 수 있는 것은 이들의 삶의 영역, 즉 서사적 공간이 도시의 삶의 양식 한가운데 있지

'반(反)성장'의 문학 생산력

않기 때문이다. 도시외곽으로 밀려나 의지할 곳 없는 이들은 '동업' 형식으로 그들만의 공동 영역을 확보하고 있다. 그러나 이들을 '국민 일반'으로 지칭하기는 어렵다. 단지 피지배계급의 저항이 도리어 지배이데올로기에 포섭되지 않을 수 있는 여지 정도를 마련하고 있을 뿐이다. 그럼에도 이 전략은 유용한데 지배계급을 상정하지 않고도 피지배계급의 삶, 그들의 문화를 관철하는 것으로 '아래로부터의 저항'을 이룰 수 있기 때문이다.

(2) 전통적 공간의 자정능력

대립적 세계관의 작용은 가진 자를 악(惡)으로, 그에 비해 가지지 못한 자는 선(善)함으로 도식화하는 것이다. 『난쏘공』에서 변두리 판잣집이 부동산 투기자들에 의해 넘어가 버리는 현실에서 영희는 자신의 '정조'를 대가로 하여 집의 입주권을 되찾는다. 이를 최갑진은 삶의 극심한 변화와 가치의 전도 속으로 인물들이 내몰려 있는 상황임을 암시해 주는 것이라고 보았다.[64] 반드시 지켜야 할 정조, 가혹한 상황에서도 마땅히 지켜야 할 정조가 유린당함으로써 가지지 못한 자의 궁핍함을 처절하게 드러내려고 한다는 것이다. 그러나 남성에게 유린당하는 것으로 현실의 처참함을 고발하려고 한다는 의식은 그 기반에 여성을 남성이 보호해야만 하는, 즉 보호라는 긍정적 의미를 덧씌운 남성지배의식을 내포하고 있다는 것이나 다름없다.[65]

민족과 민중이라는 기표 속에 여성이나 아이 그리고 사회적 타자들은 개입하지 못하고 언제나 배제되는 결과를 초래했다. 특히 식민지경험과 전쟁은 국민의 집단적 기억을 구성하며 전체사에 부분으로서 존재하는 '나'를 인지하는 과정으로 여러 수난사가 만들어졌다. 만들어진 수난사에는 여성의 수난이 민족의 수난으로, 여성의 나약함이 민족의 나약함과 결부되어 나타난다.

민족의 훼손된 표상으로 제시된 표상을 복원하기 위한 이러한 여성의 이
야기는 국가나 민족이라는 강력한 초월적 기표 내로 포섭해 가는 과정이
다.[66] 그렇지만 김주영 작품에 등장하는 여성인물의 수난사는 단지 남성성
의 복원을 위한 것으로 설명할 수 없는 지점들이 있다. 오히려 김주영 작품
의 여성인물들은 민족이나 국가라는 초월적 기표에의 폭력성이 가해지기에
는 '이미' 너무나 그 존재가 유약하다.

> 그 순간 그 아비에 그 아들이구나 하는 회한이 가슴에 저며오면서도
> 어쩐 일인지 그녀는 그런 아들이 밉지가 않았다. 좋든 글렀든 아들이
> 아비를 닮았다는 게 이상하게도 그녀에게 즐거웠다. (…)
> 이제 그녀는 정말 자기가 살 곳으로 그리고 자기가 편안히 누워 죽어
> 갈 수 있는 곳으로 돌아왔다는 것을 명료하게 의식하기 시작했다. 그
> 녀는 며느리의 차가운 손을 꼭 감아쥐며 더듬더듬 말했다.
> "야야, 기다리자, 지놈이 워딜 가겠냐? 이 세상 끝이 바로 이 집구석
> 이란 걸 진들 알게 될 날이 오지 않컸냐?"[67]

무당의 딸로 태어나 소몰이꾼에게 시집간 난욱은 늘 남편의 폭정에 시달
린다. 장터를 떠돌다 예정 없이 돌아와 주먹질을 하기 일쑤인 남편이 어느
날, 사내아이를 데리고 온다. 난욱은 그 실로 고향집에서 지내면서 어머니에
게 밭을 물려받는다. 그런데 난욱은 봇도감 최석도의 도움으로 잃어버릴 수
도 있었던 밭을 되찾고, 난욱은 그에게 의지하고자 한다. 그러나 "꽁꽁 숨겨
놓고 아무한테도 보이지 마라" 했던 땅문서가 최석도 막내아들의 명의로 되
어 있는 것을 알게 되자 20년 전 자신이 버리고 나왔던 그 사내아이를 찾
아간다. 난욱이 이런 사정을 이야기하자 아들은 그 땅을 팔아 목돈을 쥐고

소장사를 하기 위해 훌쩍 떠나버린다. 며느리는 갑자기 땅문서를 들고 나타난 이 시어머니가 원망스럽지만, 난욱의 반응은 오히려 그런 행동이 자신의 진짜 아들임을 확인시켜 준 것이라며 뿌듯해하기까지 한다. 자신이 세상을 돌고 돌아 세상 끝에 도달한 곳이 자신의 집이었기 때문이다. 그런데 글을 몰라 사기를 당하고 이 남자, 저 남자에게 농락당하는 그녀는 세상에 대해 놀라울 정도로 관대하다.

「겨울새」와 유사한 서사구조[68]인 『천둥소리』의 '길녀'가 하인 차병조에게 겁탈당하고 집을 나섰을 때, 길녀는 지상모에 의해 지켜지던 주막에서 오가는 사람들이 가져온 소문을 듣거나 곁눈질 등을 통해서 세상과 접속한다. 그래서 세상의 소문이 오고가는 길목인 주막이라는 공간에 유폐된 길녀는 자신의 의지와는 상관없이 닥친 고통을 고스란히 감내하지만 세계를 향해 자신의 존재를 증명하려 애쓰지 않는다. 왜냐하면 그녀가 세계에서 의미를 띨 수 있는 것은 오직 남성적 질서 내부에서만 가능하기 때문이다.

그녀 스스로도 알 수 없는 일이라 생각하면서 자신을 농락한 차병조나 지상모를 오히려 그리워하고 백정 출신의 점개에게 몸을 허락하는 것은 길녀가 의미를 얻을 수 있는 관계를 욕망하기 때문이다. 즉 가부장제라는 시스템에 포함되고 싶은 욕망이다. 그래서 그녀는 단지 왜곡된 남성성(혹은 상처 입은 민족성)을 회복시키는 보조자의 역할을 할 따름이지 여성성 그 자체를 의미한다고 보기 어렵다. 그러나 길녀를 바라보는 시선의 낯섦은 그녀를 바라보는 현대의 가치체계로 인한 낯섦이지 그녀의 인간성 자체에 있는 것은 아니다. 길녀의 고통은 누구보다 세상과 소통을 원한, 그로 인한 절연의 아픔이다. 그럼에도 길녀는 세상으로부터 받은 상처를 폭력으로 되갚지 않는다.

『홍어』는 길녀가 이룩한, 전쟁으로 인해 훼손된 인간성을 회복시키는 인식적 자정능력에 공간적 구체성을 더한다. 그곳은 밤새 내린 눈이 온통 순백의 벽을 만들어 이웃과 소통이 단절된 곳이다. 이곳은 전통적 가부장질서가 굳건하고 마을 단위의 공동 규범이 여전히 유지되고 있는 곳이기도 하다. 여기서 세영이와 어머니는 6년 전 읍내 술집 춘일옥 주인마누라와 야반도주하여 돌아오지 않는 아버지를 기다리고 있다. 어머니는 외부와의 모든 소통을 단절한 채 그를 기다리는 것으로 아버지의 죄갚음을 대신하고 있다. 동시에 아버지가 공동의 질서 안으로 들어올 수 있도록 그들의 분노가 누그러질 때를 마냥 기다리고 있다.

"형씨, 가장도 출타하고 없는 집에 들어가서 부녀자를 상대로 고집을 부리면 되겠습니껴? 밖으로 나와서 나하고 이바구 좀 해봅시다."
"당신은 누구요?"
"바로 저 옆집에 살고 있는 이웃사촌이라 카면 알아묵겠습니껴?"
(…)
누룽지가 자기 주인의 의중을 냉큼 알아차린 모양이었다. 개운찮은 시선으로 사내를 일별한 뒤 천천히 일어나 내키지 않는 걸음으로 자기 집 마루 밑으로 돌아가고 있었다. 그제서야 사내는 뜰을 건너 대문께로 걸어갔다.
안방의 문이 열린 깃은 바로 그때였다. …어머니는 넋십남사노 늘으란 듯 나를 똑바로 바라보면서 말했다.
"우리 집으로 찾아온 손님을 엉뚱한 분이 모시고 어디로 간단 말이고. 내가 잠시 매무새를 가다듬느라고 지체했을망정 이리 무례한 일이 어디 있노. 세영아, 손님방으로 모시지 않고 꾸물대고 있노."[69]

'반(反)성장'의 문학 생산력

어머니가 아버지의 자리를 비워두는 범위 안에서 세영이를 통해 간접화법으로 화답하는 것은 집안의 중심이 아들에게 이어지는 가부장제를 답습하는 것처럼 보인다. 아버지가 떠남과 동시에 어머니는 세상과의 소통이 단절당하지만 그녀 주변에 있는 세영이와 옆집아저씨, 강아지 누룽지를 통해 세상에 대한 촉각은 여전히 예민하게 곤두서 있다. 그럼에도 아저씨의 도움을 한사코 거부하는 것은 아버지에게 받은 훼손된 자존심을 회복하려는 어머니만의 삶의 방식이다. 어머니의 간접화법은 기존의 가치를 수긍하면서도 그것으로 인한 상처를 치유하는 방법이 되기도 한다.

『천둥소리』는 전통적 삶 내의 며느리에 대한 이야기를 길녀 스스로 자신의 목소리로 이야기하고 있기에 독자는 그녀의 삶과 동일시한다. 때문에 독자는 그녀의 고답적이고 일의적인 삶만을 바라볼 수밖에 없고 그녀를 둘러싼 제도적 모순은 닫아버리게 된다. 반면에 『홍어』는 어머니의 이야기가 아들 세영이를 통해 전달되어 그녀를 둘러싼 여러 이야기가 텍스트 속으로 묻어들 수 있다. 세영이의 시선에 비친 어머니는 전통적 삶을 유지하지만 세영이가 이해하지 못하는, 즉 말하지 않는 어머니의 모습은 단지 전통적인 삶을 유지하는 데만 있는 것이 아니다.

이는 김주영의 작품들을 하나의 층위에서만 읽을 수 없게 하는 이유이기도 하다. 그의 자전적 유년시절은 『아들의 겨울』『고기잡이는 갈대를 꺾지 않는다』『홍어』로 재구성되는데, 1950~60년대라는 공통된 시대적 배경임에도 불구하고 각 작품이 갖는 독특함 때문에 서로 다른 양상을 띤다. 그것은 작품이 쓰인 시기마다 사회·정치적으로 요구되는 의미가 다르기 때문이다. 『홍어』의 경우 전통의 급속한 붕괴과정에서 아직 전통적 삶이 그 의미를 획득하고 있으며, 그것이 근대적 삶의 원칙 속에서도 여전히 그 가치가 유효하다는 사실을 보여준다. 그곳은 산업화·도시화에 따른 훼손된 감성이라는 물리적인 이유가 아니더라도 의부의 폭력으로부터 이 시대를 유지하고 있는 가장 근본적인 공간으로서의 의미이다. 이곳은 외부의 폭력으로 인한 상처를 폭력으로 되갚는 것이 아니라 동일시를 통한 연민으로 승화하는 도덕률과 함께 폭력으로 생긴 상처를 스스로 치유할 수 있는 공간적 의미이다. 이 공간으로부터 우리는 지난 시간 끊임없이 '성장'하고자 했던 근대성의 열망을 반추할 수 있다.

2) 근대적 '성장'의 신화 붕괴

(1) 성장이념(아버지)의 부재

가족은 개인의 단위가 아니라 전체를 상상하는 주된 표상이다. 즉 자유로운 개인 간의 관계가 아니라 '아버지–어머니–자식'으로 이어지는 유기적인 완결성으로 가부장 중심의 완전성을 획득한다는 것이다.[70] 사회·경제적 변화의 속도가 빠르게 진행되고, 이성의 도구화·사물화 과정을 겪으면서도 가족은 여전히 그 순수함과 친밀함을 유지해야 할 장소로 규정되는 데는 이러한 가족이데올로기가 반드시 매개로 작용한다. 민중문학이 봉건적 가족의 위계적인 권력구조의 재생산에 저항하며 가족을 새롭게 구성하는 것도 이러한 맥락이다.

'아비 부정'과 '동지애'(형제애)로의 전환이 그것인데, '민중 전체' '우리 모두'가 주인이 되는 세상에서는 내 아이, 내 부모가 아닌 모두의 부모가 되고, 모두의 아이가 되는 집단적 가족의 모습으로 서사화된다. 그러나 이러한 가족구성에도 문제는 남아 있다. '모두'라는 노동자집단 주체는 가족뿐만 아니라 사회에서도 권력관계의 혁명적 구성방식을 투영한 것이기는 하나 동지(형제)가 기존의 가장(家長) 자리를 대체함으로써 여전히 여성에 대한 남성의 권력은 재생산되기 때문이다.[71] 가부장의 자리에 (남성적) 형제가 그 자리를 차지함으로써 그들의 보호에 의한 이상적인 가족상이 구성된 결과 아이와 여성은 이러한 '남성성'을 더욱 강화하거나 보조하는 존재로서 '아이다움'과 '여성다움'을 강요받는다.

사회적 제도와 질서의 담지자로서의 아버지는 가족구성에서 고정되는 것이 아니라 이러한 가족을 다음 세대의 아직 미성숙자들에게 확대·재생산해야 할 의무가 있다. 이상적 아버지 상에 대한 욕망이 투사된 형태의 상징적 아버지에 대한 상상은 미성숙자들의 지속된 '아버지 찾기'와 동시에 '이상적인 아버지 상'에 부합하고자 한다. 성장소설[72]은 결국 미래를 향한 모범적이고 이상적인 규범을 내면화하여 성숙한 자아를 획득하는 과정이다. 성장소설은 새로운 세계로 진입하고자 하는 미성숙자들에게 성장의 모델로 이상적인 아버지 상을 제시하고 그것을 수용하게 하려는 의도를 함축하고 있다. 성장소설의 미래지향적 서사는 미래의 삶을 위하여 현재의 고통과 혼란을 감내하며, 미래를 위해 현재의 시간을 계획하는 근대적 시간관은 보다 나은 미래를 상상하도록 한다. 이러한 성장소설의 내적 형식은 지배집단의 이데올로기를 동일시하여 순응적인 주체로 길들여짐을 의미한다.[73] 때문에 성장소설은 당대사회의 지배적인 권력의 이해관계를 함축하고 있다.

산업화·근대화를 위해 대다수 국민들에게 감내할 것을 강요한 1970년대의 미래지향적 성장 제일주의 원리는 성장소설과 접합지점을 형성한다. 김주영 초기소설에서 나타난 '아비부재'의 서사는 급변하는 경제·사회적 상황 속에서 뿌리내리지 못한 집단의 '정체성 상실'을 반영한다. 자본주의적 생산양식에서는 더 이상 과거의 아버지가 필요하지 않다. 농업경제체제 아래서 아버지의 자연과 일치된 지혜나 지식은 도시생활을 하는 자식에게 필요하지 않다는 것이다. 이제 자식은 스스로 이상적인 자아상을 상상해 내고 그의 인정을 받고자 한다.

성장소설의 어린 주인공이 자의식을 획득하는 과정은 보다 높은 차원의 자기 자신으로 복귀하는 것이다. 자신과의 일치를 상상함으로써 본래의 개성과 잠재능력이 개화된다는 점에서 성장소설은 발전하는 자본주의적 문화의 원환(圓環)적이고 직선적인 전진의 서사이다.[74] 근대적·합리적 이성은 전통적인 공동체 이념으로 사회와 조화를 이루었던 개인과 개인의 연결고리를 차단하고 개인의 자기형성에 분열적 노력을 강요한다. "나는 내 혼을 찾아 떠난다"(I go to prove my soul)는 브라우닝의 희곡 「파 라셀수스」(paracelsus)에 나오는 주인공의 독백[75]은 자본주의의 물적 토대를 기반으로 한 근대소설의 '모험적' 성격을 잘 설명하고 있다.

그런데 김주영 소설 속 주인공의 '아버지'는 대개 무능력자이거나 의붓아버지 혹은 고아이다. 이들에게는 어른의 세계를 대면하여 내면적인 갈등을 겪으면서 정신적 성장을 이루는 각성과정이 나타나지 않는다. 오히려 (무능력한) 어른보다도 더 영악하며 '아이답지 않은' 악동이다. 작중 화자를 이런 아이답지 않은 아이로 선택하는 것은 아이 화자의 탈이념적인 성향 때문이다.[76]

김주영의 『아들의 겨울』(1981)과 『고기잡이』(1988), 『홍어』(2002)는 작가의 유년시절을 회상하여 재구성해 낸 소설이다. 그럼에도 그의 소설을 성장소설로 명명하지 않는 것은 서구적 개념의 성장소설이 우리 문학사에 고유한 장르로서 합당하지 않을 뿐더러 김주영의 소실은 개성의 사각과 내면의 형성과정이 드러나 있지 않은 점에서 '반(反)성장'의 의미가 강하기 때문이다.[77]

먼저 김주영 작품에 등장하는 아이는 '아이답지' 않다. 아이가 화자로 등장하는 「모범사육」 「즐거운 우리 집」 「악령」 「도둑견습」 「과외수업」 『아들의 겨울』 등의 아이는 '가난'과 '버려짐'으로 인해 세상을 너무도 일찍 알아챈 아이들이다. 어른보다 더 교활하며, 어른들의 세계에 대해 냉소적이다. 아이들의 이러한 냉소적인 시선에서는 오히려 어른들이 뭔가 부족하고 더 배워야 할 것만 같이 무능력하게 묘사된다. 무능력한 어른들 사이에서 아이들은 배워야 할 모델을 설정하지 못하므로 현재 상태가 지속되고 성장은 멈춘다.[78]

　장경렬은 김주영 소설에서 통념적인 성장소설의 특징을 기대하는 것은 무리라고 보았다. 성장이 불가능한 세계가 있고 또한 그 세계에서 성장의 과정을 보내야 하는 이가 다룬 성장소설은 필연적으로 『고기잡이』와 같은 서술방식이나 내용전개를 하지 않을 수 없으며 그런 의미에서 『고기잡이』는 새로운 종류의 성장소설이 가능한 하나의 예가 된다고 보았다.[79] '반성장'소설은 성장소설의 유형을 그대로 복원하면서도 규범적 정의에 어긋난다는 점에서 "성장소설에 대한 일종의 패러디"[80]이다. 따라서 김주영의 자전적 소설에 대한 연구는 각 작품이 지니고 있는 성장의 의미 외에도 작가가 작품을 재구성한 시점, 서사시간은 비슷한 시대, 비슷한 인물구성이지만 그것을 구성해 내는 서술시점에 해당하는 시대가 욕망하는 것이 무엇인가에 대한 연구가 이루어져야 한다.

　(2) 대리부권(父權)의 양상

개인의 욕망의 발생은 자연발생적인 것이 아니라 언제나 중개자를 매개로 한다는 점에서 중개자에 의해 암시된 욕망이다.[81] 가장 근대적인 산물로서의 소설 주인공 역시 발생하는 욕망은 자발적인 것이 아니라 중개자에 의해 암시된 욕망과 동일한 구조를 형성하고 있다. 지라르는 이러한 욕망을 '간접화된 욕망'(désir mediatisé)이라 하였다.[82] 개인의 욕망은 현재 불만족스러운 자기 자신에 대한 부정으로 어떤 대상을 모방하는데, 이때 욕망하는 주체와 욕망의 대상은 서로 본질적으로 관계 맺지 못하고 주체는 '대표적인 대상을 모방'함으로써 초월하고자 하는 것이다.[83] 지라르의 '삼각형의 욕망'에 따르면 아이가 성장하는 데는 보다 높은 목표를 위해 반드시 모방해야 할 '모범'이 필요하다. 아버지가 부재하는 현실에서 아들에게 어머니는 아버지를 대신한다.

『아들의 겨울』에서 주인공 '박무도'는 어머니의 사랑을 독차지하고 싶어 한다. 무도의 경쟁자는 아우 순도, 술도가 박술, 도수꾼인 칠성이아버지인데, 어머니는 무도에게는 냉정하지만 이들에게는 관대하다. 어머니의 마음에 들기 위한 무도의 노력의 결과는 혼쭐나는 것으로 돌아올 뿐이다. 이들에 대한 무도의 질투심은 어머니에게 인정받고자 하는 노력에 대립되는 무력감이다.

주체는 욕망의 대상을 향한 대표적인 모방자를 설정하는데, 이들은 어머니의 인정을 받고 있는 순도나 박술, 칠성이아버지이다. 이들은 주체와 같이 대상을 욕망하고 있거나 또는 욕망할 수 있다. 그러나 주체와 경쟁관계에 있는 중개자들은 우연한 기회에 제거된다. 박술이 어머니와 칠성이아버지의 관계를 알고 칠성이아버지를 살해하게 되며, 아우 순도는 형인 자신한테 지기 싫어하는 성격을 이용해 수영경주를 하다가 익사하는 순간에 방관해 버린다. 박술도 살인으로 감옥에 갇히는 신세가 되고 만다. 그러나 경쟁자가 모두 사라졌다 하더라도 무도는 어머니를 차지할 수 없다. 어머니 역시 박술의 사건에 연루되어 순사의 취조를 받게 되었기 때문이다.

중개자에 의해 매개된 간접화된 욕망의 대상은 그 중개자가 사라지는 순간 없는 것이 되고 만다. 결국 욕망은 그 대상의 순수 본질에 의한 것이 아니라 욕망하는 주체와 중개자의 경쟁관계 속에서 발생하는 것이다. 무도의 어머니 차지하기는 결국 '아버지(모범) 찾기'가 된다. 어머니에게 없지만 욕망

'반(反)성장'의 문학 생산력

하는 것, 어머니의 욕망의 대상은 남근(phallus)이다. 무도는 남근과 자신을 동일시하여 상상적인 이미지를 통해, 어머니와의 상상적인 이자적 관계 속에 놓이고자 한다. 그러나 어머니의 곁에는 자신과는 비교되지 못할 만큼 거대한 박술이 있는 것이다. 어머니의 남근이 되고자 하는 욕망은 용납될 수 없으므로 이 욕망은 표면화되지는 않지만 사라지는 것은 아니다. 주체는 이상적인 자아상을 구현하는 데 중개자의 도움을 받지만 이는 간접화되고, 암시된 욕망으로 주체는 욕망의 대상을 직접 대면할 수 없으므로 유사한 것으로 대체되거나 자리바꿈이 일어난다.

프로이트는 결코 현재화될 수 없고 실현될 수 없는 이 욕망을 오이디푸스 욕망으로 분석했다. 프로이트에 따르면 아이는 용납될 수 없는 욕망을 접어야만 하는데, 계속 유지할 경우 거세될 것이라는 아버지로부터의 위협을 통해 어머니와 분리된다는 것이다. 이제 아이는 어머니가 인정하는 남근인 아버지와 동일시한다. 이때 아버지는 실제의 아버지가 아니라 기표로서, 라캉은 이를 '아버지의 이름'이라 하였다. 이것은 상징적 질서로서 법, 체계, 규범 등이다. 비로소 아이는 어머니와의 상상적 관계에서 벗어나 상징적 질서로 진입하게 된다. 그 순간 아이가 대상과의 대면이 이미 구조화되어 있는 체계 내에서만 이루어지므로 어머니와 완벽한 일체를 이루고자 한 상상적 관계는 억압되어 은유적으로 표현된다. 그러나 무도에게는 상징적 질서를 규정할 수 있는 강력한 '아버지'의 자리가 비어 있다. 결국 『아들의 겨울』은 욕망하는 주체로의 전환을 위한 '아버지 찾기' 서사이다.

『양철북』의 오스카는 생일날에 벌어진 축하파티에서 평화로운 듯한 식탁 위의 세계와 달리 그의 낮은 시선으로 식탁 밑에서 벌어지는 성적 추태를 포착할 수 있듯이, 『아들의 겨울』의 '무도'는 '먹고 살기 바쁜' 어른의 관심에서 멀어져 있으면서 그들을 자유롭게 관찰할 수 있는 시점을 확보한다.

어머니와 박술, 채순미 선생과 좀 모자라지만 유일하게 무도와 어울리는 희자의 삼촌 태호와의 비밀스런 만남도 무도의 호기심 어린 시선을 벗어날 수 없다. 무도에게 어른들이라는 것은, 채순미 선생이 젖이 보이게 옷을 입고 있으면서 그것을 보는 아이(무도)에게 화를 내는, 그 까닭을 전혀 알 수 없는 존재일 뿐이다.

> 버스는 곧장 떠났다. 아직도 희부옇게만 보이는 마을이 차창 밖에서 우쭐거리기 시작했다. 그때 문득 버스의 앞좌석 쪽에서 뒤통수만을 보이고 앉아 있는 희자네 삼촌을 발견했다. 나는 얼른 그곳에서 눈길을 돌렸다. (…)
> 알 수 없는 나라. 길이 끊어지는 곳에서 나는 왜가리가 되어 날게 될지도 몰랐다.[84] (강조는 인용자)

무도는 질투에 눈먼 박술이 칠성이아버지를 죽이는 것을 목격하고 경찰에 알린다. 이 사건으로 인해 어머니, 박술, 태호까지 경찰의 심문을 받게 되자 무도는 마을을 떠나기로 결심하고 버스를 탄다. 버스 안에서 만난 희자네 삼촌 태호는 '이해할 수 없는' 어른들 틈에서 유일하게 긍정적인 인물이었다. 그가 마을을 떠나는 버스 안에 있는 것이다.

무도는 채순미와 태호를 통해서 어머니와 박술이나 질성이아버지의 관계에서는 알 수 없었던 '사랑'이란 것을 이해하게 된다. 남녀 간의 사랑에 대한 눈뜸은 자신의 존재근원에 대한 물음과 일치한다. 내 존재의 근원으로서 아버지에 대한 의문에 답을 찾기 위해서 정신적인 아버지를 찾아나서지 않으면 안 되는 것이다.[85]

(3) '아버지 찾기'의 좌절

『고기잡이』는 『아들의 겨울』의 인물 무도가 아버지를 찾아 떠나는 데서부터 시작한다. 자신의 존재의 근원에 대한 물음에 대한 답으로 아이는 정신적인 아버지를 찾아 헤맨다. 무도가 '도수장' '술도가' '일본인 교장 사택' '옹기점' 등 폐쇄된 공간에서 어른들의 행동을 관음적으로 목격하고 어른의 세계에 대한 막연한 동경과 환상을 키워갔다면, 『고기잡이』의 형석과 아우는 '저자거리'로 향한다. 부재하는 아버지를 대신해 집안의 생계를 책임져야 하는 어머니는 장날의 시끌벅적한 풍성함과 상관없이 방아품을 팔러가야 했고 저자는 어머니를 기다리는 형제가 시간을 보낼 수 있는 유일한 장소이다. 그렇지만 어머니를 기다리는 동안 피할 수 없는 어둠은 형제들을 어머니가 오지 않으리라는 두려움과 절망, 원망으로 끌어들인다. 이들에게 술도가 모꾼 장석도의 우람한 체격은 이러한 두려움과 절망을 불식시킬 수 있는 희망이다.

> 모꾼의 우람한 허우대와 불거지는 팔뚝의 살피듬은 흡사 구약 사사기에 나오는 이스라엘의 장사인 삼손을 방불케 하였다. 그는 상고머리로 머리칼이 잘려나간 신세가 되었지만 장력(壯力)만으로 겨루는 일인 이상 그를 이겨낼 사람이 없었다. 술도가 앞 한터에는 때때로 막걸리 몇 됫박을 태우고 장력을 겨루는 일이 벌어지곤 하였다. 두 손가락만으로 자전거를 들어올린다든지 곡식가마를 무릎을 치지 않고 들어올려서 오래 버티는 힘자랑 따위였다. 그럴 때 삼손은 팔짱을 낀 채, 술청 문턱으로 멀찍이 비켜 앉아 의연하고 덤덤한 표정으로 풋기운을 자랑하는 장정들을 바라보았다.[86]

그에 대한 형석의 신뢰는 시계포 최씨와의 무거운 돌 오래 들고 있기 내기에서 폭발한다. 그가 돌을 들고 있을 때 시간이 많이 흘렀음에도 최씨가 속임수로 수효를 능청스럽게 세자 사람들은 그의 우둔함을 비웃지만 화가 난 형석은 "삼손이 자랑스런 사내라는 생각에 흔들림이 없"다. 대신에 그가 힘겹게 돌덩이를 들고 있는 모습을 자신의 처지와 동일시한다. 학교에서 가장 많은 체벌을 받는 형석은 고통을 감내한다는 데서 그와 동질의식을 느끼는 것이다. 그리하여 형석은 사춘기적 호기심을 자극했던 이발소 수채화를 몰래 훔쳐내는 은밀한 작업에 그를 동참시킴으로써 아버지로 인정한다.

> 나는 그때 의외의 것을 발견했다. 그것은 이발관의 거울 위쪽으로 비스듬히 걸려 있는 한 장의 수채화였다. …그리고 그림의 앞쪽에서부터는 오솔길 하나가 바위산의 굴곡을 따라 폭포수 아래로 아스라이 잦아들고 있었는데, 등을 돌린 젊은 남녀가 팔짱을 낀 채 달을 쳐다보며 걷고 있었다.[87]

이 수채화 한 장은 형석에게 "어른들의 은밀한 세계를 훔쳐보았다는 쑥스러움"을 안겨준다. 이제껏 자신의 경험상 '달이 떠 있는 은밀한 밤'에 "인적이 없는 벼랑 아래쪽 오솔길에 남녀가 팔짱을 낀 채 걷고 있는 것은 상상하기 쉬운 광경이 아니"있기 때문이나. 그림 속의 은밀한 구도는 소숙한 아이에게 일종의 해방감과 다른 세계로 향하는 미로 같은 환상을 품게 한다. 그림은 형석에게 일종의 소유욕을 불러일으킨다. 그것은 난생 처음으로 혼자만의 엄청나게 큰 비밀을 갖는 것으로, 그림은 형석이 어른스러워지는 매개가 된다.

이후 형석은 '자신만의 세계'에 강한 의지를 나타낸다. 거울 속에 비치는 자신을 보는 신비로운 경험 속에 빠지거나 아우를 돌봐야 하는 처지로 모든 일을 동생과 함께했던 형석이 교실 마룻장 아래 탐사를 혼자 시도한다는 등의 일이다. 특히 떨어뜨린 돈을 찾기 위해 들어간 마룻장 아래는 두렵기도 하지만 형석에게 보물창고이다.

> 그때, 나는 혼란을 느꼈다. 내가 조금 전 교정으로 들어섰을 때, 개들이 놀고 있는 느티나무는 틀림없이 왼편에 있었다. 그런데 교사의 마룻장 아래에서 고개를 내밀고 바라보는 느티나무는 어느새 교정의 오른편 쪽으로 달려가 있었다. 이 경이로운 여행의 끝자락에서 나는 잠시 움직일 수 없었다. 거울과 마주섰을 때, 내가 왼손을 들면 거울 속의 나는 반드시 오른손을 들었다. 내가 오른쪽으로 몸을 기울이면 거울 속의 나는 왼쪽으로 기울어져 있다. 너무 신명했던 그 혼돈은 내가 지금껏 마룻장 아래를 탐험한 것이 아니라, 거울 속의 함정 속을 여행하고 있었다는 것을 가리키고 있었다.[88]

자신만의 세계인 마룻장 아래서 세상으로 나온 형석은 불현듯 세상이 거울 속처럼 거꾸로 존재하고 있다는 사실에 혼란스러워한다. 그런데 우리가 바라보는 세상은 거울을 대면하고 있는 것과 같다. 거울은 사물을 실재 그대로 비추는 것 같지만 형석이 경험하는 거울의 세계와 마찬가지로 방향이 반대이기도 하고 때로는 더 크게 또는 더 작게 반사함으로써 사물의 실재를 왜곡하고 있는 상이다.[89] 따라서 은밀한 비밀을 간직하며 차츰 어른이 되어가는 과정은 순조롭지 않다.

비밀스러운 소유욕은 형석으로 하여금 위험한 모험을 감행하게 하는데, 그로 인해 삼손은 몰락하고 결국 형제는 삼손과 이별하게 된다. 학교에 유일한 여교사로부터 부탁받은 종이쪽지를 잃어버리는 바람에 비밀스런 수신자였던 이발소주인과 여선생, 이발소를 인수해 시계방으로 개조한 최씨, 형석의 부탁으로 이발소의 자물쇠를 망가뜨린 삼손 장석도, 형석의 어머니까지 '빨갱이'로 의심받아 심문을 받게 된 것이다.

"히야, 삼손은 쪼다제?"
삼손이 무기력한 삶으로 전락한 내막을 어렴풋하게나마 헤아리고 있었던 나로선 딱 부러진 대꾸에 궁할 수밖에 없었다.
"삼손은 쪼다지, 그치?"
"…"
"삼손은 이제 바위를 들고 일어나지 못할 기다, 그치?"
아우는 정녕 나로부터 어떤 대답을 기대하고 있었을까. 아우의 말에 내가 전폭적인 동의를 보낸다면 아우는 틀림없이 나를 싸잡아 비난하고 들 것이었다. 반대로 자기의 주장에 의구심을 보인다면 또한 내 말을 반박하고 들 것이 틀림없었다. 아우는 심한 갈등을 겪고 있는 것이었다. 아우에게서 갈등의 냄새를 진하게 느낀다는 것은 괴로운 일이었다. 어쨌든 나는 삼손에 관한 일인 이상 아우의 질문에 대답할 말을 찾지 못하고 있었다.[90]

아우의 갈등은 '아버지 찾기'에 실패한 것에 대한 자각증세이다. 이후 동생의 '아버지 찾기'는 여인숙집의 옥화아버지에게로 옮겨간다. 그에 비해 형석은 삼손의 입장과 동일시하여 그는 연민과 동정의 대상이 된다. 그래서 형석에게는 삼손의 존재가 사라져도 그 의미가 곧 잊히게 되지만, 아우는 삼손과의 이별이 남아 있고 그로 인해 아버지의 빈자리를 계속해서 상기한

'반(反)성장'의 문학 생산력

다. 또한 아우는 옥화아버지를 "놀라울 정도의 익명성을 유지하면서 철저하게 우리들 앞에 모습을 드러내지 않고 있는 아버지"[91]와 일치시킨다. 아이가 성장하는 데 중요한 것은 미래에 대한 전망이며, 이 전망을 직접 체현하고 있는 모범을 찾아 동경하는 것이다. 그러나 형제에게 이 모범은 계속해서 유예된다.

개인의 성장이 그를 둘러싼 사회적 상황과 무관할 수 없으며 그의 성장과정은 곧 사회적 상황의 고찰과정이기도 하다는 관점에서 볼 때, 한국의 근대적 '개인'의 경험은 사회적 자아와 개인적 자아가 갈등을 일으킬 필요 없이 식민지와 전쟁이라는 외부에서 가해진 집단적인 충격에 가까운 것이었다. 유년의 주인공 화자에게 내면적 성장과 발전을 유도할 보편적 이념이나 문화요소가 존재하지 않는 이유 역시 이 같은 한국의 사회적 상황과 무관하지 않다.

4   남성적 질서를 전복하는 '사팔뜨기'의 시선

세계 어느 나라보다도 빠르게 압축적으로 근대화를 이룩한 한국은 제 스스로 몸을 변화시키는 자본주의의 급물살에 또 한번 휩쓸리게 된다. 1990년대 이후 하비가 유연적 축적체제라 불렀던 축적체제의 전환이다.[92] 축적체제의 유연성이 몰고 온 가장 큰 변화는 중심을 해체함으로써 하부구조의 자율성을 획득하는 데 따른, 이제까지 초월적 기표에 의해 배제될 수밖에 없었던 여성, 어린이, 노인 등 인종적·성적 소수자들을 부각시키는 결과를 양산해 냈다. 이로써 견고한 것에서 유동적인 것으로, 영원한 것에서 일시적인 것의 강조는 더 이상 집단적인 행위양식을 거부한다.

또한 진보를 향한 선조적인 시간인식은 과거와 미래를 현재에 수렴하지만 선적인 구조가 포기되면서 다양한 시간인식을 가능케 했다. 마찬가지로 공간적 인식 역시 변화가 일어났다. 근대적 공간이 신체에 가해 온 폭력적 통제를 비판하고 주변부의 자생력을 주목하게 되면서 다양한 공간에 대한 관심이 촉발되었다. 따라서 사회적 총체성 구현을 위한 일련의 작업들은 새로운 국면을 맞이하지 않을 수 없게 된 것이다.

어머니와 아들 세영이 집 나간 아버지를 기다리는 산골마을 외딴 집에서 간밤에 내린 폭설로 시작되는 『홍어』가 중심을 향한 총체적 인식과는 무관한 듯 보이는 것은 더 이상 초월적 기표를 통해 총체성을 구현하는 것이 불가능해졌기 때문이다. 김주영은 문학적 관심을 산골마을로 옮겨오면서 남성이 아닌 여성을, 그것도 아이의 시선에 의지한다. 이러한 서사는 우리 사회가 일구어낸 왜곡된 근대성이 삼킨 전통성과 악성화된 남성중심주의로부터 벗어날 심미적 거리를 제공해 준다.

김주영은 전작 『천둥소리』에서 서구적 근대문물이 우리의 일상 깊숙한 곳까지 침범해 그 모순이 분단현실과 철저히 착종되고 있던 80년대의 상황을 '길녀'라는 여인을 통해 그려낸 바 있다. 전통적인 가부장질서를 답습하는 길녀는 여러모로 『홍어』의 어머니와 닮았다. 길녀가 시어머니와 함께 지키고 있던 고가(古家)는 한때 그 위용을 떨쳤을 터이지만 이제 더 이상 고가는 그녀들의 고결한 삶에 가치를 부여해 줄 수 없다. 시어머니의 숙음은 길녀로 하여금 비로소 가문이라는 유령으로부터 벗어나 집을 나설 수 있게 하지만 이 떠남의 의미는 『홍어』의 어머니의 가출과는 다르다. 그녀를 정절녀로 의미 지웠던 가문의 유령으로부터 떠남이 허용되는 순간, 그녀는 또 다른, 역사라는 유령에게 덧씌워질 뿐이다.

한 가문의 며느리로, 한 남자의 아내로 명명되지 못한 채 길을 떠나는 길녀의 삶이 단지 표층에서 읽기를 마칠 때 그녀의 삶은 전통적인 가부장질서를 답습하는 수동적이고 희생적인 여성상으로만 머물러버린다. 이는 자칫 전통적인 질서를 옹립하는 것으로 보일 수도 있다. 그러나 길녀가 길을 떠나는 지점이 전통적인 가부장질서가 서서히 붕괴되는 지점과 맞물려 있다는 것을 간과해서는 안 된다. 이 땅의 전쟁과 근대화는 이 붕괴속도를 점차 가속화시켰다.

전쟁은 길녀뿐만 아니라 그녀를 둘러싸고 있는 세 남자에게도 낯선 풍경이다. 하인에 불과했던 차병조와 점개가 각각 국군과 좌익세력의 핵심 인물로, 트럭운전사였던 지상모가 좌우를 넘나드는 인물로 재배치된 것이다. 차병조가 길녀를 급간하면서 전통의 굳건한 질서는 남성들에 의해 부인되었다. 그리고 새로운 질서는 이들을 주체로 불러세웠다. 하지만 이분법적 세계관은 '우리'라는 자기동일성의 순결함을 위해 '나' 이외의 것은 적으로 상정하게 하고, 결국 서로를 죽음으로 내몲으로써 이들 역시 그저 타자로서만 존재하게 할 따름이다.

이처럼 우리의 근대는 어느 누구에게도 주체의 자리를 허용하지 않는 것이었다. 『천둥소리』에서 남성들이 자신을 자해함으로써도 다다를 수 없었던 자신의 존재가 『홍어』에서는 더욱 멀어져 보인다. 『홍어』의 남자, 아버지는 바람나 가정을 버리고 도망간 무책임하기 짝이 없는 자이며, 혼외정사로 낳은 아이를 버젓이 본가에 맡기는 한낱 엽색꾼에 불과하다. 그러나 어머니는 남성들의 지배질서를 자신의 것인 양 온몸으로 떠안고 있다.

『홍어』의 아버지는 어머니가 희생을 감내하면서 지켜내 왔던 가족 내로 '당당하게' 안착한다. 전통적인 공동체 질서는 어머니의 죄갚음으로 아버지를 용서한 것이다. 그러나 김주영은 남성들이 부인한 전통의 질서를 여성들로 하여금 끌어안게 하면서도 그 질서 속으로 매몰되지 못하게 복병을 숨겨놓고 있다. 거지처녀 '삼례'의 등장이다. '삼례'는 한 치의 빈틈도 없을 것 같은 어머니에게 우연찮게 다가와 이전과는 확연히 다른 세계를 경험하게 한다. 어머니가 지켜온 전통적인 공동체 질서는 이 거지처녀의 갑작스런 출연도 허락하는 공간을 확보한 것이다.

> 그녀를 삼례(三豊)라 부르기로 작정한 것은 그때부터였다. 어머니가 처음에 떠올린 이름은 삼래(三來)였다. 그녀가 우리 집 부엌으로 뛰어들었던 날이 음력으로 12월 3일이 되는 날 밤이었기에 붙여주려 했던 이름이었다. 그러나 이름의 품위를 다시 생각했던 어머니는, 래(來)를 례(禮)로 고쳐 부르기로 한 것이었다.
> "이름 없는 잡초라고 말들은 쉽게 하지만, 알고 보면 이름 없는 풀이 어디 있겠노. 하찮은 맨드라미도 맨드라미라는 이름이 있제. 하물며 사람인 니가 이름 없이 떠돌아서야 되겠나. 말대꾸도 또렷한 니가 뚜렷이 가진 이름이 없었기에 여태까지 걸부새이로 살아왔제."[93]

더러운 포대기로 얼굴을 가리고 있는 이 떠돌이여자를 대면할 때 어머니는 강한 부정과 동시에 동정심을 유발한다. 자신의 이름도 모르는 '걸부새이' 여자는 어머니가 해석해야 할 기호로 작동한다. 이 기호는 기존질서가 애써 감추려고 했던 것이 너무나 우연히 그리고 폭력적일 만큼 강력하게 나가와서 해석하기를 강요할 때 비로소 발생하는 것이며, 그 때문에 존재를 부인할 수 없음에도 불구하고 명명할 수 있는 언어를 찾지 못할 때, 그녀를 구성하고 있던 가치체계의 전환을 촉구하는 매개인자이다.

바람나 도망간 아버지를 기다리며 하루 종일 집 안에 틀어박혀 바느질에만 몰두하는 것이 전부인 시골아낙에 불과한 어머니가 아버지의 귀환과 함께 집을 떠날 수 있는 변화가 초래되는 그 중심에는 이 거지처녀 삼례가 있다. 삼례는 세영이에게는 거대한 '아버지의 자리'(phallus)를 조롱한다. 아버지의 별명이기도 한 '홍어'를 어머니가 부엌 문설주에 걸어놓고 아버지의 빈자리를 환기하고 그가 돌아오기를 기다리는 것으로 알고 있는 세영에게 홍어가 "자지가 두 개 달려 바람둥이"라는 것을 알려준 것도 삼례이다. 또 어머니는 홍어와 비슷하게 생긴 가오리연을 열성적으로 만들어 세영에게 날리게 했다. 반면 삼례는 바람이 없으면 뜨지 못해 종이쪼가리에 불과한 연(鳶) 대신에 살아 있는 새를 선물한다.

삼례는 이미 죽어버린 홍어, 날지 못하는 연을 부여잡고 자멸하는 어머니에게 소생할 수 있는 마지막 선물을 남기고 떠난다. 그것은 홍어포가 걸려 있었던 부엌 문설주에 대롱대롱 매달린 반 아름만한 씀바귀 한 묶음이다. 아직도 파릇파릇한 기운을 그대로 간직하고 있는 씀바귀들은, 폭설로 세상과의 소통이 단절된 가사(假死)상태에 있는 이 산골마을에서 유일하게 살아 있었던 삼례와도 같다.

삼례의, 몽유병을 가장한 자유로운 광기의 발산을 경험하면서 어머니는 삼례를 자신의 다른 얼굴로 발견한다. 삼례와 맞닥뜨리면서 어머니는 그녀를 대상화하여 어머니의 가치체계로 복속시키는 것이 아니라 그녀의 자유로움을 방임하는 듯 무한히 허용한다. 그럼으로써 어머니는 이 시골마을의 일상에까지 스며들어 오고 있는 새로운 가치체계, 즉 근대적 삶의 방식을 멀리서 바라를 수 있게 되었고, 마침내 삼례의 자리 혹은 전통의 외부에서 가부장적 질서를 직시할 수 있었던 것이다.

이제껏 비어 있는 아버지를 기다리는 동안 아버지의 자리가 얼마나 허망한 것인가를 몸소 체험함으로써 그 모순을 누구보다 명확하게 알고 있는 어머니가 스스로 그 질서 속에 안착할 것이라 기대하기는 어렵다. 아버지의 자리가 상징만으로 존재해 온 어머니에게 아버지가 돌아왔다 하더라도 그 빈자리는 결코 채워질 수 있는 것이 아니기 때문이다. 어머니의 가출이 길녀와 다른 점이 있다면 이제까지 자신의 자리가 명명되지 못했던 여성으로 하여금 그 자리를 분명히 확인하도록 했다는 점이다. 이는 곧 남성으로부터는 얻을 수 없었던 근대에의 해법을 여성의 영역, 이를테면 전통적 가부장제로 대표되는 가족 내의 일상으로부터 묘파하겠다는 작가의 강렬한 의지, 그 이상도 그 이하도 아니다.

작품의 결말에 이르러 김주영은 독자에게 매우 놀라운 정보를 제공한다. 집을 떠난 지 6년 만에 돌아온 아버지가 세영이에게 던진 "사팔뜨기 눈을 아직 고치지 못했군"이라는 무심한 한마디는 지금까지의 모든 독서정보를 원점으로 되돌린다. 아버지의 이 말은 세영 혼자만의 좌절과 수치심에 멈추는 것이 아니라 이제까지 세영이의 입을 빌려 진술해 왔던 어머니의 지혜로운 삶의 아름다움까지도 독자로 하여금 다시 생각하도록 만드는 혼란을 야기한다.

학처럼 고고한 어머니의 미덕에 감동받은 독자의 뒤통수를 치는 이 한마디는 『홍어』를 해석하는 마지막 혹은 최선의 열쇠이다. 어머니에게 감동한 이 시대의 독자를 비웃음으로써 여성이 아닌 어머니를 아름답게 만든 전통적 질서를 비판하면서도 이를 아름다움으로 대상화할 수밖에 없도록 만든 부박한 근대적 질서를 또한 비웃고 있는 것이다.

우리의 삶을 경계 짓는 몇 가지의 대립지점들, 즉 남성과 여성, 이성과 비이성, 문명과 자연의 문제는 그것들의 관계가 항상 억압과 피억압의 관계를 형성하면서도 너무나 깨끗하게 봉합되어 있다. 그래서 김주영의 작품에서 나타나는 '떠나는 어머니'는 단지 남성에게 귀속된 여성의 탈주만을 이야기하는 것이 아니라 자연스럽고 당연하다고 인식되어 온 폭력적인 억압의 역사에 대한 고찰이다. 우리의 삶에서 면면히 유지되어 오던 전통적인 삶의 방식들이 새로운 가치체계로의 전환에 의해 내동댕이쳐질 때 혼돈의 틈새에서 지워져 이제는 말할 수 없고, 말할 방법조차 잃어버린 것에 목소리를 빌려주고자 할 때 작가의 관심은 여성, 이 시대의 타자에게로 향했다. 여성이 남성의 역사에 편입되어서만 존재할 때 그 저항 역시 홀로 설 수 없다. 완강한 남성의 질서 속에서 여성이 지워진 그 흔적으로 말미암아 균열을 일으킬 수 있는 것이다.

『천둥소리』와 『홍어』의 배경이 전통적 가부장제가 완강한 힘을 떨칠 때인 우리 사회의 1950~60년대인 것은 우연이 아니다. 김주영은 그녀들의 떠남이 결코 용인될 수 없는 제도적 질서 속에 있음에도 불구하고 과감히 떠남을 이야기하면서 그녀들에게서 윤리와 도덕성을 문제 삼기보다 오히려 반어와 조롱으로 이끎으로써 사실과 진리가 아닌, 다만 심미적 거리를 만든다.

5 김주영 소설의 이중전략

김주영은 우리의 삶이 새로운 가치체계로 구성되는 과정에서 발생하는 모순을 놓치지 않고 있다. 개인의 삶이 사회와 마주치면서 구성된 것으로 인위적이고 강제적임에도 불구하고 오히려 자연스럽고도 당연시되는 많은 것들의 봉합의 자리를 재차 확인시켜 준다. 소설이 당대의 현실 모순을 가장 첨예하게 드러낸다고 봤을 때, 김주영 소설에 나타난 변화의 과정들은 단지 기법이나 소재적인 변화에 그치는 것이 아니라 우리 사회가 겪어온 역사적 이행과정의 한 양상들을 구현해 내고 있는 것이다.

식민지와 전쟁을 겪고 난 한국은 순결하고 숭엄한 '국가'와 '민족'의 정체성 확보에 총력을 다했다. 국가적 통합이 절실한 만큼 배제도 확연히 이루어졌다. 사회구성원들이 단일한 목표를 향해 나아가기 위한 통합은 통합될 수 없는 타자를 배제하면서 자기동일성을 확보하는 것이다. 사회구성원 각각의 발전은 '민족중흥의 발전'에 기초가 되어야 했고, 개인의 노동은 국가의 이익을 창출할 때 그 가치가 있는 것이 될 수 있었다. 특히 신문과 소설은 단일한 경계선 안에 있는 각 개인들 간의 서로 다른 시간과 공간의 경험을 동시화·균질화하는 데 유용한 형식이었다. 일정한 시간과 공간 내의 사회적 풍경을 고정시키고 동시적인 시간감각을 제공하여 각 개인들에게 한 공동체 내에 있다는 소속감을 부여하는 역할을 하는 것이다.[94]

소설에서 긍정적 주인공은 순결한 도덕심으로 다른 사람들에게 모범이 된다. 이 모범을 통해 민족의 일원으로서의 행위양식을 내면화시킬 수 있었다. 이때 역사 속의 위대한 영웅의 행적은 지금을 사는 사람들에게 '민족의 일원'이 되기 위한 자신들의 일상을 규율하게 했다. 1930년대 역사소설이 계몽지식인들에 의해 식민지 현실을 부정하고 조선의 역사적 정통성을 되살리고자 하는 작가의 민족적 이념이 투사된 것처럼 말이다. 과거의 유구한 역사를 통해 민족을 상상하게 하는 영웅소설들은 이후 지속적으로 나타났다.

해방 직후부터는 미국을 비롯한 서구열강들이나 가까운 일본과 같은 경제적 풍요로움과 강력한 국력을 위해 전국민적 통합을 이루고자 했던 시기였다. 신형기의 논의에 따르면 이러한 영웅들은 북한소설에서 본격적으로 나타났는데 남북한 모두 '중흥'의 시기에 민족해방의 영웅으로 등장한 김일성은 모든 이야기의 주인공으로 유일한 존재가 되었다. 김일성 외에 어떤 긍정적인 인물도 그려지지 않았으며 인민은 김일성을 중심으로 움직이는, 그야말로 사유를 박탈당했다. 한편 남한의 경우 김동리와 조연현 등의 '순수' 주장에 의한 현실로부터 분리된 '인간'의 본질적이고 궁극적인 정신의 영역을 탐구하였다. 정신적인 안위를 위한 토속적 향토는 개발 중심의 경제성장이라는 현실에서 소외·배제된 공간이다.[95]

80년대 황석영, 조세희의 등장은 이 땅에 독점자본의 형성과 이를 위한 국가적 동원이 배제에 근거하고 있음을 고발하는 것이었다. 그들은 생산양식의 전환과정에 나타난 혼란스러움으로부터 견디고 이겨낼 수 있는 미덕으로 민중의 연대를 모색하고자 하였다. 작가들은 주인공들이 겪고 있는 경제적·문화적 충격을 애정을 가지고 서술함으로써 증오보다는 이해를 앞세우고 있다. 그래서 황석영과 조세희 작품은 70년대 문학뿐만 아니라 한국문학 전반에 소외된 계층에 대한 진정한 관심을 갖게 하는 가장 중심적인 작품이다.

자본가-노동자라는 계급적 모순을 통해 사회의 총체성을 구현하려는 시도에서 우리가 간과하지 말아야 하는 중요한 사실은 근대성 그리고 근대를 극복하려는 열망이 이제껏 상대적인 자율성을 유지해 온 도시의 외부, 전통적 삶이 무너짐을 기반으로 하고 있다는 사실이다. '민족' '민중'이라는 초월적인 기표에 묶이면서 여성이나 아이 등 사회적 약자는 여전히 배제될 수밖에 없었는데 상상적으로 구성된 '민족'뿐만 아니라 '민중' 역시 타자를 배제하는 자기동일성에 의해 정체성을 확보할 경우, 개인은 익명화되고 실제 모습은 억압된다.

김주영은 『객주』에서 '남성적' 민중성으로 당대 피지배계층의 삶과 이들의 연대의식을 모색하고 있지만 동시에 '보부상'이라고 하는 독특한 신분에 주목한 것은 보부상이 양반과 일반백성의 중간자적 위치에서 지배와 피지배 간의 계급적 인식을 객관화할 수 있는 시선을 보장받을 수 있기 때문이다. 이에 김주영은 '민족' 또는 '민중'이라는 초월적 기표 내로 소속되고자 하는 열망이 극대화된 시기에도 이에 함몰되지 않고 보편적임을 강요하는 것들이 일상에서 봉합되는 흔적을 남겨놓을 수 있었다. 즉 민중적 통합과정에 의해 배제된 타자, 즉 도시변두리, 이곳에서 형성된 도시빈민, 구체적으로 도둑이나 부랑자, 거지 같은 소외된 사람들, 성장을 멈춰버린 아이들, 이들의 헝클어진 기억에 의한 시간의 다양성 등이다.

특히 총체적인 사회상의 구현이 불가한 시대에 근대적 사유로 일반화하려는 힘에 비켜서는 『홍어』는 완강한 가부장질서가 확립되는 과정과 공동체적 질서의 건강함을 보임과 동시에 우회하여 모호하게 얼버무려 은폐하는 이중적인 발화를 취함으로써 일반적·보편적이라는 남성적 사유에서 미끄러진다. 이 역시 어머니의 세계와 아버지의 세계를 가로지르는 '세영'의 시선에 의한 것이다. 이렇듯 『홍어』는 우리 사회가 안고 있는 가장 근본적인 문제인 전통과 근대라는 경계와 함께 남근주의와 페미니즘의 경계를 넘나들고 있다. 특히 김주영의 어린아이 화자는 사회적 개발·발전에 따른 개인의식의 발로 차원에서 봤을 때 전혀 성장하지 않고 있다.

성장을 부정하는 '반성장'은 성과(成果) 중심의 발전과정에서 결여된 성장이념과 연관된다. 변화한 생산양식이 합의에 의한 보편적인 가치질서에 기반을 두지 않은 채 '민족'이라는 추상성으로 통합하려는 단일한 목표를 설정할 때 그 중심은 배제의 논리가 자시하고 있다. 통합하려는 의지가 강력할수록 배제의 논리는 더욱 견고하게 작용한다. 보편적 가치의 수용은 자신 이외의 타자를 더욱 억압하는 결과를 초래한다. 이러한 사회에서 아이는 성장을 중지할 수밖에 없다. 김주영 성장소설의 어린아이 화자는 객관적인 시간의 흐름 속에서 정신의 위기와 각성, 의식의 변화가 전개되지 못하고 있다. 주인공의 기억이 파편적으로 존재하면서 불쑥불쑥 튀어나와 현재로 수렴되지 않는다. 이러한 서사는 기본적으로 직선적 시간관을 수용하는 성장소설의 서사문법에 위배된다.

한 아이의 성장이 정지하는 데 문화적 가치와 보편적인 이념이 '부재'하는 것보다 더 근본적인 문제는 어느 시대이건 한 사회를 오랫동안 유지해왔던 가치의 훼손에 있다. 『고기잡이』의 '삼손'의 떠남과 『홍어』에서 '어머니의 가출'이 그것이다. 김주영은 근대적 가치질서의 확산과정에서 인식적 차원과 실천적 차원의 불일치를 아이의 성장과정, 엄격하게 말하면 악동의 미성장상태에 머물고 있는 것을 통해 모순된 사회에 대한 비판적 안목을 관철하고 있다. 특히 『홍어』는 전통적인 가치를 감내하는 어머니의 아름다움에 매몰되지 않도록 특별한 장치를 마련한다. 그것은 작품 끝에 이르러서야 밝혀지는 '세영이'가 '사팔뜨기'라는 것이다.

김주영은 합리적인 근대적 가치로 인해 부정되었던 전통을 끌어안음과 동시에 어머니를 숭고하게만 보아온 남성적 시선에 혼란을 일으키도록 이중적 접근방식을 취하고 있다. '반성장'은 민족·민중, 국민적 통합으로 단일한 가치체계 내에 존속함으로써 타자의 배제를 가중시켰던 '근대적' 인식에 반성의 틀을 제공한다. 타자의 배제·억압을 통해 자기동일적 순수함으로 구성된 세계의 허상을 드러내고 있기 때문이다. 즉 이 세계를 구성하는 자연스럽고 당연하다고 여겨지는 가치들의 기원으로 회귀하여 그것들이 인위적이고 강제되어 있음을 밝히고 있는 것이다. 이러한 노력은 '순수한' 자신을 구성해 왔던 많은 인위적이고 당연한 것들에 대한 부정의 의지가 뒤따라야 한다. 그러할 때 자신을 구성하는 여러 타자들과 연대가 가능하다. 이 지점에서 단일한 가치로 점철되어 온 한국의 문학사가 더욱 풍부해질 수 있는 여지를 확보할 수 있을 것이다.

1 루카치는 서사문학의 중요한 두 형식인 서사시와 소설은 작가의 창작의도가 아니라, 작가의 창작의도가 직면하고 있는 역사철학적인 상황에 따라서 구분된다고 보았다. 소설은 삶의 외연적 총체성이 더 이상 구체적으로 주어지지 않고 삶의 내재성이 문제 되고 있지만 그럼에도 총체성을 지향하고자 하는 시대의 서사시로 보았다. 게오르그 루카치 1985, 70쪽.

2 김주영 소설에 대한 평가는 그의 시기별로 크게 세 부분으로 전개된다. 먼저 그가 등단한 1970년대부터 80년대에 이르는 시기로, 초기 단편작품들에 대한 평가이다. 한국사회의 산업화·도시화로 인해 발생한 모순을 드러내어 고발하는 풍자적 묘미가 탁월하다는 평가이다. 두번째 시기는 『객주』를 비롯한 『활빈도』 『화척』에 나타난 민중의 저항정신을 살려냈다는 평가와 세번째는 자전적 성장소설에 대한 것으로, 이러한 논의가 당대 비평뿐만 아니라 김주영 소설 연구가 중점을 이룬다.

3 김치수의 「사실주의로부터 환상적 사실주의로」 또는 박훈하의 「욕설의 미학 혹은 사팔뜨기의 아름다운 시선」(김치수 엮음 1999 참조).

4 한국사회의 70년대 사회변동을 설명하기 위한 입장들로는 신식국독자론, 종속이론, 세계체제론, 발전국가론 등이 있다. 여기서는 이 시기를 단순화하여 30년대 식민지근대와 구분하는 본격적인 자본주의 체제하의 근대성 인식과정으로 보고자 한다. 근대성의 중심 원리인 시·공간의 균질화와 인식의 표상화는 군부독재정권의 권위주의적인 정책으로 압축적인 경제성장을 이루어낸 동시에 이에 저항한 민중운동의 기본 원리가 됨을 살펴보기 위함이다.

5 데이비드 하비 1994.

6 권명아 2000, 65쪽.

7 이종영은 남성공동체의 '사랑'의 무의식 측면, 즉 지나친 사랑에 의해 남성공동체가 붕괴되는 것을 막으려는 역사적인 지배양식을 설명한다. 그 지배양식이란 성적 지배의 '가족유폐적 양식'으로 여성들은 근대적 국가 형성 이후에도 가족 속으로 또다시 유폐된다. 가부장제는 가족구성원들을 복종시키는 것뿐만 아니라 반복해서 끊임없이 가부장제적 가족을 만들어내야 하며 이러한 장치가 결혼이다. 이종영 2001, 제3장 참조.

8 최현주 1999, 9~17쪽.

9 이보영 외 1999, 14쪽.

10 필립 아리에스 2003.

11 김병익 1981.

12 황종연 엮음 1999, 장경렬의 「반성장소설로서의 성장소설」.

13 황종연 1996.

14 저임금·저곡가정책은 싼 임금으로 생산비를 절약하여 가격경쟁력을 확보하고, 저곡가로 노동자의 최저생계를 유지시켜 주는 구조적인 노동착취의 방법이다. 이로써 야기된 농촌 몰락은 농민을 도시로 유입시켜 값싼 노동력의 노동자를 만들어내는 수단이 되었던 것이다. 서울사회과학연구소 경제분과 1990, 181~232쪽.

15 북한의 경우 김일성이 인민의 뇌가 됨으로써 모든 개별적 사유의 가능성은 박탈당해 인민은 자율적으로 생각할 수 없는 무뇌집단이 되고 말았다. 남한의 경우 역시 "인간을 일반화함으로써 모두 익명화되는 현실이 승인되었다"는 견해이다. 신형기 2003, 28쪽.

16 1920년대 식민지 조선에서 공적 체험을 중재할 수 있고, 재현되는 현실에 역사적 전망을 갖출 수 있었던 이광수, 김동인, 염상섭 등이 속한 집단이다. 그러나 이들 역시 계층적 자의식이 생성되는 중이어서 체험의 중재능력의 부족으로 기층민의 삶은 구성되기는커녕 이들 스스로가 자신들의 이야기를 공적 체험 영역으로 끌어올리는 것은 거의 불가능했다. 그에 비해 최서해는 서간체 차용, 민담 형식을 통해 독자의 시선을 기층민의 현재적 고통으로 돌리는 것을 가능케 하였고 이를 통해 한국 근대소설의 내발적 가능성을 제시하였다. 박훈하 2002a.

17 김주영 2001a, 「과외수업」(1974), 158쪽.

18 김주영 2001b, 「적출」(1975), 107쪽.

19 고진에 의하면 이 주체는 더욱 '위대한 권위'에 복종함으로써 얻어지는 왜곡된 또 하나의 권력의지이다. 그런 의미에서 고백하는 주체는 결코 참회가 아니라 나약해 보이는 몸짓 속에서 주체로 존재하며, 즉 지배할 것을 목표로 한다. 가라타니 고진 1997, 116쪽.

20 발터 벤야민 1983, 175쪽.

21 로널드 폴슨 1992, 14쪽.

22 같은 책, 28쪽.

23 나병철 2000, 327쪽.

24 김주영, 2001a, 「마군우화」, 73쪽.

25 황종연 엮음 1999, 김주연의 「사회 변동과 풍자」.

26 김주영, 2001a, 「도둑견습」, 267쪽.

27 김주영, 2001b, 「즐거운 우리 집」, 313쪽.

28 나병철 2000, 319~27쪽.

29 정현기 1991, 312쪽.

30 게오르그 루카치 1985, 70쪽.

31 골드만 1990.

32 근대소설은 청중이 아닌 고립된 개인이라는 독자를 대상으로 한다. 개인적 독지를 호출하므로 개인의 주체적 인식을 필요로 한다. 특히 인쇄매체(신문이나 책)는 화자와 독자의 거리를 분리시키는데 고립된 개인 간의 내포적 의사소통의 징표이다. 나병철 1999, 370쪽.

33 이야기에서 소설로의 전환은 실제적인 삶의 재료로 짜인 지혜는 사멸되고, 서로의 경험을 공유할 수 있는 공적 체험 영역을 박탈당하는 것을 의미한다(발터 벤야민 1983).

34 김윤식 1986.

35 같은 책, 72쪽.

36 김종하 1996, 67쪽.

37 김한식은 황석영의 단편에서 보이는 이러한 극단적 상황설정이 1970년대 시대적 상황과 어울려 매우 핍진하게 느껴진다고 하였다. 또한 현실은 독자들에게 이해된 현실이며 이들의 동의로 황석영 소설의 핍진함과 박진감이 더해진 것이라는 이유이다. 이는 황석영 소설의 장점이며 상황의 극단화가 곧 설득력으로 이어진다는 평가이다. 김한식 2000, 371쪽.

38 류보선 2000, 387쪽.

39 강영주 1991, 18쪽.

40 미하일 바흐진 1988.

41 임영봉 1992, 18쪽.

42 공임순 2000a, 17쪽.

43 이광수의 『단종애사』(1927), 『이순신』(1932), 『세종대왕』(1940), 『원효대사』(1942)와 같은 작품을 비롯하여 김동인의 『운현궁의 봄』(1934), 『연산군』(1937), 『대수양』(1941) 처럼 역사적 중심인물의 일대기와 그를 둘러싼 정치사적 문제에 중점을 둔 작품들이 있다.

44 임영봉 1992, 24쪽.

45 공임순 2000, 36쪽.

46 김주영 1981a, 364, 365쪽.

47 조재곤 2001, 37쪽.

48 황종연 엮음 1999, 김종철의 「역사소설의 재미와 민중생활의 재현」, 106쪽.

49 김주영 1981a, 364쪽.

50 베네딕트 엔더슨 2003.

51 조세희 1978, 113쪽.

52 지배자-피지배자, 공부한 자-못한 자, 타락한 자본주의적 가치를 좇는 자-자본주의적 가치에 적응하지 못하는 자 등의 두 계급이 첨예하게 대립한다. 대립된 두 계급이 정글의 법칙에 따라 살아가는 곳이 '낙원구 행복동'이다. 류보선 2000, 396쪽.

53 황석영 1999, 103쪽.

54 이진경 2002, 169~82쪽.

55 진태원 2002, 378쪽.

56 공임순 2000, 58쪽.

57 이진경 2002, 211쪽.

58 박훈하는 헤게모니가 "의미와 가치의 생생한 체계로서 실천으로 경험됨에 따라 상호 확인되는 것"이라는 레이몬드 윌리엄스의 표현을 빌려 지배는 물리적 억압에 기초해 행사되는 것이 아니므로 작가는 피지배계급의 대항 헤게모니를 자의적으로 생산해 낼 수 없다고 한다. 따라서 김유정 작품에서 식민지 민중들의 대항적 헤게모니는 어떤 것이었으며,

어떠한 문학적 태도로 표현할 수 있었는가에 주목해야 한다는 것이다. 그 결과 김유정의 소설은 근대적 제도로서의 억압적 지배장치가 미치지 못한 일상의 삶의 논리, 식민지 지배논리로부터 자유롭게 자신들의 전통적인 일상적 삶을 유지·존속할 수 있는, 즉 전통적 농촌공동체에서 찾고 있다. 특히 '가장자리'라 일컬은 농촌에서도 외곽에 위치한 동네어귀의 주막이나 물방앗간은 공동체 내부의 규범이 다소 느슨하게 작용함으로써 들병이나 뜨내기 같은 이질적인 존재들로 머무름을 허락하는 이타적인 공간이다. 때문에 당대 조선에 식민지배가 강제하는 삶의 상처는 근대적 제도의 영역 속에서가 아니라 우리의 전통적 공동체 내부에서 치유할 수 있는 것이다. 박훈하 2003, 487쪽.

59 김주영 1987, 「악령」, 65쪽.

60 윤병로 1996, 263쪽.

61 김주영 2001a, 「도둑견습」, 271쪽.

62 김용구 1983, 375쪽.

63 김주영 2001a, 「도둑견습」, 290, 291쪽.

64 최갑진 1997.

65 이종영 2001, 20쪽.

66 권명아 2001.

67 김주영 1987, 「겨울새」, 164, 165쪽.

68 줄거리는 다르지만 난옥-신길녀, 남편-차병조, 최석도-지상모, 아들-황점개라는 대응이 가능하다(김화영 1987).

69 김주영 1998, 121, 122쪽.

70 권명아 2000, 59쪽.

71 같은 책, 90~97쪽.

72 성장소설의 갈래적 특성을 정리하면, 성장소설은 내재적 요소와 외재적 요소가 상호 텍스트적으로 결합되어 있는 갈래구분이 쉽지 않은 소설유형이다. 이항대립의 구조를 가진 탐색담과 통과의례를 바탕으로 한 입사담의 특질을 갖고 있으며, 자아와 세계에 대한 새로운 인식과 실천을 보여준다. 성장소설은 담론주체의 정립과 유년서술자가 등장하는 양식적 특성을 갖고 있다. 기억이나 회상의 방식과 반성적 사유에 근거한 자기고백의 담론 특성을 가지고 있어 기성사회에 대한 강한 비판이나 부정의 반담론과 함께 기성사회를 수용하고 내면화하게 하는 상징권력의 담론이 반어적으로 구조화되어 있다. 최현주 2002, 28~45쪽.

73 문재원 2003, 95쪽.

74 이보영 외 1999, 14쪽.

75 게오르그 루카치 1985, 113~15쪽.

76 '아이'는 정치적·이념적 차원에서 한 발 물러나 무관한 위치에서 보다 객관적으로 있는 그대로의 상황을 진술할 수 있다. 특히 전쟁체험 세대에게서 유년 화자가 두드러지는 것은 분단상황의 정치적인 면을 우회적으로 돌아갈 수 있다. 이지현 2002, 24쪽.

77 한국이 겪어온 근대화과정에서는 개인의 내면적 성장을 유도할 문화요소나 보편적 이념이 부재, 정립되지 않았다. 이보다 더 근본적인 이유는 분단과 냉전의 폭력성으로 말미암아 개인은 다시 '민족' '국가'라는 초월적 기표에 포섭될 수밖에 없었다. 이런 점에서 굳이 성장의 의미를 부각시켜 보자면 '한국적' 의미의 성장소설로 이야기할 수 있다.

78 귄터 그라스의 『양철북』은 오스카라는 성장을 멈춘 아이의 시선으로 당대 독일사회를 이끈 소시민계급의 이기적인 속물근성을 비판하고 폭로한다. 오스카가 의도적으로 계단에서 굴러 성장을 거부함으로써 어른의 세계에 저항하는 것이다. 독일 몰락 후 오스카는 성장을 재개하지만 꼽추 난쟁이로 정신병원에 수감되고 만다. 그의 불구적 성장은 아이를 성장으로 이끄는 유일한 공적 가치로서 부르주아 이념에 저항이라는 점에서 오늘날 우리 사회에 시사하는 바가 크다. 그러나 『양철북』은 이미 성숙한 자본주의적 가치체계에 기반을 두고 성장한 시민계급에 저항하는 데 비해 한국은 미래지향적 성장제일주의 원리 속에서 대다수 국민은 감내할 것을 강요받았고, 이에 성장의 멈춤은 근본적으로 다른 의미를 지닐 수밖에 없다.

79 황종연 엮음 1999, 209쪽.

80 박성원은 '반성장소설'의 특성을 세 가지로 요약한다. 먼저 반성장소설에서는 어린 화자가 발전적 각성을 목표로 하지 않고 성인을 죽음으로 몰고 갈 만큼 교활하고 사회악에 물들어 있으며 어른의 속임수를 쉽게 간파하며 부정과 협박으로 돈벌이를 하기도 한다. 두번째로 반성장소설의 목적은 사회를 비판하는 데 있다. 따라서 당시 사회적 배경과 밀접한 관계를 지니며 사회변화에 따른 가치관의 변화와 제도의 변화에 관심을 두어야 하며, 세번째로 일반적인 성장소설에서 어린아이의 순진함이나 순수함은 어른과 반대되는 의미이나 반성장소설에서는 오히려 이것을 역이용한다. 박성원 1999.

81 인간의 욕망의 구조는 사회의 그것과 일관성이 관통되는데 자본주의적 시장경제에서는 진정한 필요에 의한 사용가치를 추구하는 것이 아니라 화폐의 균질화 기능에 의해 재화를 서로 비교 가능한 동질적인 가치를 부여받으며 서로 교환하는 교환가치를 추구한다.

82 르네 지라르 2002.

83 욕망의 구조를 도형으로 나타내면, 주체—중개자—대상을 연결하는 삼각형 구조를 갖는다. 돈키호테는 이상적인 기사(대상)가 되고 싶은 욕망의 주체이다. 욕망 성취를 위해 돈키호테는 대표적이고 이상적인 기사상으로 신화 속의 인물인 아미다스(중개자)를 모방하고자 한다. 산추 역시 자신이 통치자가 될 섬을 욕망한다. 이 욕망도 돈키호테와 같이 자발적인 욕망이 아니라 돈키호테로 하여금 그러한 욕망이 암시된 것이다. 같은 책, 41~43쪽.

84 김주영 1981b, 287쪽.

85 하응백 1996, 167쪽.

86 김주영 1995, 「거울 위의 여행」, 19쪽.

87 같은 책, 45쪽.

88 같은 책, 76쪽.

89 거울의 허상을 피력한 사람은 라캉이다. 아이는 태어나면서 자유롭지 못하므로 자신의

전체 상을 정확히 알 수 없다. 그래서 몸의 부분을 통해 자신이 파편적으로 존재하고 있음을 인지한다. 그러다가 거울 앞에서 자신의 전체적인 모습을 보게 되는데, 이때 아이는 환희를 경험하게 된다. 이는 대부분의 동물이 거울을 적대적으로 대하는 것과 매우 차이나는 것이다. 아이는 거울을 통해 어머니와 자신의 차이를 발견하게 된다. 그것은 자신에게는 있지만 어머니는 갖고 못한 남근(phallus)이다. 아이는 어머니의 남근이 되기를 욕망하지만 그 순간 아이에게는 절대 불가항력적인 아버지가 등장하게 된다. 어머니의 곁에는 아버지의 남근이 있는 것이다. 아이는 순간 아버지로부터 거세위협을 느끼고, 아버지와 동일시를 이루게 된다. 라캉은 이를 아이가 세계로 진입하는 데 상징적인 질서를 받아들이며, 세계로 포섭되어 가는 과정으로 설명하고 있다. 그러나 라캉이 강조하는 점은 아이가 거울에 비친 자신의 모습을 자기라고 동일시하는 것이나 어머니와 자신을 하나라고 동일시하여 상상이나 거울상을 통해 얻은 '이상적인 자아'를 '인지'하는 것이 아니라 '오인'이라는 사실이다.

90 김주영 1995, 「고기잡이는 갈대를 꺾지 않는다」, 283쪽.

91 『고기잡이는 갈대를 꺾지 않는다』는 1987년에 발표한 「거울 위의 여행」과 1998년 『세계의문학』 봄호부터 가을호까지 연재한 「뗏국」 「괘종시계」 「고기잡이는 갈대를 꺾지 않는다」 네 편의 연작을 묶어 1988년에 출간되었다. 2001년에 재판본에는 작중 화자가 어린 시절을 회상하게 된 동기, 낯선 이의 편지 속에 담긴 화자의 어린 시절 사진에 관한 부분과 군복무중 술을 과하게 먹고 수영을 하다가 죽은 아우의 편지부분이 생략되어 있다.

92 데이비드 하비 1994.

93 김주영, 1998, 40쪽.

94 베네딕트 앤더슨 2003, 35, 36쪽.

95 신형기 2003, 25~30쪽.

공동체의 잔해 위에서

따지고 보면 한국사회에서 '공동체'만큼 보편적으로, 대중적으로 회자된 것
도 없다. 지난 100여 년간 한국의 역사는 실로 공동체를 필사적으로 구성
해 온 과정이기도 하기 때문이다. 일제강점이라는 민족의 수난을 극복할
'민족공동체', 전후복구·근대화시기에는 국가의 어려움을 이겨내기를 요구
받았던 '국민공동체'가 그것이다. 역사적으로 민족·국민 '공동체'는 그것을
호명하는 주체의 목적과 의도에 따라 '만들어'졌다. 국토, 혈연, 인종, 언어
의 동일성을 기반으로 한 '단 하나'의 순수한 민족·국민 공동체의 역량은
이후 국권회복, 전후복구, 경제 발전·성장의 동력으로 신화화되었다. 그리고
마침내 누구도 거스를 수 없는, 민족과 국민의 이름 아래에서 안전하고 안
락한 삶이 보장되는 것처럼 보였다. 그러나 이 거대한 민족·국민 공동체의
성공은 수없이 많은 개인들 사이를 잇고 있었던 작고 다양한 공동체를 억
압하고 그들의 고통과 희생을 담보한 것이었다.

　현재 우리가 상상할 수 있는, 혹은 우리에게 허락된 공동체는 저 견고한
단일 민족·국민 공동체이거나 대중의 삶을 국가화하는 폭력에 저항하는
'민중공동체'밖에 남아 있지 않다. 때문에 이 시대에 공동체를 말하는 것
은 국민 동원과 저항 사이의 거시적 권력관계를 반복하는 진부함, 여기에
피로감까지 느껴지기도 한다. 이 피로감은 정치적이고 거시적 차원의 논의가
불필요해서가 아니라 오늘날 잘게 파편화되고 있는 개인의 삶을 민족·국
민, 민중이라는 상상적인 이름으로 동일화할 수 없는 데서 비롯된 것이다.

그럼에도 공동체는 여전히 한국사회에서 중요한 화두이다. 많은 연구자들은 20세기 초 '실패'한 공산주의에서 새로운 코뮌주의의 가능성을 찾는 서구 지식인들의 논의로부터 새로운 공동체의 이론적·철학적 모색을 시도하고 있다. 이는 기왕의 공동체가 정치적 이념이나 신념에 기초해 정체성을 확정하고 경계를 구획해 온 것에 대한 반성이다. 국가, 민족, 국민, 지역, 인종 등 공동체를 구획하는 여러 개념들은 결국 인간의 활동에 있다. 그러니 공동체는 나와 타인을 연결하는 공동의 활동, 관계를 지향한다. 때문에 공동체는 가장 현실적인 문제이고 현재 공동체는 일상에서 공동성을 기반으로 활발하게 전개되고 있다. 지금을 살아가는 사람들의 삶의 현장에서, 자신이 살고 있는 마을의 현안 문제를 해결하기 위해, 아이를 키우고 공부시키기 위해 혹은 마을치안을 위해, 서로를 연결하고 있다. 그뿐 아니라 성(性), 세대는 물론 취향에 이르기까지, 공동체는 훨씬 다양하고 그 구성원은 긴밀하게 연결되어 있다.

다행스럽게도 한국사회에는 오랜 시간 사람들이 생활 속에서 서로를 연결해 온 경험들이 있다. 공동체를 둘러싼 많은 논의들 가운데 나의 관심은 어찌해서 과거의 경험이 단절되고 지금의 사람들이 '홀로 있게' 되었으며, 무슨 일이 있었기에 이 홀로 선 개인들의 분노와 적대가 극에 달하고 있는가 하는 데 있다. 알다시피 오늘날 사회적·개인적 갈등상황에 연대의 방향으로 길을 잡기보다 '혐오'가 한국사회의 거의 모든 구성원들에 걸쳐 나타나고 있다. 혐오주체와 혐오대상을 구분하는 이 이분법적 논리는 한국의 역사적 과정에서 '만들어진' 혹은 '억압된' 공동체와 무관하지 않다.

타인을 향한 혐오에 대한 흥미로운 조사결과가 있는데, 부산문화재단이 공개한 부산 문화다양성 실태조사에 따르면 "노인은 사회의 짐이다"라는 항목에 조사대상의 10%가 동의했다고 한다. 한편 "젊은 사람들은 이기적이고 사회에 무관심하다"는 항목에 31%가 동의를 표해 노인들의 청년세대에 대한 혐오와 편견이 더 큰 것으로 나타났다. 노인들의 청년세대에 대한 혐오의 바탕에는, 자신들은 전쟁, 산업화과정에서 오직 자기 노력만으로 가난을 극복하고 험난한 삶을 살아온 데 비해 요즘 젊은이들은 '노력하지 않는다'가 있다. 여기에는 한국의 정치·경제·역사적 차원의 분석이 필요하겠지만 그런 추상적이고 관념적인 분석보다도 더 절실한 것은 그들 존재의 자리가 망실되고 있고, 점점 설 곳을 잃은 사람들의 불안과 위기감을 파악하는 일이다.

현재 노인세대의 정체성을 구성하는 데 전쟁과 근대화는 절대적이다. 전쟁과 근대화는 한국사회의 근간을 뒤흔든, 물질적·정신적인 체제를 전환시킨 그야말로 강력한 폭풍이었다. 이 폭풍에는 발전과 성장이라는 이름이 붙었다. 폭풍의 강렬함은 모든 것을 뒤집어놓은 것에만 있지 않다. 이 폭풍이 기왕의 것들을 무력화시키고 폐허로 만들어버리면서도 잔해로 남은 것들의 고통과 슬픔을 결코 드러낼 수 없도록 만든 데 있다.

영화 〈국제시장〉은 전쟁과 근대화라는 폭풍의 현장, 그 이후 삶의 깊은 슬픔을 그리고 있다는 점에서 시사적이다. 한국 근대화과정에서 개인에게 부과된 책임과 의무를 떠안으며 누구보다도 치열하게 살아냈던 덕수의 삶은, 사실 가부장적 가족중심주의 신화, 충효사상과 희생정신을 정당화하는 국가이데올로기의 현신이나 다름없다. 영화가 흥남철수, 베트남전쟁, 이산가족 등 한국 현대사의 큰 사건을 사실감 있게 재현할수록 덕수의 기억은 개인의 것이 아닌 국가의 것으로 수렴되기 때문이다. 그러나 개인의 삶이 국가의 역사 안에 잠식되기만 하는 것은 아닐 터이고 보면 문제는 전쟁을 비롯한 역사적 사실을 과거의 시간에 유폐시켜 경험을 특권화함으로써 자신 이외의 사람(미경험세대)과의 소통을 불가하게 만드는 데 있다.

폭풍이 할퀴고 간, 폐허가 되어버린 이곳의 깊은 슬픔이란 '나'의 존재, 정체성을 부여받았던 기왕의 권력적 가치가 더 이상 통용되지 않게 되었을 때 자신을 지키는 유일한 방법으로 타인을 증오할 수밖에 없게 된 현실이다. 〈82년생 김지영〉에 대한 (젊은) 남성들의 분노, '꼰대' '틀딱'에 반영된 노인에 대한 젊은이들의 불신, 퀴어 퍼레이드에 인분을 투척하는 종교인의 증오 등 혐오는 우리 사회가 서로 다른 사람과 소통할 수 있는 어떤 연결지점도 갖고 있지 않다는 것을 증명하고 있다. 전통적 가부장의 가치를 국가이데올로기로 전환한 권위적 국가의 '순수 국민'에 타자가 틈입할 여지가 없는 것처럼 말이다.

여성, 퀴어, 청년은 권위적 국가의 '명명'에 의해 만들어진 단일한 국민에 흠집을 내고 균열을 일으키는 이름들이다. 우리에게 필요한 것은 타자의 얼굴을 마주보고 이야기를 할 수 있는 자리이다. 따라서 혐오는 오랫동안 삶과 생활의 문제를 해결하기 위해 마련해 왔던 공동체가 절멸·화석화된 모습이라 할 것이다. 그러니 혐오를 피하거나 잠재우는 것은 해결방법이 아니다.

한국 근대화의 발전과 성장 신화는 구성원들이 문제를 공동화하고 이를 해소·해결할 수 있는 자치능력을 탈취, 자생력을 질식시킨 것이었다. 그럼에도 여전히 우리는 성장신화의 동력으로 폭주하는 기차를 타고 있는 중인지도 모른다. 폭주하는 기관차의 브레이크를 잡지 못한다면 우리는 끝없는 혐오의 나락으로 추락할 것이다. 지금 우리가 할 수 있는 일은 서로에게 인분을, 돌을, 물병을 던지는 혐오의 정열이 무엇에서 발원되고, 그것이 향하는 궁극적인 지점이 어디인가를 함께 질문하는 일이다. 그런데 근대화, 성장 신화로 인해 파괴된 관계를 결합하고 공동체를 회복하려는 일련의 논의는 간혹 과거 농촌공동체가 낭만적인 유토피아로 제시되기도 한다.

소가 한가로이 풀을 뜯고 이를 지켜보는 목동, 나물 캐는 처녀, 초가집마다 저녁 짓는 연기가 피어오르는 토속적인 풍경. 그 속에서 두레, 품앗이, 계 등 구성원의 자율적이고 민주적인 생활공동체를 상상하는 것이다. 그러나 순수하고 풍요로운 농촌공동체를 상상하는 것은 이를 억압하는 불순한 세력에 의해 훼손된 민족, 그와 대결하는 이상적인 민족의 형상과 다를 바 없다. 또 하나는 1960~70년대 근대화의 폭풍이 개인의 일상을 할퀴어 가는 중에도 도시 한 켠에서 지켜지고 있던 이웃과의 '인정'을 향수하는 일이다. 농촌공동체와 이웃을 환상적으로 추억하는 것보다 문제적인 것은 상상적인 이미지를 사실로 만들고 개인의 정체성으로 고정하는 일이다. 그리고 그 고정된 정체성은 지배자의 독재도구로 이용되어 왔다.

우리의 목적은 과거로 단순히 회귀하려는 것이 아니다. 우리가 우선시하는 것은 권위적이고 억압적인 지배권력에 의해 희생된 자들을 자유롭게 만드는 일이다. 그러기 위해 우리는 성장과 발전의 소용돌이에 무너져내린 관계의 잔해 위에 서본 것이다. 근대적 가치로 인해 부정되었던 전통적 공동체의 파편에는 근대화의 폭풍 속에서도 끈질기게 살아 있는 민중의 건강함이 있었다. 공동체의 잔해 위에서 우리가 복구해야 할 것은 모든 것이 무너져내리는 순간에도 사람들이 결코 놓치지 않았던 '함께함'이다.

한편 우리 스스로 부정했던 전통의 숭고한 가치를 끌어안고자 할 때 우리는 또 한번 섬세한 전략이 필요함을 느끼게 된다. 그것은 짐짓 아름답게 보이는 전통적 질서의 견고함, 타자의 틈입을 일체 허용하지 않는 동일자적 순수함의 허상을 정직하게 바라보는 일이다. 그리하여 개인을 동일성과 전체성으로 환원하는 일련의 권력적 행위를 무력화시켜 자유를 회복하는 일이다.

우리는 이중의 잔해 위에 서 있다. 하나는 오랫동안 사람들의 일상에서 유지되어 온 전통적 질서가 근대성의 폭력에 의해 여지없이 무너져내린 것이고, 다른 하나는 전통적 질서의 동일자적 순수함을 내파하는 것이다. 그렇다고 해서 절망할 필요는 없을 듯하다. 폐허에서 새롭게 시작할 수 있음을 우리는 믿고 있고, 잔해의 좁은 틈바구니에서 새로운 생명이 뿌리내리려 하고 있기 때문이다. 우리에게 '도래할' 공동체는 이러한 완전히 새로운 생명으로부터, 그럼에도 오랜 시간 사람들에게 이어져온 삶의 건강함으로부터 시작될 것이다.

참고문헌

가라타니 고진 (1997), 『일본 근대문학의 기원』, 박유하 옮김, 민음사.

강영주 (1991), 『한국 역사소설의 재인식』, 창작과비평사.

강준만 (2002), 『한국현대사산책 1970년대 2: 평화시장에서 궁정동까지』, 인물과사상사.

강필구 (2013), 「일제전시체제기 조선인 강제동원 실태 분석」, 계명대 석사학위논문.

게오르그 루카치 (1985), 『소설의 이론』, 반성완 옮김, 심설당.

고명철 (2010), 「한국문학의 '복수의 근대성', 아시아적 타자의 새 발견」, 『비평문학』 38, 한국비평문학회.

고은 (1980), 『1950년대』, 청하.

골드만 (1990), 『소설 사회학을 위하여』, 조경숙 옮김, 청하.

공임순 (2000), 『우리 역사소설은 이론과 논쟁이 필요하다』, 책세상.

_____ (2013), 「4·19와 5·16, 빈곤의 정치학과 리더십의 재의미화」, 『서강인문논총』 제38집, 서강대학교 인문과학연구소.

_____ (2016), 「박종화와 김동리의 자리, 반탁운동의 후예들과 한국의 우파문단」, 『사학연구』 121호, 한국사학회.

공제욱 외 엮음 (2008), 『국가와 일상』, 한울아카데미.

구동현 (2009), 「교육과정 만들기: 7차 교육과정 속의 신자유주의 통치」, 『한국사회학대회 논문집』, 한국사회학회.

구해근 (2015), 『한국노동계급의 형성』, 신광영 옮김, 창비.

권명아 (2000), 『가족이야기는 어떻게 만들어지는가』, 책세상.

_____ (2001), 「수난사 이야기로 다시 만들어진 민족이야기」, 『문학 속의 파시즘』, 삼인.

_____ (2013), 「정동의 과잉됨과 시민성의 공간」, 『서강인문논총』 제37호, 서강대학교 인문과학연구소.

권성우 (1988), 「체념과 관념 사이」, 『문학과사회』 제1권 제2호.

_____ (1989), 「체험의 의미 그리고 예술가 정신」, 『작가세계』 제1권 제4호.

권영민 (2002), 『한국현대문학사』, 민음사.

김경민 (2012), 「1960~70년대 독서국민운동과 마을문고 연구」, 성균관대학교 석사학위논문.

김다혜 (2015), 「한국전쟁기 임시수도 부산의 사회변화와 공간 재구성」, 연세대학교교육대학원 석사학위논문.

김도연 (1989), 「장르 확산을 위하여」, 김사인·강형철 엮음, 『민족민중문학론의 쟁점과 전망』, 푸른숲.

김동리 (2013a), 『김동리 문학전집 12: 밀다원 시대』, 계간문예.

_____ (2013b),『김동리 문학전집 26: 수필로 엮은 자서전』, 계간문예.

김동춘 (2006),『전쟁과 사회』, 돌베개.

김만수 (1992),「전래적 농촌에 대한 회고적 시각」,『작가세계』제15호.

김무진 외 (2006),『한국 전통·사회의 의사소통체계와 마을문화』, 계명대학교출판부.

김병익 (1981),「성장소설의 문화적 의미」,『세계의문학』여름호.

김보현 (2011),「박정희시대 지배체제의 통치 전략과 기술」,『사회와 역사』제90집,
     한국사회사학회.

김사인·강형철 엮음 (1989),『민족민중문학론의 쟁점과 전망』, 푸른숲.

김성일 (2017),「광장정치의 동학」,『문화과학』89호, 문화과학사.

김소진 (1994),「처용단장」,『열린 사회와 그 적들』, 솔.

_____ (1997),「눈사람 속의 검은 항아리」,『눈사람 속의 검은 항아리』, 강.

김승옥 (1998),「환상수첩」(1962),『김승옥 전집』, 문학동네.

김연수 (2009),「모두에게 복된 새해」,『세계의 끝 여자친구』, 문학동네.

김열규 (1987),『우리의 전통과 오늘의 문학』, 문예출판사.

김영미 (2007),「해방 이후 주민등록제도의 변천과 그 성격」,『한국사연구』136집.

김영찬 (2004),「불안한 주체와 근대: 1960년대 소설의 미적 주체 구성에 대하여」,
     『상허학보』제12집, 상허학회.

김예림 (2014),「어떤 영혼들: 산업노동자의 심리 혹은 그 너머」,『상허학보』제40호,
     상허학회.

_____ (2015),「빈민의 생계윤리 혹은 탁월성에 관하여」,『한국학연구』제36집, 인하대학교
     한국학연구소.

김옥선 (2015a),『1960~70년대 한국소설에 나타난 지역 식민화 연구』, 경성대학교
     박사학위논문.

_____ (2015b),「여행 서사에 나타난 오리엔탈리즘과 지역 식민화」,『로컬리티 인문학』
     제14호, 부산대학교 한국민족문화연구소.

김용구 (1983),「창작행위의 넓힘과 좁힘」,『세계의문학』가을호.

_____ (2003),「지역의 국민화와 근대 부산의 정신분석」,『오늘의 문예비평』제51호.

_____ (2009),「로컬리티의 문화정치학과 비판적 로컬리티 연구」, 부산대민족문화연구소 편,
     『로컬리티, 인문학의 새로운 지평』, 혜안.

김원 (2011),「문학, 누구의 곁으로 가고자 하는가」,『실천문학』, 실천문학사.

김윤식 (1986),「난장이론: 산업사회의 형식」,『우리 소설과의 만남』, 민음사.

김윤식·정호웅 (1993),『한국소설사』, 예하.

김재영 (2005),「코끼리」,『코끼리』, 실천문학사.

김종하 (1996),「산업화시대의 소설」,『위기의 시대와 문학』, 세계사.

김종한·박섭·박영구 (2006), 「한국전쟁과 부산의 인구 및 노동자 상태 변화」, 『지역사회연구』 제14권 제3호, 한국지역사회학회.

김주영 (1981a), 『객주 2』, 창작과비평사.

_____ (1981b), 『아들의 겨울』, 전예원.

_____ (1987), 『새를 찾아서』, 나남.

_____ (1995), 『고기잡이는 갈대를 꺾지 않는다』, 동아출판사.

_____ (1998), 『홍어』, 문이당.

_____ (2001a), 『김주영 중단편전집 1』, 문이당.

_____ (2001b), 『김주영 중단편전집 2』, 문이당.

김지영 (2016), 「오늘날의 정동이론」, 『오늘의 문예비평』, 오늘의문예비평.

김치수 엮음 (1999), 『〈홍어〉 깊이 읽기』, 문이당.

김한식 (2000), 『1970년대 문학연구』, 소명출판.

_____ (2010), 「소년들의 도시, 전쟁과 빈곤의 정치학: 이동하의 「장난감 도시」와 김원일의 「마당 깊은 집」을 중심으로」, 『비평문학』 제37집, 한국비평문학회.

_____ (2012), 「도시 성장소설의 배경과 성격」, 『한국문학연구』 43호, 동국대학교한국문학연구소.

김현·김윤식 (1979), 『한국문학사』, 민음사.

김형주·최정기 (2014), 「공동체의 경계와 여백에 대한 탐색: 공동체를 다시 사유하기 위하여」, 전남대학교 5·18연구소, 『민주주의와 인권』, 제14권 제2호.

김홍중 (2009), 『마음의 사회학』, 문학동네.

김화영 (1987), 「겨울하늘을 나는 새의 문학」, 『새를 찾아서』 해설.

나병철 (1999), 『모더니즘과 포스트 모더니즘을 넘어서』, 소명출판.

_____ (2000), 『문학의 이해』, 문예출판사.

나보령 (2018), 「피난지 문단을 호명하는 한 가지 방식: 김동리의 「밀다원 시대」에 나타난 장소의 정치」, 『한국현대문학연구』 제54호.

남원진 (2007), 「반공국가의 법적 장치와 '예술원'의 성립과정 연구」, 『겨레어문학』 제38집, 겨레어문학회.

대통령비서실 (1973a), 『박정희대통령 연설문집』1(최고회의편).

_____ (1973b), 『박정희대통령 연설문집』3(제6대편).

_____ (1976), 『박정희대통령 연설문집』5(제8대편 상).

데이비드 하비 (1994), 『포스트 모더니티의 조건』, 구동회·박영민 옮김, 한울.

레이먼드 윌리엄스 (2007), 『기나긴 혁명』, 성은애 옮김, 문학동네.

로널드 폴슨 (1992), 『풍자문학론』, 김옥수 옮김, 지평.

류보선 (2000), 「사랑의 정치학」, 『1970년대 문학연구』, 소명출판.

르네 지라르 (2002), 『낭만적 거짓과 소설적 진실』, 김치수 외 옮김, 한길사.

리처드 호가트 (2016), 『교양의 효용』, 이규탁 옮김, 오월의봄.

마셜 맥루언 (2006), 『미디어의 이해』, 김성기 외 옮김, 민음사.

메를로 퐁티 (2002), 『지각의 현상학』, 류의근 옮김, 문학과지성사.

문재원 (2003), 「동일성 담론으로 본 1970년대 소설 연구」, 부산대학교 박사학위논문.

_____ (2014), 「로컬리티와 다문화의 대화성」, 『인문연구』 71, 영남대학교 인문과학연구소.

_____ (2016), 「로컬리티 개념을 둘러싼 고민들」, 『로컬리티 인문학』 15, 부산대학교
       한국민족문화연구소.

_____ (2018), 「한국문학 연구에서 로컬리티 연구 성과와 과제」, 『우리말글』 제76호,
       우리말글학회.

문재원 외 (2017), 「좌담회: 문화연구와 로컬리티」, 『로컬리티 인문학』 제17호, 부산대학교
       한국민족문학연구소.

미셸 푸코 (2016), 『안전, 영토, 인구』, 오트르망 옮김, 난장.

미하일 바흐찐 (1988), 『장편소설과 민중언어』, 정승희 외 옮김, 창작과비평사.

바바라 크룩생크 (2014), 『시민을 발명해야 한다』, 심성보 옮김, 갈무리.

박명규 (2009), 『국민·인민·시민』, 소화.

박범신 (2005), 『나마스테』, 한겨레신문사.

박성원 (1999), 「반(反)성장소설 연구」, 동국대학교 석사학위논문.

박세훈·이영아 (2010), 「조선족의 공간집적과 지역정체성의 정치」, 『다문화사회연구』 3/2,
       숙명여자대학교 다문화통합연구소.

박소진 (2009), 「'자기관리'와 '가족경영' 시대의 불안한 삶」, 『경제와 사회』 제84호,
       비판사회학회.

박영한 (1988), 『왕릉일가』, 민음사.

_____ (1990), 『우묵배미의 사랑』(1989), 민음사.

박정희 (1962), 『우리 민족의 나갈 길』, 동아출판사.

박주원 (2004), 「근대적 '개인' '사회' 개념의 형성과 변화」, 『역사비평』.

박찬효 (2010), 「1960~70년대 소설의 '고향' 이미지 연구」, 이화여자대학교 박사학위논문.

박태순 (1995a), 「한오백년」(1971), 『한국소설문학대계』, 동아출판사.

_____ (1995b), 「독가촌 풍경」(1977), 『한국소설문학대계』, 동아출판사.

_____ (2007), 「밤길의 사람들」(1988), 『20세기 한국소설』, 창비.

박해광 (2008), 「한국 노동자문화의 성격」, 『민주주의와 인권』 제8호, 전남대학교
       5·18연구소.

박현채 (1985), 「노동문제를 보는 시각」, 『한국자본주의와 노동문제』, 돌베개.

박훈하 (2002a), 「탈식민적 서사로서 최서해 읽기」, 『문학사와비평』 제9권.

_____ (2002b), 「부산의 공간생산과 근대적 주체 형성과정」, 『오늘의문예비평』 제44호, 오늘의문예비평.

_____ (2003), 「비동시대성의 동시성과 김유정의 소설미학」, 『한국문학논총』 제34집, 한국문학회.

_____ (2011), 「문학적 기록의 허구성과 그 무의식적 부재」, 『인문학논총』 제25집, 경성대학교 인문과학연구소.

_____ (2015), 『지금, 로컬리티의 미학』, 신생, 2015.

발터 벤야민 (1983), 『발터 벤야민의 문예이론』, 반성완 옮김, 민음사.

방현석 (1991), 『내일을 여는 집』, 창작과비평사.

배경열 (2008), 「황순원의 <나무들 비탈에 서다> 고찰」, 『인문사회과학연구』 제20호, 호남대학교 인문사회과학연구소.

배수미 (2003), 「교과서에서의 "사회문제" 관련내용 변화에 관한 연구」, 성신여대 석사학위논문.

백낙청 (1985), 「민중·민족문학의 새 단계」, 『창작과비평』 제15권 제3호.

백진기 (1989), 「노동문학, 그 실천적 가능성을 향하여」, 김사인·강형철 엮음, 『민족민중문학론의 쟁점과 전망』, 푸른숲.

베네딕트 앤더슨 (2003), 『상상의 공동체』, 윤형숙 옮김, 나남출판.

변경오 (2006), 「박정희 대통령의 시정연설문에 나타난 사회복지정책 인식에 관한 연구」, 경남대 석사학위논문.

부산대학교 한국민족문화연구소 (2015), 『다문화와 인정의 로컬리티』, 소명출판.

브로니슬라프 게레멕 (2010), 『빈곤의 역사』, 이성재 옮김, 길.

새생활문고편집위원회 (1973), 『가난은 나의 적이었기에: 엄동에 여름을 가꾸는 하사용』 새생활문고 14, 노벨문화사.

서동수 (2010), 「지역의 분할과 반공윤리의 생산」, 『한국민족문화』 제38호, 부산대학교 한국민족문화연구소.

서울사회과학연구소 경제분과 (1990), 『한국에서 자본주의의 발전』, 새길.

설동훈 (2001), 「차별과 연대: 외국인노동자 인권침해 실태와 극복방안」, 『창작과비평』 제29호.

손창섭 (2005), 『손창섭 단편전집 1』, 가람기획.

송도영 (2011), 「도시 다문화구역의 형성과 소통의 전개방식: 서울 이태원의 사례」, 『담론201』 14/4, 한국사회역사학회.

송승철 (2001), 「따뜻한 휴머니즘과 전쟁의 업보: 황순원론」, 『실천문학』, 실천문학사.

송현호 (2010), 「다문화사회의 서사유형과 서사전략에 관한 연구」, 『현대소설연구』 제44호, 한국현대소설학회.

신범식 편 (1968), 『중단하는 자는 승리하지 못한다』, 한림출판사.

신원철 (2005), 「1960~70년대 기계산업 노동자의 여가 및 소비 생활 그리고 노동자 정체성」, 『경제와사회』 제68호, 비판사회학회.

신형기 (2003), 『민족이야기를 넘어서』, 삼인.

심승우 (2010), 「다문화민주주의의 이론적 기초」, 성균관대학교 박사학위논문.

심재욱 (2017), 「최인호 문학의 명랑성과 미학적 정치성 연구」, 강원대 박사학위논문.

알프 뤼트케 외 (2002), 『일상이란 무엇인가』, 이동기 외 옮김, 청년사.

앤드루 고든 (2015), 『현대 일본의 역사 1』, 김우영 외 옮김, 이산.

엄은주·우신구 (2012), 「해운대 마린시티의 형성과정 및 배치와 평면 형성요인에 관한 연구」, 『대한건축학회지회연합회 학술발표대회논문집』.

오영준 (2017), 「1960~70년대 마을문고운동의 전개와 성격변화」, 경희대학교 석사학위논문.

오윤호 (2005), 「가족관계와 '가난과 이주'에 대한 윤리적 대응 연구」, 『국제어문』 제35집, 국제어문학회.

오정진 (2012), 「재개발 관련 헌법재판소 결정에 대한 비판적 고찰」, 『법학연구』 53호, 부산대학교 법학연구소.

오창현 (2005), 「한국농촌공동체의 구성원리」, 서울대 석사학위논문.

우은주·김영국 (2018), 「투어리스트피케이션 현상이 삶의 질에 미치는 영향」, 『관광경영연구』 제22권 제6호(통권 제85호), 관광경영학회.

우찬제 (1989), 「'틈'의 구조원리와 사랑의 현상학」, 『작가세계』 제1권 제3호.

유임하 (2008), 「전쟁 속 휴머니즘과 국가의 시선: 「흥남철수」의 정치적 독해」, 『한국문학연구』 제34호, 동국대학교 한국문학연구소.

유철상 (2010), 「한국전쟁의 체험과 전후문학의 동시적 질서」, 『현대소설연구』 제45호, 한국현대소설학회.

윤노빈 (1989), 『신생철학』, 학민사.

윤병로 (1996), 『한국 현대작가의 문제작 평설』, 국학자료원.

윤해동 (2006), 『지배와 자치』, 역사와비평사.

이규탁 (2017), 「'교양의 효용'과 한국의 대중문화」, 『오늘의 문예비평』, 오늘의문예비평.

이명수·장세용 외 (2015), 『다문화와 인정의 로컬리티』, 소명출판.

이문구 (1985), 「으악새 우는 사연」(1977), 『한국현대문학전집 27』, 삼성출판사.

이보영 외 (1999), 『성장소설이란 무엇인가』, 청예원.

이상재·정일영 (2006), 『6월항쟁과 넥타이부대』, 민주화운동기념사업회.

이선영 (1989), 「80년대 시의 반성: 이념성과 형식성의 문제를 중심으로」, 『실천문학』.

이선화 (2007), 「두려움과 공존 사이에서: 외국인노동자 유입에 대한 도시지역 원주민의 대응」, 서울대학교 석사학위논문.

이순욱 (2019), 「한국전쟁기 부산 피란문학과 전시동원」, 『영주어문』 제41집, 영주어문학회.

이영학 (2008), 「일제의 토지조사사업과 기록관리」, 『역사문화연구』 제30집.

이임하 (2003), 「한국전쟁과 여성노동의 확대」, 『한국사학보』 제14호, 고려사학회.

이재현 (1983), 「문학의 노동화와 노동의 문학화」, 『실천문학』, 실천문학사.

이정숙 (2014), 「1970년대 한국소설에 나타난 가난의 정동화」, 서울대학교 박사학위논문.

이종영 (2001), 『성적 지배와 그 양식들』, 새물결.

이지현 (2002), 「부권부재 상황의 소설 연구」, 중앙대학교 석사학위논문.

이진경 (2002), 『근대적 시·공간의 탄생』, 푸른숲.

이평전 (2012), 「1950년대 실존주의 비평과 신인간론 연구」, 『인문연구』 제65권, 영남대학교 인문과학연구소.

이혜경 (2006), 「물 한 모금」, 『틈새』, 창비.

이혜령 (2016), 「노동하지 않는 노동자의 초상: 1980년대 노동·문학론 소고」, 『동방학지』 제175집, 연세대학교 국학연구원.

이호철 (1995), 『한국소설문학대계 39』, 동아출판사.

임신희 (2012), 「황순원 전후 소설의 휴머니즘 성격」, 『현대소설연구』 제50호, 한국현대소설학회.

임영봉 (1992), 「역사소설의 특성에 관한 연구」, 중앙대 석사학위논문.

장 폴 사르트르 (2013), 『닫힌 방. 악마와 선한 신』, 지영래 옮김, 민음사.

장성곤·윤두원·강동진 (2017), 「다크 투어리즘 관점에서의 피란수도 부산유산 잠재성 분석」, 『한국건축역사학회 학술발표대회논문집』.

장성규 (2012), 「1980년대 노동자문집과 서발턴의 자기재현 전략」, 『민족문학사연구』 제50권, 민족문학사학회·민족문학사연구소.

전승주 (2013), 「1980년대 문학(운동)론에 대한 반성적 고찰」, 『민족문학사연구』 제53권, 민족문학사학회·민족문학사연구소.

정고은 (2017), 「노동이 멈춘 자리」, 『반교어문연구』 제46권, 반교어문학회.

정문권 (2004), 「황순원 소설의 휴머니즘 담론 양상」, 『인문논총』 제21호.

정상호 (2007), 「시민(citizen)과 시민권(citizenship)의 관점에서 본 한국의 1987년 6월 민주항쟁」, 『민주화운동기념사업회 학술토론회자료집』.

정은아 (2017), 「피란수도기 부산 정부시설의 역사적 사건과 건축공간과의 관계성에 대한 고찰」, 동아대학교 석사학위논문.

정주아 (2011), 「움직이는 중심들, 가능성과 선택으로서의 로컬리티」, 『민족문학사연구』 제47권, 민족문학사학회·민족문학사연구소.

_____ (2016), 「개발독재시대의 윤리와 부(富)」, 『민족문학사연구』, 민족문학사학회·민족문학사연구소.

정현기 (1991), 『비평의 어둠 걷기』, 민음사.

조광제 (2004), 『몸의 세계, 세계의 몸』, 이학사.

조민경 (2014), 「외국인 밀집지역 형성과정에서의 원주민과 이주민의 관계 변화: 광진구 자양동 중국인 밀집지역을 중심으로」, 서울시립대학교 석사학위논문.

조세희 (1978), 『난장이가 쏘아올린 작은 공』, 문학과지성사.

조재곤 (2001), 『한국 근대사회와 보부상』, 혜안.

조정래 (1994), 『아리랑』 4, 해냄.

_____ (1998), 「박영한 소설의 서술특성 연구」, 『국제어문』 제19호.

조정환 (2000), 「사회주의 리얼리즘의 종말 이후의 노동문학」, 『실천문학』, 실천문학사.

조현일 (2007), 「박태순의 '외촌동 연작' 연구: 이야기와 숭고」, 『우리어문연구』 제29집, 우리어문학회.

지그문트 바우만 (2009), 『액체근대』, 이일수 옮김, 강.

진태원 (2002), 『라깡의 재탄생』, 창작과비평사.

차철욱 (2015), 「부산지역 피란민 유입과 피란민 공간 만들기」, 『석당논총』 제63호, 동아대학교 석당학술원.

_____ (2018), 「한국전쟁기 임시(피란)수도 부산의 재현과 의미」, 『항도부산』 제35호.

차철욱·류지석·손은하 (2010), 「한국전쟁 피난민들의 부산 이주와 생활공간」, 『민족문화논총』 제45호, 영남대학교 민족문화연구소.

차철욱·차윤정 (2013), 「김해 이주노동자들의 공간 의미화와 '외국인거리'의 형성」, 『한국민족문화』 47, 부산대학교 한국민족문화연구소.

천운영 (2001), 「눈보라콘」, 『창작과비평』.

천정환 (2017), 「세기를 건넌 한국 노동소설」, 『반교어문연구』 제46집.

최갑진 (1997), 「1970년대 소설의 갈등 연구」, 『동남어문논집』 제7집.

최병두 (2009a), 「이주노동자의 유입이 지역경제에 미치는 영향」, 『한국지역지리학회지』 15/3, 한국지역지리학회.

_____ (2009b), 「다문화 공간과 지구—지방적 윤리: 초국적 자본주의의 문화공간에서 인정투쟁의 공간으로」, 『한국지역지리학회지』 15/5, 한국지역지리학회.

최원식 (1985), 「노동자와 농민: 박노해와 김용택」, 『실천문학』 봄호.

최원식 외 (1992), 「좌담: 리얼리즘, 포스트모더니즘, 민족문화」, 『창작과비평』 제20권 제2호, 창작과비평사.

최원식·임규찬 엮음 (2002), 『4월혁명과 한국문학』, 창작과비평사.

최유리 (1997), 『일제말기 식민지 지배정책 연구』, 국학자료원.

최은영 (2017), 「1970년대 대중소설의 '청년'표상 연구」, 전북대 박사학위논문.

최인호 (1977), 『바보들의 행진』, 예문관.

최일남 (1995), 「쑥이야기」(1953), 『한국소설문학대계 41』, 동아출판사.

최현주 (2002), 『한국 현대 성장소설의 세계』, 박이정.

페터 슬로터다이크 (2017), 『분노는 세상을 어떻게 지배했는가』, 이덕임 옮김, 이야기가있는집.

표영수 (2014), 「일제강점기 육군특별지원병제도와 조선인 강제동원」, 『한국민족운동사연구』 제79집.

프란츠 파농 (2003), 『검은 피부 하얀 가면』, 이석호 옮김, 인간사랑.

피터 버크 (2005), 『문화사란 무엇인가』, 조한욱 옮김, 길.

필립 아리에스 (2003), 『아동의 탄생』, 문지영 옮김, 새물결.

하응백 (1996), 「부권상실의 시대, 그 소설적 변주」, 『문학으로 가는 길』, 문학과지성사.

한건수 (2003), 「'타자 만들기': 한국사회와 이주노동자의 재현」, 『비교문화연구』 9, 서울대학교 비교문화연구소.

한나 아렌트 (1996), 『인간의 조건』, 이진우 외 옮김, 한길사.

_____ (2015), 『혁명론』, 홍원표 옮김, 한길사.

한미라 (2016), 「1930년대 조선총독부의 지방 통치와 향약 정책」, 중앙대학교 박사학위논문.

한정우 (2008), 「안산시 원곡동 이주민의 영역화 과정」, 한국교원대학교 석사학위논문.

허선애 (2018), 「탈근대적 문학사의 가능성과 제안들」, 『어문론총』 제78권, 한국문학언어학회.

허정 (2010), 『공동체의 감각』, 산지니.

홍성태 (2008), 「일상적 감시사회를 넘어서」, 공제욱 외 엮음, 『국가와 일상』, 한울아카데미.

황병주 (2008), 「박정희체제의 지배담론」, 한양대 박사학위논문.

황석영 (1999), 『객지』, 창작과비평사.

황순원 (1964), 『황순원 전집』, 창우사.

황종연 (1996), 「성장소설의 한 맥락」, 『문학과사회』 여름호.

황종연 엮음 (1999), 『김주영 깊이 읽기』.

『경향신문』

『동아일보』